CADRAGES
&
DÉBORDEMENTS

Marc Lièvremont
avec Pierre Ballester

CADRAGES & DÉBORDEMENTS

Éditions de La Martinière

TEXTE INTÉGRAL

ISBN 978-2-7578-2867-0
(ISBN 978-2-7324-5195-4, 1re publication)

Préface

Merci

Je ne tiens pas mes engagements…

Je m'étais promis deux choses : de ne jamais devenir entraîneur… et de ne jamais écrire un livre.

Ne jamais devenir entraîneur : le rugby, ma passion, le fil rouge de ma vie, ne pouvait se décliner qu'en tant qu'acteur, sur le terrain, à me battre avec mes frères de jeu. Cinq ans après l'arrêt brutal sur blessure de ma carrière de rugbyman, ma petite mort, me voilà sélectionneur du XV de France…

Plus tard, alors que les feux médiatiques liés à ma fonction et à l'épanouissement du rugby m'ont projeté, de manière parfois violente, sur le devant de la scène, il m'a été proposé à plusieurs reprises d'écrire un livre.

Jamais !

Et me voilà, le nez sur ma copie, cherchant mes mots pour rédiger cette préface, m'énervant avec Pierre, mon co-auteur, gaucher contrariant, et attachant… comme un sparadrap.

Je n'en voulais pas, de ce bouquin. J'ai d'abord trop de respect envers l'idée que je me fais du livre, de sa noblesse, moi qui ai passé une partie de mon enfance réfugié dans ma chambre à tourner les pages des grands classiques – Hugo, Balzac, Zola, Dumas,

Bazin, Dostoïevski… –, à les emmener avec moi jusque dans les toilettes.

Et puis, je n'avais pas envie de faire comme tout le monde ; de profiter d'une notoriété passagère pour gagner un peu de fric, d'écrire de la soupe, de jouer à l'écrivain en me servant d'un « nègre », de galvauder la conception que je me fais de l'accouchement d'un ouvrage, moi qui m'évade depuis toujours à travers eux afin d'échapper au stress, aux contrariétés, et, plus récemment, à la vie en collectivité pendant la Coupe du monde, quand j'étais à la tête d'un staff de dix-huit personnes et de trente sales gosses…

Je n'avais pas non plus envie d'employer le « je » à outrance pour parler d'un jeu dans lequel on a avant tout besoin des autres ; pour évoquer une aventure vécue avec passion et intensité pendant deux mois par une cinquantaine de mecs qui se sont battus ensemble, comme des chiffonniers, pour tenter de concrétiser leur rêve commun, celui d'être champions du monde en Nouvelle-Zélande, au pays des All Blacks.

Si j'ai finalement cédé, ce n'est pas pour régler des comptes mais bien pour raconter cette histoire un peu folle, riche en rebondissements et en émotions contrastées. Jamais je n'aurais cru vivre des moments si forts dans la peau d'un sélectionneur, et je garde au final l'émotion d'une aventure intense en commun qui me rend apaisé et heureux. C'est ma manière d'entrouvrir la porte du vestiaire, sans tout mettre à nu cependant, car il y a des moments, des situations, qui ne doivent être connus que de ceux qui les ont partagés. Comme beaucoup, je retiens les trois matches de la phase finale, mais plus particulièrement les deux derniers qui, à mon sens, résument à quel point un groupe d'hommes peut se transcender ; à quel point aussi ces deux rencontres

– la demi-finale remportée au forceps d'un point face aux Gallois, la somptueuse finale perdue d'un autre point contre les Blacks – exhalent la richesse et l'histoire de ce XV de France.

Mon regard sur la Coupe du monde, sur le parcours de notre équipe, est forcément subjectif, mais il a le mérite, je crois, d'être honnête et vécu de l'intérieur.

Pierre Ballester a eu le dernier mot, si je puis dire, pour que j'en écrive les premiers. Pierre est le corédacteur en chef de *Rugby Mag*, le mensuel de la Fédération française de rugby. Pierre, que j'ai subi pendant quatre ans, qui m'a tanné sans cesse pour que cette écriture commune aboutisse, avait le profil requis : il n'est pas issu du milieu du rugby, ce qui amène une certaine fraîcheur, un certain apaisement dans nos discussions, et c'est un garçon de valeur, engagé, qui va au bout de ses convictions, qui lui ont d'ailleurs coûté sa place de journaliste lorsqu'il défendait la lutte antidopage. En somme, ça ne pouvait être que lui.

Cet ouvrage est aussi une opportunité de placer sous la lumière la Fondation Mouvement pour les villages d'enfants (MVE), que la fratrie Lièvremont coparraine avec celle des Dujardin, dont Jean est le benjamin, quand je suis l'aîné côté Lièvremont. Cette association, que j'ai rejointe en 2004, se met en quatre pour venir en aide aux enfants et adolescents maltraités ou traumatisés, en reconstituant les fratries dispersées dans des foyers d'accueil. Les huit Lièvremont ne pouvaient pas rester insensibles à cette action de tous les jours, qui a pour but de les ramener dans un environnement familial sécurisant, avant de les accompagner dans la construction de leurs vies professionnelles.

Au cours de ces quatre années, j'ai été amené à vivre de nombreuses rencontres marquantes, et d'autres qui ont généré un tissu d'amitiés. Avec les quatre frères Dujardin, avec les frères Cantona, avec Grégory Coupet, avec le chanteur Cali, que j'ai retrouvé des années plus tard alors que nous jouions tous les deux, gamins, dans des sélections de jeunes du Roussillon. Nous avons d'ailleurs repris le Rugby Bordel Football Club, une association mélangeant sports et musiques dont les bénéfices sont versés à des œuvres caritatives.

Et comme je ne voulais surtout pas toucher d'argent de ce livre racontant entre autres notre aventure en Nouvelle-Zélande à l'automne dernier, ses bénéfices iront droit dans les caisses de MVE.

Et puis je voulais dire merci.

Ce livre est une manière de répondre à toutes celles et tous ceux qui m'ont témoigné de leur sympathie. Que ce soit par un sourire, une poignée de main, quelques mots brièvement échangés, et ces courriers qui me sont arrivés. C'est fou comme on a pu m'écrire, notamment lors de mes six derniers mois à la tête du XV de France, quand notre bateau prenait la marée de toutes parts, pas toujours sur les terrains, mais constamment dans les papiers…

Merci à tous, à toutes, vous avez été formidables dans vos encouragements, dans vos messages – « ne lâche pas », « tiens bon », « tu les emmerdes ! » – qui me laissaient entendre que j'étais dans le vrai.

Et merci, bien sûr, à ceux qui m'ont accompagné au plus près depuis toujours, que ce soient ma famille, mes amis, mes anciens coéquipiers… Merci également à Pierre Camou, aux élus, partenaires et salariés de la Fédération, merci à Fabien Pelous et à Philippe Sella, deux monstres sacrés du rugby mais surtout deux personnalités positives, humainement fabuleuses, qui m'ont soutenus en permanence, et un clin d'œil envers Danielle – elle se reconnaîtra –, ma deuxième Maman durant ces quatre années. J'en oublie tellement, qu'ils m'en excusent, mais mon co-auteur me suggère de lui laisser maintenant un peu de place…

Pour finir, j'ai une pensée émue pour mes parents, pour mes sept frères et sœur – Vincent, François, Thomas, Matthieu, Claire, et les jumeaux Pierre et Luc – sans lesquels je ne serais pas vraiment moi-même ; j'adresse également une dédicace à mes éducateurs qui ont balisé mes pas et, à travers eux, à tous ceux qui, semaine après semaine, génération après génération, façonnent des joueurs et des joueuses, avec un état d'esprit précieux en commun, qu'ils accèdent au XV de France ou animent les dimanches.

Plus intimement, et même si ça semble tenir de la commémoration funéraire (!), je tiens à remercier tous les membres de mon staff – Jo, Milou, Did, Gonzalo, David, les deux Julien, Jean-Luc, Lolo, Jean-Phi, Michel, Jean-Mi, Vincent, Lionel, Hervé, Joël, Bernard – qui se sont décarcassés, qui m'ont supporté, pour vivre un souvenir que je vais porter à jamais comme un baluchon dans un coin de ma tête.

Merci enfin à Isabelle, mon épouse, et à mes trois garçons – Nicolas, Clément, Julien – qui m'apportent l'amour comme l'eau donne vie à la terre.

Merci, merci, merci.

Marc Lièvremont

1

Nuit noire

Je ne sais plus comment ça finit. Je veux dire, ce qui annonce la fin. Le sifflet de l'arbitre, sûrement ; ou peut-être les râles de la foule qui se lève, le ballon qui part dans les tribunes, botté par le n° 9, ou le 10, ou le 175, je m'en fous. En fait, ça fait trois minutes que je sais ; depuis que les Blacks ont récupéré le ballon sur une pénalité tapée en touche, et qu'ils le gardent maintenant dans le ventre chaud de leur paquet d'avants, avançant à petits pas de peur de le chahuter. Ils couvent un œuf Fabergé entre leurs pognes, qu'ils échangeront bientôt contre une Coupe du monde. C'est le jeu. Claque de fin.

Le silence s'est réapproprié le box réservé aux entraîneurs. Derrière le Plexiglas, on y a tempêté, hurlé, et c'est désormais un bocal à poissons rouges. Nos cris ne ricochent plus sur les parois, on se laisse glisser dans les abymes. Par acquit de conscience, je jette un dernier regard sur la dernière action, comme une bouée prend la mer. C'est fini, d'accord, puisque les Blacks ont le ballon, que le temps réglementaire est maintenant dépassé, que le jeu se stabilise vers la ligne médiane, que les recours sont épuisés. Mes jambes sont coulées dans du béton, je n'ai pourtant qu'une envie : partir.

Partir loin, casser la vitre, foutre le camp avec la marée noire. Mécaniquement, je me soulève ; je ne veux pas voir, je ne veux pas entendre. Je reste malgré tout.

Je ne sais plus si on s'embrasse avec Jo, avec Didier, avec Vincent. Je descends l'escalier qui dégringole vers le vestiaire, glisse dans le dos des journalistes regroupés à l'étage, file dans les douches pour y allumer une clope. Je regarde mes pompes, les murs lisses. Non, en fait, je ne regarde rien, il n'y a plus rien à regarder. Nick et Joseph, deux des officiers de liaison du XV de France, se retrouvent là, eux aussi. Ils sont néo-zélandais ; le premier est le responsable de la sécurité, le second est l'intendant, ils ont la même gueule que la mienne. On partage furtivement les mêmes embrassades.

Je suis censé être sur la pelouse dans l'imminence du protocole, l'interview en direct sur TF1 pour commencer. On m'a briefé sur l'enchaînement du rituel, les remises des trophées, tout ça. Je fume sous la douche. Lentement. J'ai une clope de soixante centimètres, j'aspire, je rejette. Seul ce souffle peut sortir de ma bouche. Je prends ma respiration. Je sais que je dois affronter un quart d'heure à la lumière violente des projecteurs, dans un stade sûrement ivre, face auquel je dois me tenir debout. Un sale quart d'heure, un épouvantable quart d'heure.

Je ne ressens aucune émotion. Je veux dire, aucune émotion qu'un mot peut traduire. Même avec le recul, je suis incapable de la verbaliser. Au terme d'autres matches, d'autres défaites, j'ai habituellement la rage de râler, de crier, de pleurer, mais là, rien. Je me dis juste qu'on ne sera pas champions du monde. Je me le répète, sans violence ni sadisme. Je sais seulement que je suis dans un état second, comme seul au monde au milieu de soixante mille cris. Tout s'agite au ralenti, les bruits sont diffus, je marche dans de la ouate, je suis tout en kit de réflexes. Je me dirige telle une marionnette sur la droite où m'attend Christian Califano, le micro tout en mollesse comme les montres de Dali, un semblant de sourire en guise d'accroche. « Cali » est touché, touchant, me renvoie sa peine et son affection. L'interview est brève, il le devine bien ; le ton neutre, du moins je le contiens. Je me tourne ensuite vers la gauche, où se tient le trio d'arbitres, à qui je serre la main. J'entrevois leur gêne, la compassion qu'on sert au malheureux qui mendie, au malade incurable, au vaincu qui le restera à jamais. Je m'avance maintenant vers le centre du terrain. Mes joueurs sont dispersés sur la pelouse, les corps désarticulés, les visages dévastés, comme éclatés sur un champ de mines. Morgan Parra me saute aux yeux. Son visage tuméfié raconte la guerre, je serre la main d'un soldat, non, d'un officier, non, d'un maréchal qui a donné son âme puis rendu les armes. J'arrive à faire abstraction de la liesse envahissante, accroche des mains qui se tendent, comme un cordon sanitaire qui défile à l'aveugle. Mes yeux se figent alors sur les pleurs de Lionel Nallet. Un guerrier défiguré par la douleur, une force de la nature traversée par les sanglots. Putain, Nalluche, dis-moi que tu vas te relever !

Je ne sais plus qui, je ne sais pas quoi, j'évite de tourner la tête vers la frénésie des Blacks. D'ailleurs, je n'entends rien, le stade m'est silencieux, étouffé, bâillonné. J'attends juste que ça se passe. Je sais aussi qu'il faut monter sur le podium dressé au centre de l'arène. On est tous là, plus ou moins autour, en grappe, en chagrin, en souffrance. Tout le monde est seul.

Et puis on s'engage au milieu d'une haie d'honneur composée d'officiels, au bout de laquelle Bernard Lapasset m'embrasse avant de me remettre une médaille. Bernard, le président de l'IRB[1], tiré à quatre épingles, celui-là même qui m'avait accueilli en chaussons sur le perron de sa porte, quatre ans plus tôt, quand il était encore à la tête du rugby français. Je vois Imanol embrasser la coupe. Je ne peux pas la toucher, ni même l'effleurer, juste la regarder fixement, la photographier une dernière fois, sans trop savoir ce que je pourrais bien lui dire. Je pense au mail et à sa pièce jointe que m'avait envoyés mon épouse, Isabelle, deux jours plus tôt. Elle avait visité un musée à Auckland dans lequel était exposée la coupe Webb Ellis ; j'avais fait suivre son cliché à tout le staff, avec cette légende : « si loin, si proche… » Je suis en orbite autour du trophée, je m'extrais de son champ de gravitation, fouille les tribunes du regard pour y chercher les miens, ma femme, mes enfants, pensant un temps à les faire descendre sur le terrain. Mes yeux ne détectent rien, je m'y résigne.

Je suis vide. Je suis un gouffre de vide au fond duquel un torrent de sentiments s'est dissous. La notion de fatalité commence à combler mon apesanteur. Après la hargne, l'espérance, la révolte et la supplication, c'est la dernière étape avant l'acceptation. J'ai envie d'être seul. Je retourne au vestiaire, probablement le premier. J'y fais les cent pas, les mille pas. Je rallume un cierge de cigarette, attrape une bière dans le frigo posé vers le fond du vestiaire, la décapsule sur le tranchant d'une table de massage. Peu à peu, le local se remplit d'ombres, de cliquetis de crampons, de gestes fugaces

1. International Rugby Board.

d'affection, d'affliction. Les joueurs sont abattus, les pas traînants, les têtes lourdes, les joues humides. Certains se congratulent, cherchent une accolade, recherchent un point régressif de réconfort. Tous sont perdus puisqu'on a perdu. Un bout de point qui fait mal, un coup de poing pour le compte. La fin n'en finit plus.

Fabrice Estebanez se prend une bière, vient trinquer avec moi. Petit à petit, des dirigeants entrent à leur tour. Pierre Camou, le président de la Fédération française, s'approche de moi.

– Viens, Pierre, faut que je te dise quelque chose.

On s'isole. Il va pour allumer une cigarette. Je lui tends un briquet.

– Tu ne le reconnais pas ? Rappelle-toi, c'est celui dont tu voulais te débarrasser le 28 juin dernier, au bar du CNR, au premier jour de la préparation, et qui traînait depuis plusieurs jours dans tes poches.

Pierre se souvient, un embryon de sourire au milieu éclaire son visage tout en gravité. Le briquet est siglé « Coupe du monde de football 2010, Afrique du Sud », et, sûrement par superstition, Pierre voulait le jeter. Je l'avais attrapé au vol.

– Je pensais bien te le redonner ce soir, avec une Coupe du monde autour…

Quelques chuchotis lézardent maintenant la léthargie ambiante. Des petits mots de compassion zigzaguent d'un bout à l'autre du vestiaire gonflé d'officiels ; d'autres interfèrent, pointant l'arbitrage, l'injustice au vu du match. Je n'ai surtout pas envie d'entendre ça. Ça tombe bien, il faut qu'on se rende ailleurs avec Thierry Dusautoir, à la conférence de presse, même si c'est passer d'un sacerdoce à un pensum.

Face aux journalistes, je suis toujours dans le brouillard. Je n'ai pas envie d'être là, encore moins qu'à l'habitude. J'entends quelques applaudissements, quelques messages de félicitations adressés à « Titi ». Je ne me souviens plus du rouleau des questions, de la teneur de mes réponses ; à part la dernière ; à celle qui me demande le message que je vais laisser aux joueurs, j'enchaîne avec ce qui résume tous les mots du monde : « Merci. »

Pas de réception, pas de pot d'après-match, rien de la pourtant généreuse hospitalité des Néo-Zélandais, et c'est tant mieux. C'est juste long, interminablement long d'attendre que tout le groupe soit prêt pour grimper dans le bus. Quelques proches meublent le temps en revenant sur le jeu ; on piétine, on tourne en rond. Quelques voix tentent de me dérider, je n'y parviens pas. Je voudrais juste qu'on me foute la paix, une paix que je ne trouve pas. Je me réfugie instinctivement dans la messagerie du téléphone portable, consulte à la volée, retiens des mots empreints de fierté. Et j'oublie tout en m'affalant enfin sur un siège, à l'avant du bus. Un quart d'heure de route dans la nuit noire, éclairée de nombreux gestes amicaux de supporters, des Français, des Néo-Zélandais aussi.

Le hall de l'hôtel est bondé de sympathisants, de caméras. On se fraye doucement un passage dans l'écume des mots, dans des ressacs d'applaudissements. Un échange fugace mais si précieux, ce qu'on n'avait pu vivre au soir de la demi-finale face aux Gallois, l'établissement ayant cru bon de sécuriser les lieux. Les gens me semblent à la fois tristes et heureux, au diapason de cette finale affreusement belle. Un buffet de restauration a été dressé au sixième étage, dans notre salle de vie. Quelques proches viennent nous y rejoindre, quelques supporters aussi, qui s'ajoutent au décor comme on pénètre dans une cathédrale.

Je monte et descends plusieurs fois l'escalier de l'hôtel pour saluer quelques amis, les remercier tout autant. Mon épouse arrive avec notre aîné Nicolas, après avoir couché nos deux autres garçons dans l'appartement de location qu'elle occupait en ville. Le groupe – joueurs, staff, dirigeants – a maintenant envahi le premier étage, autour du bar baigné d'une musique de fond, puis se répand sur la terrasse, dans les couloirs avoisinants. Je suis avec mon épouse, en train de papoter avec quelques supporters sur les marches de l'escalier donnant vers l'arrière de l'hôtel, quand mon portable sonne.

– Monsieur Lièvremont, le Président voudrait vous parler.

Je fais signe affectueusement à notre petite assemblée de baisser d'un ton.

– S'il vous plaît, chut, c'est le Président !

Les conversations sont suspendues, quelques mots de Nicolas Sarkozy glissent dans mon oreille, me félicitant pour notre parcours. Après le match contre l'Angleterre en quart de finale, après celui face au Pays de Galles, c'est la troisième fois qu'il m'appelle. Il me fait part de son regret de n'avoir pu être présent en raison des tumultes autour de la zone euro. J'ai alors en mémoire les circonstances de notre bref échange après notre succès sur les Anglais, deux semaines plus tôt. Le secrétariat du Président cherchait vainement à me joindre et ce n'est que le lendemain matin, au petit-déjeuner, que Pierre Camou, averti fraîchement de la chose, me tombe dessus. « Marc, tu pourrais rappeler tout de même ! » « Oui, oui, Pierre, mais il était quatre heures du matin, tu comprends… »

Je m'isole. La ligne est limpide. Nicolas Sarkozy me raconte qu'il suit notre parcours, qu'il a regardé tous nos matches avec son épouse, pousse la conversation :

– Vous savez, Marc, je dois être l'homme le plus décrié de la sphère médiatique. Alors, je peux comprendre ce que vous avez vécu et j'ai apprécié la manière dont vous vous êtes battu. À dire vrai, j'ai même jubilé à travers vous lorsque vous en avez remis certains à leur place…

Je me confonds en remerciements, puis le relance :

– Président, si vous me permettez, j'aurais une requête à vous formuler.

– Faites, faites. Tout ce que vous voulez…

– Voilà : quoi qu'il arrive au bout de cette compétition, j'aimerais que vous me fassiez la promesse de ne pas me nommer secrétaire d'État aux sports…

Nicolas Sarkozy se marre au bout du fil.

– Tant mieux. Ça me fera un candidat de moins ! Mais vous feriez pourtant une excellente personnalité politique… J'ai besoin d'hommes de conviction et de courage.

Je raccroche en souriant : merde, j'aurais peut-être pu lui demander autre chose…

La soirée se prolonge, bifurque au petit matin vers un troquet situé non loin de l'hôtel. Le taulier allait baisser le rideau, accepte de rester ouvert pour l'équipe de France. Joueurs, membres du staff, épouses de joueurs, on s'y rend en ordre dispersé. Je déambule aux côtés de mon épouse, de mon fils Nicolas, qui a fêté ses dix-huit ans au début de la Coupe du monde, qu'on va laisser là pour six mois, hébergé chez Andy Nick, notre officier de liaison, histoire d'amorcer une expérience du bout du monde. Sur place, entre deux verres, les groupes se font et se défont. Je n'ai pas faim, discutaille avec Gonzalo Quesada, notre précieux entraîneur argentin, avec Lionel Rossigneux, notre attachant officier de presse. Il ne doit pas être loin de dix heures maintenant, et notre petit monde est embrumé. Je vois alors Nicolas dans un coin du bar en compagnie de sa mère et je m'approche d'eux. Soudain, ma poitrine se gonfle malgré moi, ma gorge se dilate. Les fluides d'un magma que je croyais refoulé, que je ne peux réfréner, me remontent jusqu'aux yeux. Je les agrippe vite par les épaules, je les resserre sur mes flancs, et ma tête tombe sur les leurs. Je pleure, je chiale comme je n'ai jamais chialé. J'ai lâché tout ce qui me retenait.

On pouvait s'en aller.

2

Décalages

Nous voilà enfin arrivés.

Départ le lundi 29 août, arrivée le mercredi 31, soit trente-six heures d'avion, escales comprises, via Londres, Dubaï et Sydney… Le bout du monde se mérite. Le protocole de récupération en vigueur pendant le périple aérien – avec sommeil recommandé sur un vol, pas sur l'autre – n'a pas été facile à tenir. J'ai dû sombrer une heure ou deux à cheval entre les deux hémisphères. J'ai maté des films, bouquiné un polar, *Le Livre sans nom*, une histoire déjantée à la sauce Tarantino.

En dépit des précautions de voyage, le groupe débarque fripé à Auckland. Un comité d'accueil nous attend à notre sortie de l'aéroport ; des supporters en nombre, déjà, et un vibrionnant haka local que nous suivons à grand-peine, avec les yeux de la politesse. Une seule envie : poser nos sacs, prendre une douche, occuper notre prochain espace.

Nous prenons nos quartiers à l'hôtel *Spencer on Byron*, une tour qui s'élève dans la ville voisine de North Harbour, sur la rive nord de la baie d'Auckland. À la différence de nombreuses équipes qui préféraient changer d'air chaque semaine, nous avions pris l'option d'un camp de base fixe, tout au long des quatre premières semaines de notre séjour. L'établissement, chic et sobre, situé dans un quartier résidentiel, à deux cents mètres de l'océan et à dix minutes à peine du terrain d'entraînement de l'Onewa Domain, avait été notre premier choix lorsque nous avions profité de notre tournée d'été 2009 pour faire le tour des hôtels.

Les cinq premiers jours d'acclimatation se consument lentement. Les garçons sont fatigués, dorment mal, encaissent difficilement les dix heures de décalage horaire. La léthargie ambiante, aussi prévisible fût-elle, commence à me stresser. Voilà cinq jours que nous n'avons pas dérouillé les organismes depuis notre départ de Marcoussis, et je redoute que la dynamique des entraînements soit enrayée. Il leur faut prendre leurs marques. Et moi, mon mal en patience.

C'est pratiquement la fin de l'hiver austral mais on nous avait prédit une réception glaciale. La faute à l'affaire Bastareaud, déclenchée dix-huit mois plus tôt ; à notre réputation de « bête noire des All Blacks », ce qui ne manque pas de sel, sans aller jusqu'à remonter au « guerrier de l'arc-en-ciel », le *Rainbow Warrior*, coulé en 1985 dans la baie qui nous fait face. Tout au contraire, l'accueil du public est partout chaleureux, que ce soit à l'hôtel, dans les rues, les restaurants ou les pubs. Les papys, les minots, les ados ou les mamans, tous nous saluent quand on les croise, à la fois enthousiastes et respectueux. Oui, on est bien en Nouvelle-Zélande. Ici, le rugby est un langage.

Les paysages environnants sont à couper le souffle. J'en profiterai surtout lors de mes premiers footings à l'aurore, sur des plages de carte postale, en compagnie de Jean-Philippe Hager, notre médecin, et de Michel Riff, notre ostéopathe. J'ai un genou qui grince depuis dix ans, et fait aussi grincer les dents de « Jean-Phi » qui, depuis des mois, tente désespérément de me dissuader de courir dans cet état.

– Merde, Marc, arrête de tenter le diable, une fois pour toutes ! Tu joues avec le feu, là. Tu vas y laisser plus que ton genou.

– Allez, Jean-Phi, tu vois, je cours comme un lapin.

– C'est ça, c'est ça… Et tu reviendras me voir le jour où on devra t'amputer ?

– M'emmerde pas avec ça… Et puis, tu cours bien à mes côtés, c'est que ça ne doit pas trop te gêner… Pour le moment, ça va, non ?

Et comment que ça allait… C'était trop bon de finir sur les hauteurs de Davenport et d'y contempler la ville.

Le premier pépin – gros pépin – survient dès le 3 septembre, avec la blessure d'Alexis Palisson. Sur un geste anodin, « la Palisse » s'arrête net dans son élan. Déchirure aux ischio-jambiers. La tuile. En temps normal, c'est trois semaines d'arrêt. En temps de Coupe du monde, ce sera aussi trois semaines. Alexis n'est pas loin du forfait total. On ne le reverra en compétition que le 1er octobre.

En dehors de ce coup dur, le groupe se met doucement sur pied et finit par être tout à fait opérationnel dès le lundi qui suit notre arrivée. Les séances d'entraînement retrouvent de la fraîcheur, de l'énergie, ce que nous confirment les capteurs relevant les données physiologiques que portent les joueurs durant leur sommeil. La semaine qui précède notre entrée en Coupe du monde face au Japon, le 10 septembre au North Harbour Stadium, est à la fois studieuse et encourageante. Le rétablissement de tous les blessés longue durée – Barcella, Rougerie, Harinordoquy, Servat, Szarzewski principalement – relève pratiquement du miracle quand on repense aux conditions initiales. Tous les cinq partaient de loin – d'autres de trop loin, malheureusement, tel Thomas Domingo –, mais, même s'ils affichent des niveaux de forme hétérogènes, les quatre premiers nommés débuteront le match. Quand à Dimitri, il jouera la dernière demi-heure.

Nous voilà rassurés sur l'état général des troupes. Le foncier des deux mois de préparation en amont s'annonce payant. Enfin, en partie… Avec Émile (Ntamack) et Didier (Retière), nous sommes en perpétuelle cogitation. On dirait que sitôt un problème résolu surgissent de nouvelles préoccupations.

– Alexis qui se pète, ça nous désorganise, grogne Émile… Après la sortie de Yohan (Huget)[1], comment tu veux travailler les oppositions avec les trois-quarts ?

– Barcé (Barcella) bosse d'arrache-pied, mais ce n'est pas encore ça, renchérit Didier. Heureusement que Brad (Jean-Baptiste Poux) est en super bourre…

Des ailiers aux piliers, les soucis sont constants, les échanges incessants, entre nous trois comme avec les autres membres de l'encadrement. Didier possède une vision panoramique et une compétence qui ne le réduisent pas à sa seule charge des avants. C'est un mec d'une dimension rare, ouvert, cultivé, fou-dingue de stratégies, bon vivant – il ne laisse pas apparaître le contraire… –, d'humeur égale, facile à vivre, et toujours à la recherche d'une trouvaille qui nous ferait progresser. Un vrai bonheur.

Quant à Émile, son registre est différent. « Milou »,

1. L'ailier international de Bayonne avait été exclu début août du XV de France pour manquement aux règlements antidopage sans justification d'absence.

on le sait, est un énorme compétiteur, que son palmarès laisse deviner[1]. C'est aussi un homme exigeant, ambitieux, orgueilleux aussi, dont la silhouette témoigne qu'il a le sport dans le sang. Nos rapports n'ont pas été un long fleuve tranquille, il le sait, mais on a su se dire les choses et notre passion commune l'a emporté.

C'est le mardi 6 septembre, à 7 h 45 du matin – pour satisfaire les besoins de la presse écrite – que je communique ma première composition d'équipe contre le Japon. Le moment est bien sûr une source de crispation parmi les joueurs. Vais-je jouer, être titulaire ? Cette liste de vingt-deux joueurs n'est pas franchement un casse-tête car je sais où on va. Avec l'enchaînement des deux derniers matches de poule, les plus importants, il me faudra figer après coup une ossature d'équipe-type contre les Néo-Zélandais en vue du quart de finale. Les trente joueurs en sont avertis depuis deux mois, le message est passé et admis. Il est prévu que l'effectif tourne sur les deux premières rencontres afin que chacun reste mobilisé le plus longtemps possible. Ça n'empêche pas les inévitables grincements de dents des suppléants, qui n'en sont pas moins, tous, des compétiteurs en pleine bourre.

Au soir de l'ultime entraînement du vendredi, veille de match, les joueurs se sentent forts, moralement libérés, équipés d'un matelas de confiance épaissi par les deux victoires contre l'Irlande en test-match fin août,

1. 46 sélections en équipe de France (26 essais) ; quintuple champion de France, un Grand chelem (1997), capitaine de Toulouse victorieux de la première Coupe d'Europe (1996), vice-champion du monde 1999, et on en passe…

dont la dernière à Dublin (22-26). Quelques détails me chagrinent pourtant… Le contexte est tourmenté, l'équilibre psychique du groupe danse sur un fil, au regard des accidents de parcours survenus depuis un an, que ce soit le novembre lugubre contre l'Australie au Stade de France (16-59) ou le printemps cauchemardesque qui suivit à Rome (22-21). Et puis, disons-le, l'environnement médiatique ajoute un doute. Plus qu'un doute même, une certitude pour certains médias suffisants, certains consultants ronflants qui s'estiment au cœur de l'action à vingt mille kilomètres de là, dans leurs bureaux parisiens : pour eux, c'est sûr, on va se planter. Méchamment. C'est tellement annoncé qu'ils se donnent tous raison. Mais si le raisonnable gouvernait le sport, il en chasserait toute émotion !

Nous sommes quelques-uns, membres du staff et joueurs, à former un arc de cercle ce soir-là autour du poste de télévision installé dans notre salle de vie. Plus qu'une cérémonie d'ouverture et un match inaugural entre Néo-Zélandais et Tonguiens, ce sont deux de nos prochains adversaires de la poule A qui entrent en piste. Les Blacks, on connaît, les Tonga un peu moins. Forcément, bien avant le coup de sifflet de l'arbitre, on a ébauché des projections. On sait que la composition de notre groupe est intéressante, que l'ordonnancement de nos matches – Japon, Canada, Nouvelle-Zélande puis Tonga pour finir – promet une montée en puissance de l'équipe, que la dernière confrontation s'avèrera probablement décisive pour décrocher l'une des deux places qualificatives pour la phase finale.

Le terme de décisif relève de la litote : dans trois semaines, ce dernier match de poule a de fortes chances de conditionner notre avenir dans la compétition. On a tout à y perdre, y compris de devoir rentrer à la maison la queue basse. Le rugby des Tonga, comme celui de la plupart des îles du Pacifique, c'est un énorme potentiel athlétique, des masses explosives, mais une équipe qui ne parvient toujours pas à se doter d'une organisation collective irréprochable. Cela dit, le fait de jouer également trois matches avant notre confrontation risque de lisser les lacunes tonguiennes. Sans compter que des résultats favorables pourraient bien stimuler psychologiquement nos derniers adversaires connus, qui joueraient alors leur va-tout face à nous… et à n'en pas douter sous les yeux d'une forte délégation de supporters voisins. Oui, le Tonga, c'est bien notre point d'interrogation.

Pour leur première apparition, un événement national dans l'événement mondial, les All Blacks ne font pas de détails : 41-10. Le résultat sec était prévisible. Le match nous fournit cependant peu d'enseignements car, très vite, les hommes en noir ont fait cavalier seul. Cinq essais enfilés comme des perles au cours de la première demi-heure, 29-3 à la mi-temps. Enfin, si, un renseignement de taille : la deuxième période, pendant laquelle les Tonguiens ont resserré les boulons, confirme ce que je pensais : ce sera notre match-clé. Face à eux, il faudra une grosse équipe de France.

À elle maintenant d'entrer dans sa compétition.

*

* *

Je ne suis pas content. Et je ne me gêne pas pour leur faire savoir dans le vestiaire. Plus que le score à la mi-temps (25-11) en notre faveur face aux Japonais, c'est ce que j'ai vu sur le terrain qui m'a fortement déplu. Après un début de match pendant lequel l'équipe est en place, on ne capitalise pas. On est même à côté de la plaque, indigents dans le jeu, dépourvus d'agressivité, légers dans nos intentions. En somme, la continuité des deux derniers jours d'entraînement...

Les images des ultimes séances de la fin de semaine me reviennent en tête : on ne peut pas dire que les joueurs n'y étaient pas, mais leur application était de façade. La veille encore, lors du *captain run*[1], des comportements qui paraîtraient insignifiants pour quiconque me font serrer les mâchoires ; ils sont arrivés sur le terrain en ordre dispersé, ça plaisantait, ça bavassait. Le footing d'échauffement s'effectue en groupuscules épars. Je ne les sens pas. Ils ne forment pas un bloc. Ils sont trop détendus, ce qui n'est jamais bon signe, à l'heure d'affronter une équipe censée jouer les faire-valoir. D'accord, d'accord, ce n'est peut-être que le Japon, qui a toutefois remporté la Pacific Cup[2] en juillet dernier, mais ce match est surtout notre entrée en Coupe du monde, rien que ça ! La veille déjà, j'étais intervenu en stoppant l'entraînement – pas abouti, pas sérieux, pas appliqué.

– Attention, les gars, on démarre la Coupe du monde dans deux jours. On a besoin de valider certaines choses, de prendre du rythme, d'imposer un gros volume de jeu, de faire preuve de maîtrise. De marquer les esprits.

Thierry Dusautoir, notre capitaine, en avait convenu,

1. Le *captain run*, ou l'entraînement du capitaine, est l'ultime séance d'entraînement menée par le capitaine de l'équipe – et non les entraîneurs –, généralement sur le terrain et la veille du match.

2. La Pacific Cup, tournoi qui se dispute tous les quatre ans, regroupe les Samoa, Fidji, Tonga et le Japon.

contrarié lui aussi par cette décontraction sournoise. Les briefings, les séances vidéo, les échanges formels avaient multiplié les avertissements, préparé le terrain, défini les stratégies. Les Japonais aiment volontiers porter la balle ; a contrario, ils ont quelques soucis sur les fondamentaux, notamment sur les phases de conquête : il faut les bousculer en mêlée pour leur prendre des ballons ou les pousser à la faute, contester leurs lancements en touches car ils ne sont pas très grands, entreprendre un travail de sape dans le rapport de force pure. Côté jeu au pied, deux options majeures paraissent dès lors évidentes : soit botter les ballons directement en touche, soit exercer un jeu de pression – par des chandelles – pour leur disputer le ballon aux points de rencontre. En tout état de cause, éviter du jeu dans la profondeur qui leur donnerait des possibilités de contre-attaques.

Individuellement, on les connaissait peu. Nous avions toutefois identifié sur vidéo une charnière très vive, un bon centre à surveiller, un n° 8 puissant. Et si le collectif japonais misait sur sa cohésion, il n'était pas de nature à nous faire trembler.

Jusqu'au réveil musculaire dans l'après-midi, jusqu'à la remise des maillots, les mots d'ordre appelaient à la vigilance : certes, on doit gagner sur notre statut, sur notre potentiel, mais respectez votre adversaire…

Personne ne moufte dans le vestiaire. 25-11, je m'en contrefous. Je pointe les fautes de discipline des avants, de mauvaises annonces en touche révélatrices d'un défaut de concentration, des ballons tombés, un manque de patience, un jeu au pied approximatif qui fait le lit de la vivacité des contre-attaques japonaises. On devait poser notre jeu, être méthodiques, former un bloc organisé face au dynamisme de l'équipe adverse, faire parler notre puissance ; au lieu de quoi, chacun veut faire démonstration de la sienne.

La reprise du match est rassurante. Nos garçons reprennent le contrôle du match, combinent, c'est bien, mais ne marquent rien, n'obtiennent pas même une pénalité. Des péchés de gourmandise s'enchaînent et le match nous échappe sur un contre. Essai de leur ouvreur Arlidge, transformation d'Arlidge, pénalité d'Arlidge huit minutes plus tard. Le score passe alors à 25-21 à l'heure de jeu. On commence à se liquéfier, ils ont le ballon, on est indisciplinés, ils poussent... Je connais la dynamique de groupe, celle qui transcende ou celle qui tétanise. Ce sont deux contagions radicalement divergentes, un feu qui s'embrase chez eux, des braises qui crachotent chez nous. Nous qui venons de nous prendre une nouvelle claque : David Skrela quitte le terrain sur blessure, onze minutes après son entrée.

Dans le box là-haut, je me dis que tout est contre nous.

Avec Jo, avec Didier, on se parle, on monte la voix, on multiplie les consignes auprès de nos hommes postés sur le terrain : Émile (Ntamack), Gonzalo (Quesada), Jean-Luc (Arnaud) qui gère le coaching, Jean-Philippe (Hager), notre médecin. Je suis en colère, bien sûr, mais j'ai peur aussi. Peur de revivre l'humiliante défaite du Stadio Flaminio de Rome six mois auparavant, avec des conséquences plus dramatiques encore...

Heureusement, les changements – Szarzewski, Poux, Marty – et ceux à venir – Parra, Bonnaire, Papé – remettent le bateau sur sa quille, apaisent le tangage, redonnent la cadence pour ramer dans le même sens. Pour finir, trois essais conclus dans les dix dernières minutes, une victoire (47-21), le bonus offensif, les cinq points. Contrat rempli, résultat en trompe l'œil. On voulait de la sérénité, de la constance, on finit avec le feu aux fesses.

Le vestiaire est calme, les joueurs n'ont pas pour autant la conscience tranquille. Ils savent qu'on n'attend jamais d'eux le minimum. S'ils sont à juste titre soulagés, le cumul des erreurs les laisse, eux aussi, plus songeurs qu'euphoriques. Lors de la conférence de presse qui suit, je fais part de mon agacement en des termes édulcorés, comparés à ce que je pense vraiment ; j'évoque pêle-mêle « un match laborieux », une équipe « qui s'est battue dans le désordre », « une charnière poussive et approximative », un « Imanol talentueux mais très dilettante sur certaines séquences de jeu », les « bonnes rentrées de Poux, Szarzewski et Parra »… C'était bien le moins.

La presse écrite, en revanche, ne boude pas son plaisir et quelques médias spécialisés me tombent sur le râble le lendemain. Quelques articles ciblent mon jugement sur Imanol, stigmatisent un climat ambiant qu'ils entrevoient pourtant à peine, et se livrent dès lors à des extrapolations parfaitement fantaisistes. C'est le jeu, me dit-on. Comme c'est le jeu de ma part d'avoir accepté les conférences de presse quotidiennes, les entretiens individuels, les compositions d'équipe à 7 h 45 – obligeant tous les joueurs à se lever tôt pour être tenus informés en premier lieu. Personnellement, le petit jeu en question représentera quarante-huit heures (!) de points presse au cours des trois derniers mois, alors que j'aurais très bien pu me conformer au schéma anglo-saxon, à savoir un point tous les deux jours avec le capitaine, et basta…

Je ne vais pas m'épancher sur la couverture du

bihebdomadaire, dont le diminutif usuel ressemble à un nom de médicament, qui a le bonheur d'être la bible du rugby et le malheur d'en faire un faux testament dès qu'il s'agit de tartiner sur les Bleus. Le jeu, cette fois, était de persuader ses lecteurs que l'équipe de France était criblée de conflits, le groupe scindé en deux… Et pourquoi pas en trois, avec les joueurs d'un côté, le staff de l'autre, et moi isolé au milieu ? J'en avais hélas l'habitude, après trois ans de dénigrement permanent. Le « médicament » va même prescrire une liste, évidemment anonyme, de vingt-cinq joueurs (sur trente) prétendument sortie de la bouche de l'un d'eux, qui réfutent mon mode de fonctionnement ! On croit rêver.

Je ne vais pas non plus vous raconter un conte de fées : un groupe de trente joueurs, de quarante-sept quand on englobe l'encadrement, vivant en vase clos durant quatre mois, est forcément secoué d'éclats de rire et d'éclats de voix, de bourrades et de ruades, d'attentions et de tensions. Il vit, quoi ! Une formation de combat en mode commando n'est pas une classe de neige. Il faut composer avec les ego, les jalousies, les confréries, les rancœurs, les dissensions et même les détestations, comme il en existe dans une cour d'école, un amphi d'étudiants, une salle des marchés. Ce camaïeu de postures n'était pourtant pas de nature à polluer la vie de groupe. On vivait bien, mais sans ce supplément d'âme qui fait d'une aventure une épopée. Ce qui n'empêchera pas certains joueurs d'accomplir des performances remarquables de bout en bout.

Je sais, pour l'avoir été, qu'un joueur de haut niveau peut être susceptible, écorché vif, insupportable parfois, mais que le propre de son statut, que la clé de voûte de sa progression, reposent sur sa capacité d'autocritique. Seule l'honnêteté de son regard sur soi lui permet d'avancer. Quant à la critique positive, pas d'inquiétude : tout le monde s'en chargera – la famille, les amis, les agents, souvent de manière disproportionnée… et moi y compris, à l'occasion.

Je sais que je suis exigeant, concentré sur mon sujet, obsessionnel sur la manière de procéder. Là encore, c'est bien le moins. Certains m'ont dépeint comme un type extrêmement virulent dans ma façon de dire les choses. Ils n'ont retenu de ma spontanéité que le trait grossi de mes remarques. Et Dieu sait si j'atténuais mon propos face à la presse, au regard de ce que je pouvais proférer dans les vestiaires ! Pour autant, mon attitude vis-à-vis des joueurs était empreinte d'une distance affective et respectueuse, et n'était pas celle d'un chef de meute. Je n'étais pas du genre à leur raconter des blagues Carambar au cours des repas ou à leur distribuer des tapes dans le dos aux entraînements, mais il m'arrivait souvent de jouer au tennis de table ou aux cartes avec eux. Et, franchement, quand je parle d'un cinq de devant brouillon, d'une charnière approximative, de trois-quarts maladroits, on a connu plus virulent, non ? En raisonnant par l'absurde, des journalistes me reprochaient de ne pas parler la langue de bois, ce qui est le monde à l'envers, non ? Sans doute parce qu'on y était…

Le soir de ce frustrant match inaugural, les Bleus ont la permission d'aller boire un verre dans les pubs du coin. Moi, je n'ai pas l'humeur vagabonde. Je n'apprécie guère les troisièmes mi-temps les soirs de frustration, encore moins de défaite ; les effluves d'alcool me font remonter des vagues de mélancolie.

Le lendemain matin, je croise des joueurs aux

regards empruntés, gênés, furtifs. Ma nuit a été courte, comme toujours, mais j'ai l'esprit clair : je n'ai pas tiré d'enseignements majeurs du succès mitigé contre le Japon, juste des considérations d'ordre stratégique. Comme prévu, les trente tourneront bel et bien sur les deux premiers matches. Seuls Vincent Clerc, François Trinh-Duc et William Servat, qui a besoin de temps de jeu, seront reconduits en titulaires contre le Canada.

C'était bien ce qui était prévu, mais tous les paramètres peuvent fragiliser notre groupe déjà vulnérable, et je comprends vite que le postulat de disputer la Coupe du monde à trente suscite un début de crispation entre les joueurs, alors que l'équipe doit se stabiliser d'urgence, d'autant que tous les blessés sont maintenant aptes au combat. Certes, le principe avait été collégialement entériné, mais dès que l'un des joueurs se retrouve remplaçant, il n'est plus franchement d'accord. Réaction légitime, mais pour autant individualiste.

Il reste toutefois à peaufiner l'ensemble, au vu du match Tonga-Canada intercalé dans la semaine, le mercredi. Je sais, le calendrier de la Coupe du monde est ainsi établi qu'il ne place pas les vingt qualifiés à pied d'égalité. Les équipes dites mineures jouent tous les quatre jours lors de la phase préliminaire, tandis que nous jouons une fois par semaine. C'est la loi du système, celle du principe de réalité, du business, des diffuseurs qui regroupent les matches-phare pendant les week-ends. Injuste ? Oui, mais, soyons honnêtes, nous sommes mal placés pour revendiquer un rééquilibrage. Les nantis sont privilégiés, ce n'est pas nouveau. De même que l'argument qu'on sert aux petits plaignants : tu n'as qu'à devenir gros.

La victoire des Canadiens sur les îles Tonga (25-20) nous surprend un peu et, de l'avis des membres du staff, elle peut en tous les cas nous faciliter les choses. L'hypothèse d'une défaite face aux Blacks ne déboucherait plus sur un match décisif face aux Tonguiens. La rencontre ne serait plus qualificative, ni éliminatoire. À condition bien sûr de battre le Canada. Et la performance des Canucks ne peut que nous inciter à la prudence.

Notre match contre le Canada a lieu le 18 septembre dans la ville de Napier, localité située à environ quatre cents kilomètres de notre camp de base, sur la côte ouest. Mais nous n'avons pas attendu de basculer dans la deuxième semaine de compétition pour l'aborder. Dès le jeudi précédant notre rencontre face au Japon, nous avions pratiquement bouclé notre préparation. Les montages vidéo réalisés par notre analyste Vincent Krischer sont prêts, et quelques séances d'entraînement sont communes aux deux rendez-vous. Cette rationalisation du planning permet de raccourcir les délais de mise en condition, de « tuer » au plus vite le match disputé, pour se projeter au plus vite vers le suivant. Dès le lundi soir, via des vidéos spécifiques, les joueurs sont dans les clous. Il s'agit maintenant de les traverser.

Avec les Canadiens, on passe d'un extrême à l'autre.

Place à des robustes, des pénibles dans les rucks, un paquet d'avants dense, axé sur la conquête, mais au volume de jeu minimaliste.

Notre intention est de rivaliser sur leurs points forts, mais aussi de déplacer le jeu car nos cousins connaissent quelques soucis dans l'organisation défensive comme dans sa réorganisation, une fois le jeu développé. On doit assurer la conservation du ballon. Et je dois mettre au repos « Titi » Dusautoir, car notre capitaine-courage est appelé à enchaîner les matches, au-delà de cette rencontre, jusqu'à ce bout dont on ignore la fin.

*

* *

46-19, quatre essais, cinq points. Vingt-sept points d'écart pour finir. Les ressemblances avec notre prestation précédente face au Japon ne s'arrêtent pas à la sécheresse des chiffres. Indépendamment des conditions de jeu pluvieuses, moites, glissantes, propices à niveler les forces en jeu, les contenus sont tristement identiques, le scénario approchant. 19-10 à la pause, 25-19 à l'heure de jeu, avant qu'un déboulé d'essais – dont un *hat trick* bouclé par Vincent Clerc à la sirène – donne au tableau d'affichage une impression trompeuse.

Pire encore qu'une succession d'approximations, d'un déficit de cohésion et de fluidité, d'absence de poigne, le comportement de l'équipe pique du nez.

Et si quelque chose commence à m'agacer sérieusement, c'est bien ce manque de flamme général qui incombe en grande partie à celui chargé de souffler sur les braises : la plaque tournante, le stratège, le guide, l'inspiration, l'ouvreur. François Trinh-Duc.

Soyons clair : il faut bien dissocier les choses, l'affect et la performance.

J'adore François dans ses grandes largeurs, mais c'est la longueur du terrain qui m'importe en pareil cas. Voilà trois ans que je l'implique, que je le protège, car il est à mon sens le joueur français le plus talentueux au poste de demi d'ouverture, capable à tout moment de faire la différence, d'apporter du génie. Mais François s'avère décevant dans la conduite du jeu, dans sa propre responsabilisation. J'avais bien conscience qu'en devenant papa peu avant notre départ pour la Nouvelle-Zélande, son contexte était particulier. Je lui avais d'ailleurs permis de différer d'un jour son retour parmi nous, lors du dernier stage de préparation, au CNR fin août.

Déjà, j'avais décidé de ne pas le sélectionner pour le Tournoi des VI Nations 2009, estimant qu'il n'en faisait pas assez pour que son investissement soit à l'égal de son talent. Lors du Tournoi 2011, je lui avais à nouveau réclamé une forte remise en question après le cataclysme vécu chez les Italiens. Je lui reprochais son manque d'investissement, il me reprochait de le harceler. Combien de fois le lui ai-je répété depuis notre arrivée en Nouvelle-Zélande, comme ce soir-là, entre quatre yeux :

– François, le patron, c'est le 10. C'est toi et c'est le demi de mêlée dans un autre registre. Les deux 9 – Yachvili et Parra – s'impliquent, et toi tu traînes des pieds ! Sur le terrain, tu dois commander, montrer la voie. Idem à l'entraînement. Et en dehors, il faut t'associer davantage à la mise en place, aux stratégies, aux échanges avec les entraîneurs.

François me répond qu'il s'est rarement impliqué de la sorte au cours de sa carrière.

– Ça ne suffit pas. Il faut que tu donnes plus.

Pour seule réponse, il baisse la tête, marmonne.

C'était désormais clair, à mes yeux : François n'assumait pas cette absence de perfectionnisme qui doit habiter tout professionnel du plus haut niveau. Les grands joueurs sont des bourreaux de travail et s'il était naturellement proche de leur niveau, il lui restait de la marge. Proche, mais pas parmi. L'inspiration, c'est bien, mais la transpiration ça compte aussi. Ça compte surtout. Je charge alors Gonzalo Quesada de le maintenir à flots, d'établir une relation privilégiée avec lui. Dieu sait s'ils ont échangé, mais sans que rien ne change foncièrement.

Le lendemain de ces deux premiers matches, je ne tiens pas cependant à en remettre une couche devant les joueurs. Je préfère rassurer : l'effectif a tourné, on s'est ressaisis après une entame pénible, on a gagné avec le point de bonus offensif.

Les matches, je les ai encore tous en tête. Pas seulement ceux du XV de France depuis quatre ans. Tout au long des sept semaines de cette Coupe du monde, j'ai dû regarder 90 % des quarante-huit matches. Je dors très peu la nuit, quatre ou cinq heures en moyenne ; une habitude, un rythme. En Nouvelle-Zélande, je me couchais généralement assez tôt, laissant le plus souvent Didier Retière finir nos travaux, et après quelques coups de fil, un peu de lecture, la loupiote était éteinte vers 22 h 30. J'aime bien travailler au petit matin. Tout petit matin. Généralement, je me réveillais vers 3 ou 4 heures, frais et dispos, pour visionner des montages vidéo, réfléchir aux stratégies, puis descendre dans le hall de l'hôtel vers les 5 heures, où je croisais bien souvent des touristes asiatiques plus que partiellement éméchés. J'enfilais alors la capuche de mon sweat et me baladais seul dans la ville d'Auckland. Au fil des rues désertes, je me surprenais à fredonner la chanson de Jacques Dutronc, *Paris s'éveille*, quand Auckland pionçait encore. Je me sentais bien.

*

*   *

Acte III, scène 1 : France – Nouvelle-Zélande. L'affiche. La grande représentation de la phase qualificative a lieu dans six jours, le samedi 24 septembre, dans le théâtre légendaire de l'Eden Park d'Auckland. Depuis la fin du Tournoi, des journalistes me testent sur ma manière d'appréhender le choc. Faire le match, le laisser filer ? Comment peut-on imaginer ça ? Jamais un entraîneur, jamais un joueur de haut niveau ne peut envisager une telle alternative. Jamais nous ne sommes entrés dans un tel calcul.

En dépit de deux succès faciles mais sans réelle signification face aux Tonga (41-10) puis au Japon (83-7), les All Blacks sont à la recherche de leur match référence, et ça va tomber sur nous. Fin août, ils ont perdu leur titre de champions des Tri-Nations en s'inclinant successivement en Afrique du Sud (18-5) puis en Australie (25-20). Ce match, ce duel, survient à point pour les rassurer, et mettre au passage une rouste à ces *Frenchies* qui les ont virés en quart de finale de la Coupe du monde 2007. Psychologiquement, ils n'ont pas le droit de se louper. Plus que la victoire, c'est leur honneur qui est en jeu.

Le nôtre, de jeu, me laisse perplexe. Deux succès à l'arrache, mille questions en suspens. Collectivement, on pioche encore ; individuellement, on commet trop de fautes. Dans le même temps, je relativise : on avait misé sur une préparation intense dont on tirerait les bénéfices au fil des matches. On a constaté de bonnes choses par secteurs, par moments, même si le retour médiatique brouille malheureusement ces acquis, y compris aux yeux des joueurs.

Autre sujet de perplexité ou, au moins, de réflexion : lors du week-end écoulé, la Coupe du monde a donné lieu à des surprises : les Samoans ont contrarié les Gallois (17-10) et, surtout, l'Irlande a dominé l'Australie (15-6), ouvrant une moitié de tableau de la phase finale aux nations de l'hémisphère Nord et bouleversant notre tableau à venir si, comme nous l'espérons alors, nous parvenons en demi-finales. Avec le recul, je reste convaincu qu'on en aurait moins bavé contre l'Australie en demi-finales, au vu de prestations à venir qui ne leur ressemblaient pas…

Pour l'heure, notre problématique majeure tourne autour de la gestion de notre effectif. Je dois faire souffler William Servat, encore poussif, ce qui est après tout bien normal pour notre talonneur en chef, arrivé à Auckland sans compétition dans les jambes depuis plus de trois mois. Je ne suis d'ailleurs pas persuadé que William, fort de son statut de cadre, se soit donné tous les moyens d'être ultra-compétitif : il avait disparu des radars pendant près de deux semaines, pour des vacances en Corse, au lendemain de la finale du Top 14 remportée avec le Stade Toulousain. Au cours de ce match, William se blessa au genou gauche, et reporta l'opération indispensable à la fin juin, retardant d'autant sa préparation. C'est ce qui m'obligea alors à sélectionner trois talonneurs, dont un Dimitri Szarzewski encore convalescent, ce dont Guilhem (Guirado) ne se plaindra pas…

Des décisions irrévocables, des choix en son âme et conscience, quitte à blesser, c'est le lot quotidien d'un entraîneur-sélectionneur. Particulièrement lorsqu'il s'agit d'affronter les Blacks chez eux.

En premier lieu, la première ligne : Dimitri Szarzewski débutera, entouré de Luc Ducalcon et de Jean-Baptiste Poux, après bien des échanges. Dimitri, c'est un bosseur à la hauteur de ses ambitions.

Il a toujours eu en tête de faire partie des trente, des vingt-deux, des quinze. On en parle, on en reparle, je n'en démords pas : je préfère démarrer une rencontre avec William, qui possède la force naturelle de laminer l'adversaire, et de le faire entrer ensuite. Dimitri espère toujours me faire changer d'avis, tient à être titulaire, le tout dit respectueusement, loyalement, mais sans cesse…

Les piliers maintenant : même si sa progression est fulgurante après une série plus que poissarde – rupture du tendon d'Achille au pied gauche en janvier, déchirure du quadriceps gauche mi-juillet, rupture du tendon du biceps gauche début août –, Fabien Barcella n'a pas encore atteint la plénitude des moyens exceptionnels qu'on lui connaît. J'opte donc pour Jean-Baptiste Poux au poste de pilier gauche. Brad, comme on le surnomme, est un soldat fiable en toutes circonstances. À droite, c'est plus sérieux, plus difficile, plus contrariant : le vendredi précédent, Nicolas Mas s'est blessé sur une séance de vitesse. Bilan de l'IRM : déchirure aux ischio-jambiers. Deux bonnes semaines *out*, au bas mot. C'est une perte importante, pour ne pas dire capitale. Nico, que je connais depuis ses sept ans, s'est rendu indispensable, et le voilà aux soins. J'avais prévu de débuter la confrontation avec un paquet d'avants plutôt dynamique, puis de faire entrer du « lourd » (Servat, Mas, Picamoles), mais sa blessure m'oblige à corriger les plans. Je sais alors que je ferai appel à Luc Ducalcon pour le suppléer. Un potentiel rarement vu, une préparation énorme, Luc. Mais une tête qui n'est pas encore totalement immergée dans le grand bain.

En fait, mon véritable casse-tête se situe plus loin derrière, au niveau de la charnière, et plus particulièrement sur la titularisation du demi de mêlée. Pas simple là non plus, tant Dimitri Yachvili et Morgan Parra sont deux compétiteurs hors pair.

Sur le papier, sur les temps de jeu dispensés depuis pratiquement quatre ans, Morgan tient la corde. Sauf que dès l'entame de la préparation, fin juin, le « Yach » s'est investi comme jamais, et fait montre en outre d'une forme éblouissante. Vif, plus qu'on ne le dit dans la presse, mature, propre techniquement, fin stratégiquement. D'ailleurs, si on se réfère aux derniers matches importants joués pendant le Tournoi des VI Nations l'hiver précédent, c'est Dimitri qui occupe le poste de n° 9 lors du match-phare contre l'Angleterre ; et si Morgan est titulaire pour le dernier match à Cardiff, c'est parce que le Biarrot s'est blessé la semaine précédente en Italie. J'échange avec Titi sur la question, et la solution paraît évidente : Dimitri en 9, François en 10, bien sûr. Bien sûr.

Sauf que.

Oui, François Trinh-Duc a progressé dans son jeu, il a élargi son registre, mais la compétition a démarré et il n'a toujours pas décollé. En parallèle, je vois bien que Morgan ronge son frein, qu'il n'a jamais renâclé, que c'est un compétiteur-né, tant sur le terrain qu'à l'entraînement, derrière un écran, dans les heures sup', les discussions. « Je veux jouer, je veux jouer », voilà à quoi se bornait sa voracité. Il trépignait, c'est tout, suffisamment pour que je me sente emmerdé. Et pour ne rien gâcher, la concurrence est saine entre Dimitri et lui. Les deux manifestent du respect l'un envers l'autre, de l'entrain, de l'abnégation…

J'ai tous les tenants et aboutissants en tête. Je me souviens que, de retour à l'hôtel au soir du match contre le Canada, François a reconnu à demi-mot, à quart de mot plutôt, qu'il était passé à côté, tandis que Morgan s'est encore bien tiré d'affaire lorsqu'il l'a remplacé à son poste lors des douze dernières minutes de jeu. Il en a été de même face aux Japonais une semaine plus tôt. Je réfléchis, soupèse, mesure et, ce soir-là, je prends ma décision : Morgan sera notre demi d'ouverture.

Le lendemain, lundi soir, j'entreprends une tournée des chambres pour effectuer des points individuels comme j'en fais parfois avant le dîner. Je vais toquer à la porte de Luc Ducalcon pour lui rappeler que j'attends de lui qu'il soit en match à l'égal de ses entraînements, d'autant qu'il pourrait éventuellement disputer le quart si la blessure de Nicolas Mas s'éternise. Puis je me rends dans la chambre de Morgan. Julien Bonnaire, son compagnon de chambrée, est là.

– Morgan, je peux te parler ?

Julien va pour quitter la pièce, mais je l'arrête.

– Tu peux rester, Julien.

Non content d'être un joueur-clé, un homme mûr, Julien est le papa de jeu de Morgan. Son soutien, son épaule. Et dans le groupe, certainement le plus doué. Julien, dit Jubon, saute peut-être moins haut qu'Imanol Harinordoquy, il est probablement moins percutant que Thierry Dusautoir, moins puissant que Louis Picamoles, mais c'est l'athlète le plus complet, le plus constant, le plus rugby. En sa présence, je m'adresse à Morgan, assis sur le bord de son lit. J'évoque en premier lieu la hiérarchie au poste de demi de mêlée. Il m'écoute, dit me comprendre.

– Par contre, Morgan, tu as joué 10. Ce que tu as fait sur ces deux bouts de match, ça m'intéresse. Tu connais le Yach, il te connaît aussi, et j'ai dans l'idée de vous associer pour démarrer contre les Blacks.

– Tu le sais, me répond-il en se levant, je veux jouer. Tu m'aurais dit troisième ligne, j'aurais réfléchi à deux fois, mais là… Je me suis senti bien sur ces deux rentrées !

Julien se marre, je le prends à témoin.

– Et puis tu auras ton papa pour te protéger !… Bon, je n'ai pas encore vu François, mais réfléchis. Comprends bien, je ne veux surtout pas te flinguer, car tu peux imaginer que ce sera un match dur, à fort enjeu. Tu es un bon défenseur, un bon plaqueur, tu as un bon jeu au pied… J'ai confiance en toi, je ne veux pas que ça te perturbe, que tu gamberges. Tu connais le projet…

Bien sûr que j'avais un peu peur pour lui, qu'il se fasse découper, qu'il hérite d'un cadeau empoisonné. Mais Morgan me rassure. Il est prêt pour tout, comme toujours. Je me dirige vers la porte.

– Dors là-dessus… Et dis-moi ça demain.

Je poursuis ma tournée, m'arrête quelques portes plus loin devant la chambre de François Trinh-Duc, qu'il partage avec son compère de Montpellier, Fulgence Ouedraogo. Lorsque François m'ouvre la porte, il est seul. Je lui parle à nouveau de son déficit d'autocritique, à quoi il me répond qu'il ne s'est jamais autant impliqué que lors des deux semaines écoulées.

– Ce n'est pas assez, François, ce n'est pas assez.

– Mais c'est toujours de ma faute, toujours !

– Mais tu joues en 10, François ! Le 10, c'est le chef d'orchestre. On ne peut pas se permettre d'avoir un chef qui joue une partition moyenne. J'envisage donc de te mettre sur le banc et de faire jouer Morgan.

François baisse la tête.

– C'est toi l'entraîneur…

– Évidemment, je ne veux surtout pas que tu te démobilises. Ce n'est qu'un match. Certes, c'est le match-clé de cette poule, mais il faut que tu te remettes en question. Morgan a réussi deux belles rentrées, il est en forme, il a envie. À toi de voir, d'autant que tu rentreras probablement pour les Blacks, et d'autant que la Coupe du monde n'est pas finie…

En prenant cette décision, je sais à l'avance que tout le monde va me fracasser. Mes copains de la presse spécialisée en premier lieu, des consultants en second… En gros, tous ceux qui gravitent à l'extérieur du cercle, pensent en faire partie, récupèrent parfois des bribes, des réflexions parcellaires et les brodent en certitudes. Bombarder Morgan en 10 sur un match pareil m'annonce un tollé médiatique. Ce qui ne manquera pas. Je m'en tape. Mes décisions n'ont jamais été prises dans la perspective de me rendre populaire, mais dans l'unique but de servir l'équipe de France. Et ce serait mentir de dire que cette vague prévisible d'indignation m'a perturbé…

Je me souviens d'avoir demandé après coup à Gonzalo de s'occuper particulièrement de François durant le reste de la semaine. Qu'il ne lâche pas dans la tête, qu'il se sente entouré.

Cette option avait en outre pour avantage de libérer totalement Dimitri Yachvili.

Les choix, toujours les choix, avant de les annoncer le lendemain, mardi matin, en conférence de presse… Mes échanges avec Titi, notre capitaine, ont constamment tourné autour de cette thématique. Ce jour-là comme les autres jours. Et quand il s'est agi de figer une équipe avant d'affronter les Blacks, nous étions sur la même longueur d'ondes.

– Marc, ce serait bien de resserrer l'équipe.

– Oui, c'est mon intention. Par-delà la fin de gestion des blessés, l'ossature est celle qui a joué l'Irlande à Bordeaux, puis le Japon. On garde ce cap. L'équipe alignée samedi sera proche de celle qui disputera le quart de finale.

La discussion porte alors plus loin. Titi convient que le groupe ne donne pas sa pleine mesure, que la préparation a été bonne, que les garçons sont prêts à casser la baraque, mais il admet qu'on ne voit pas grand-chose jusqu'à maintenant.

L'interrogation du moment concerne les blessés. Les échanges sont permanents, instantanés avec le staff médical, avec Didier, Émile, Gonzalo, Jo, David, les préparateurs physiques. Toutes les informations provenant du cœur du réacteur sont importantes. Chacun des hommes en place sait qu'il ne doit pas hésiter à dépasser le champ de ses compétences pour faire remonter toutes les données précieuses, ou étouffer le souci qui germe. Ainsi, Vincent Krischer n'est pas qu'un vidéaste qui découpe les matches pendant ses nuits blanches ; Gonzalo n'est pas que le spécialiste focalisé sur le jeu au pied ; David n'est pas que notre metteur en scène de la stratégie défensive. Ils sont des joueurs dans l'âme, des experts dans leurs neurones, les yeux d'une vision panoramique.

Des choix, encore et toujours, avec ce quart de finale dans le viseur, pour lequel je ne suis pas définitivement fixé. Disons à 90 %. Je me laisse encore trois ou quatre options, sachant les variables – blessure, méforme – qui pourraient chambouler un équilibre. Voilà pourquoi je n'ai jamais voulu travailler jusqu'alors avec une équipe-type.

Dans cette perspective, je décide de prolonger la titularisation de Pascal Papé, auteur d'une très sérieuse préparation, dans le paquet d'avants en lieu et place de Julien Pierre, toujours entreprenant et dynamique lors de ses rentrées en cours de jeu. D'intégrer pour de bon Maxime Mermoz, qui revient de blessure, un virtuose qui plus est, dans le XV de départ. De relancer Damien Traille car les feux follets des lignes arrière – Clerc, Mermoz, Médard – avaient besoin d'un point de stabilité, d'expérience, doté d'un excellent jeu au pied, derrière eux.

Le choix, plutôt son embarras, porte enfin sur la troisième ligne où l'équipe dispose d'une génération exceptionnelle. J'avais dans un premier temps envisagé de lancer Fufu (Ouedraogo) mais Julien Bonnaire, qui marche alors sur l'eau, sort un match énorme face au Canada. Et comme l'irrésistible Titi revient dans le jeu…

Le lendemain matin de notre discussion dans sa chambre, Morgan me croise au petit-déjeuner. Je n'avais pas encore eu son retour.

– Alors, Morgan, on peut partir sur ce qu'on a dit ?

– Oui, on peut. Faut juste que je file à la muscu pour prendre six ou sept kilos dans la semaine qui reste…

J'avais probablement peu dormi mais la journée allait être belle. À l'entraînement, instantanément, la communication fonctionne parfaitement avec Dimitri placé devant lui ; pareil avec Roro (Rougerie), Max (Mermoz), Fabrice (Estebanez). Les transmissions sont fluides, efficaces, et Julien Bonnaire joue son rôle de composition avec bonheur. Un rêve, oui. Une perle. Ça n'empêche pas le stress.

La semaine est épatante et tous s'y collent. Lionel Rossigneux, notre attaché de presse, me fait savoir que les Néo-Zélandais nous proposent de partager une bière dans leurs vestiaires à l'issue du match, quel qu'en soit le résultat. L'idée est sympa, l'esprit rugby, l'instant convivial. C'est tout nous, ça, que de trinquer ensemble après le match, et nous être coltinés pendant, même au plus haut niveau. Je regrette pourtant qu'aucun membre du protocole n'ait envisagé la même chose après la finale : pas même un pot, une poignée de mains, ce qui ne ressemble pas à la tradition hospitalière de nos hôtes. Pourtant, entre les deux pays, les liens vont au-delà d'un ballon qu'on se déchire. Je me souviens notamment d'une troisième mi-temps partagée avec les Blacks, en novembre 1995 à Toulouse. J'étais remplaçant lors de cette victoire (22-15) et les deux équipes s'étaient retrouvées jusqu'à plus soif. Il fallait bien ça pour voir – la chose n'était pas fréquente – un Jonah Lomu les bras en croix…

J'accepte de bon cœur la proposition. Après notre défaite en match de poule, la plupart des joueurs français s'y rendront. Pas moi, finalement. Je n'arrivais pas à évacuer.

Oui, cette semaine-là est belle. Je vois un Parra débordant d'envie, énorme aux entraînements, avec la banane en toutes circonstances. Son rayonnement est communicatif envers ses partenaires, jubilatoire pour nous le staff, et François joue le jeu avec lui. François qui me dira plus tard qu'il pensait que je voulais juste le piquer au vif, solliciter sa motivation, persuadé que cet avertissement ne durerait que le temps d'un match.

De l'intérieur, et c'est ce qui importe, c'est plutôt

la bonne humeur qui prévaut. Les joueurs connaissent les règles du jeu, râlent quand elles ne favorisent pas le leur, mais c'est de bonne guerre. Et la guerre, justement, est imminente.

*

*   *

Ce match tant attendu par la population néo-zélandaise, par les médias, par les joueurs eux-mêmes, devait nous permettre de rentrer, franchement cette fois, dans la compétition. Plutôt qu'une éventuelle victoire de prestige, il y a une intensité, une dynamique collective à aller chercher.

La stratégie d'ensemble sera peu ou prou celle qui prévaudra pour la finale. On s'est d'ailleurs beaucoup inspiré de ce match de poule : jouer le rugby dont on se sait capable.

Dans les grandes lignes, notre plan de bataille s'articule autour de plusieurs axes de jeu. Au-delà des fondamentaux – conquête, défense, touche –, il faut mettre l'accent sur le soutien au porteur de balle et éviter de jouer dans les zones proches des mêlées spontanées où leur paquet d'avants est très dense, très organisé. Comme le véritable régulateur de l'animation défensive des Blacks est Conrad Smith, le trois-quarts centre, il faut tenter de l'isoler. Lors des séances vidéo, nous avons repéré une faille : Smith, et son compère Nonu avec lui, a tendance à rester dans le sens du terrain et proche des mêlées spontanées. Nous devons donc miser sur des libérations de balles rapides pour les déplacer dans l'espace, puis renverser le sens du jeu à l'aide de nos trois-quarts pour revenir jouer sur les avants. Une séquence énormément travaillée aux entraînements puisque susceptible de créer des situations de déséquilibre dans le système adverse. Mais qu'une finition inefficace réduira à néant…

Il reste qu'au cours des trois premières saisons, notre management général en matière de stratégie offensive reposait en grande partie sur des options à un temps de jeu. Après quoi, en fonction de la qualité de vitesse du ballon et du déséquilibre créé, nos stratèges reprenaient le sens de l'initiative. Une initiative à choix multiple ; soit notre ouvreur sollicitait ses avants via différentes combinaisons codifiées, soit il ouvrait le jeu vers les trois-quarts. Si le ballon sortait lentement d'un regroupement ou d'une mêlée, le demi de mêlée marquait alors d'autres séquences en faisant travailler principalement son paquet d'avants avec lequel on mettait en place une organisation spécifique pour un jeu au pied cohérent.

Samedi 24 septembre, 20 h 30.

C'est notre premier match dans l'antre d'Eden Park. Le tout premier pour moi aussi. Jamais je n'avais eu le privilège de fouler une pelouse néo-zélandaise en tant que joueur, que ce soit lors de mes vingt-cinq capes en Bleu, de mes sélections en France A ou avec les Barbarians[1]. Mon unique séjour en territoire maori date de la tournée de juin 2009 lorsque le XV de France s'était imposé à Dunedin (27-22) puis incliné de justesse à Wellington (10-14). Trois des trente joueurs

1. L'équipe française des Barbarians – ou Baa-baas –, portée par Jean-Pierre Rives et feu Jacques Fouroux, est une déclinaison anglaise d'un club sélect de prestige qui, depuis 1979, sélectionne sur invitation de grands joueurs appelés à rencontrer les meilleures nations, tout en perpétuant l'esprit d'un jeu ouvert et offensif.

français avaient cependant pénétré quatre ans plus tôt dans le sanctuaire des All Blacks, aux bonheurs contrastés pour les Bleus[1].

La théâtralisation du moment comme du lieu a été abondamment évoquée lors de la semaine de préparation. Certes, il faut aborder ce match décomplexés – on a dix points, deux bonus offensifs au passage –, mais on entre là dans la Mecque du rugby, on va toucher le mythe et non plus le fantasmer. L'Eden Park, le paradis des joueurs de rugby, qu'il y soit béni ou maudit, comme le chantait Polnareff, parce qu'on s'entraîne toute la vie pour un match pareil, dans un lieu pareil, contre un adversaire sans pareil.

Nous avons hérité du vestiaire de droite, celui dévolu aux visiteurs, ce qui convient à nos adversaires. Ce qui ne me déplaît pas. Je me souviens avoir dit la veille, lors de l'entraînement du *captain run* : « Va falloir qu'on y prenne nos marques, les gars. Parce qu'on va y revenir trois fois. »

Lors de la remise des maillots à notre hôtel, je me souviens également d'avoir parlé d'un match de prestige sur lequel tout le monde attend qu'on se libère. J'avais dit que les garçons devaient se sortir les tripes pour faire taire nos détracteurs, qu'on n'avait rien à perdre !

1. Nicolas Mas, Pascal Papé et Julien Pierre avaient participé à la tournée d'été 2007 quand le XV de France s'était lourdement incliné 42-11 à l'Eden Park. Treize ans plus tôt, en 1994, le XV de France y ponctua une série historique de deux victoires (22-8 à Christchurch, puis 23-20 à Auckland, avec un premier essai signé Émile Ntamack). Enfin, au sein du staff, Jo Maso a également foulé la pelouse de l'Eden Park lors d'une tournée d'été de trois tests-matches en 1968. Le XV de France s'était incliné 19-12.

– Lâchez-vous, lâchez-vous ! Vous avez les arguments pour rivaliser avec les Néo-Zélandais. Appréciez ce moment, prenez du plaisir. L'environnement vous vomit, la presse parle d'une équipe B, montrez que vous avez de la qualité !

L'entame de match est quasi parfaite. Les Bleus mettent la main sur le ballon, avancent, multiplient les angles d'attaque. C'est tout simplement le rugby qu'on bade, celui qu'on n'avait pas réussi à mettre en place jusque-là. De la fluidité, de l'engagement, des duels, de la cohérence. Depuis un mois, je rongeais mon frein, j'espérais, j'attendais que le contenu des entraînements se matérialise sur le terrain, j'assumais malgré tout cette déperdition. Combien de fois ne me suis-je pas reconnu dans ce que reproduisait le groupe…

Les dix premières minutes sont prometteuses mais on ne marque pas, et on sait que c'est psychologiquement important de prendre le score face aux All Blacks. Et puis, sur leur première contre-attaque, leur troisième ligne centre Thompson aplatit dans notre en-but ; et puis les arrières Jane et Dagg l'imitent. En dix minutes, on est dans le match ; en dix minutes, on l'a perdu. 19-0 après vingt et une minutes, sur des fautes individuelles de défense alors qu'on est en place collectivement, alors qu'on a travaillé sur leur système offensif… C'est cuit.

37-17 au final, cinq essais à deux, Max Mermoz et François Trinh-Duc ayant réussi à percer à deux reprises le mur noir. La deuxième période ne modifiera pas le cours des choses. Encore que, on le verra.

La conférence de presse qui suit est dans la lignée des précédentes. J'ai la mine enjouée de l'entraîneur qui vient de se faire blackbouler, et un journaliste français se lève pour me demander si je crois avoir une équipe capable d'être championne du monde… Dans l'absolu, sa question, cette question, n'est pas plus inepte qu'une autre. D'ailleurs il l'a déjà posée une fois, deux fois, lors des points presse précédents et j'y ai répondu. Là, c'était juste une question… de timing.

– Tu m'emmerdes avec ta question.

Pourquoi lui ai-je répondu ça ? Parce que c'est la première chose qui m'a traversé l'esprit ; parce que je n'allais tout de même pas prendre la pose du vainqueur ; parce qu'il m'emmerdait royalement avec sa question à la noix.

Les commentaires et appréciations diverses n'ont pas manqué de nous tomber dessus, sur moi en premier lieu. Je n'ignore pas que quelques journalistes et consultants n'attendent qu'une chose : que je me ramasse en beauté. Non seulement je les voyais plastronner comme des prélats repus et clamer que ma légitimité à ce poste était plus que douteuse depuis des mois, non seulement ils se prenaient pour des pythies en annonçant notre débâcle, mais ils prédisaient en outre que le groupe allait imploser, qu'on était sur le point de vivre un remake de Knysna, quand les joueurs de l'équipe de France de football avaient refusé de descendre de leur bus pour aller s'entraîner lors de la phase préliminaire de la Coupe du monde 2010, en Afrique du Sud. Vu sous cet angle, quel beau métier…

En interne, et c'est ce qui prévaut, les impressions et ressentis du match sont différemment perçus. Le staff dans son ensemble y a trouvé matière à espérer. Derrière le résultat se cachent des motifs d'encouragement : l'entame du match, une cohésion et un engagement partiellement retrouvés, des situations intéressantes pendant la deuxième période, des franchissements de la ligne d'avantage, deux essais. En outre, dès le retour aux vestiaires, les joueurs reconnaissent s'être sentis forts et physiquement au point. Vincent, qui a bossé toute la nuit qui suit sur les différents montages vidéo, revient aux premières heures avec des petites trouvailles. À notre requête, ses travaux nocturnes sur l'image dissèquent le jeu comme une autopsie recherche la cause d'un homicide, et, selon les besoins du moment, présentent le déroulé du match sous divers scénarios : en dehors des angles thématiques – défense, mêlées, touches… –, il regroupe les séquences en deux parties distinctes : partie défensive / partie offensive, première mi-temps / deuxième mi-temps, le positif offensif / le positif défensif, le négatif offensif / le négatif défensif, c'est selon… Le lendemain soir, avant le dîner, la séance vidéo présentée à l'ensemble des joueurs est intéressante : le montage des séquences valorisantes est plus long que celles qui nous prennent en défaut.

Comme c'est désormais le cas depuis un an maintenant, nous optimisons les quarante-huit heures à venir – soit les dimanche et lundi – en privilégiant la récupération nécessaire et les séances vidéo pour « tuer » le match avant de passer au suivant, face aux Tonga le samedi 1er octobre. La vidéo est au joueur pro ce qu'une première prise de vue est à l'acteur : il faut savoir se regarder en face pour corriger ses fautes de texte ou de placement. Le dimanche en milieu d'après-midi, au sortir d'une phase de repos, les joueurs visionnent d'abord des montages spécifiques qui permettent de revenir sur le match tout en basculant sur le prochain : on leur projette quelques-unes de leurs séquences de jeu face aux Blacks qu'on transpose alors sur le système du prochain adversaire, en l'occurrence Tonga.

Le groupe a ensuite droit à des montages vidéo individuels, qui révèlent notamment nos erreurs défensives, nos décrochés autour des rucks ; ces montages restent ensuite à la disposition des joueurs dans la salle vidéo, qu'ils peuvent visionner à loisir sur un ordinateur – que ce soit leur propre prestation ou celles de leurs équipiers –, avec la possibilité d'être assisté d'un membre du staff.

Aussi importante qu'elle soit, chaque séance vidéo ne doit pas dépasser le quart d'heure d'images et vingt-cinq minutes de réunion au total, sous peine de provoquer chez les joueurs une déconcentration, et, partant, une déperdition. Là aussi, dans notre compte à rebours, il faut tenir compte d'une réalité bien française : je suis l'un des rares sélectionneurs à rendre publique la composition de l'équipe cinq jours avant son prochain match, quand trois jours sont décidés par beaucoup de mes homologues. J'estime qu'il est préférable que nos joueurs soient déjà placés dans le contexte à venir, qu'ils ne gambergent pas sur leurs statuts de titulaires ou de remplaçants. C'est le mieux qu'on puisse faire, je crois, compte tenu de notre mentalité.

La veille de l'annonce de l'équipe sélectionnée contre les Tonga, le mardi matin, j'entreprends quelques débriefings informels avec des joueurs. Parmi eux, bien sûr, Morgan Parra. Je l'avais jeté dans la gueule du loup au poste d'ouvreur, je voulais connaître ses ressentis avec un certain recul. Il était ravi.

– J'ai pris un pied d'enfer !

Par association d'idées, je décide de voir François Trinh-Duc. François avait très bien suppléé Morgan lors du dernier quart d'heure, inscrivant d'ailleurs un bel essai en fin de match. On se retrouve dans la salle de vie de notre hôtel, alors déserte.

– François, je donne la composition de l'équipe demain et je reconduis Morgan en 10.

– Pfff… Tu voulais voir si j'étais un vrai compétiteur et je pense t'avoir montré que je l'étais.

– OK, François, OK. Je ne te demande pas de bader Morgan, mais tu vois comment il s'entraîne, sa manière de bosser. Après chaque entraînement, il passe un quart d'heure à taper des coups d'envoi ; sur chaque mouvement, il échange avec ses centres, il vient regarder des montages individuels, visionne à la pelle les montages vidéo collectifs… C'est ce que tu devrais faire, c'est ton boulot.

– C'est toujours de ma faute. Depuis le début, c'est toujours pareil.

François tourne alors les talons, va pour quitter la pièce.

– Écoute François, je viens t'expliquer mon choix. Je ne suis pas obligé. Reste, regarde-moi.

La tête de Titi Dusautoir apparaît alors dans l'embrasure de la porte. Pour disparaître aussitôt. S'ensuit une nouvelle explication de texte. Le ton est vif de part et d'autre, c'est vrai. On ne se comprend pas vraiment. Ça ne m'énerve plus, ça m'attriste.

Le mardi matin, comme chaque matin, j'arrive à la première heure dans la salle des petits-déjeuners. J'y retrouve comme toujours David Ellis, le papy, comme l'appellent affectueusement les joueurs, un lève-tôt lui aussi. Passer dix ans de sa jeunesse dans les mines de charbon du nord de l'Angleterre et vingt de plus dans une rugueuse carrière de jeu à XIII creusent un caractère. Je mesure au quotidien la valeur qu'il porte au travail. Bosseur, flegmatique, d'humeur égale, pince-sans-rire, et obsédé par la stratégie défensive, c'est un bonheur en peu de mots que de le côtoyer. Pour un peu, David m'aurait réconcilié avec l'abord anglais…

On entame une conversation de petit-déjeuner, qui bifurque tout naturellement vers les prospectives d'un quart de finale. C'est entre deux tartines que je lui lance une boutade : « Si on prend l'Angleterre, je ne rase plus ma moustache ! », lui dis-je, en pointant la sienne. J'étais à cent lieues de penser que le mouvement allait faire tâche d'huile.

Sur le terrain, on passe une belle semaine. Le rayonnement de Parra se propage du 9 au 15 ; Max Médard, installé à l'arrière, est ravi ; le Yach est comme un poisson dans l'eau ; Rougerie et Mermoz s'entendent parfaitement ; Alexis, qui déboule dans l'équipe, est tout heureux d'en être enfin. Les mises en place à l'arrière sont globalement fluides, performantes, constructives, et l'ensemble du groupe s'active dans le sérieux, et même, disons-le, dans une atmosphère de sérénité. Du bord du terrain, j'échange quelques mots avec les membres du staff. Oui, on est plutôt pas mal.

Pendant ce temps, les médias spécialisés grattouillent, l'ambiance n'est pas raturée pour autant. Damien Traille, que j'avais sorti à la mi-temps face aux Blacks, s'excuse pour ses « propos déformés » dans la presse lors de notre partie de cartes du surlendemain soir ; tout comme Loulou (Picamoles), qui a connu le même sort.

Mon doute majeur – dans les situations les plus

zen, il en subsiste toujours au moins une demi-douzaine – réside en fait dans la nomination du troisième ligne centre. Même s'il a effectué une bonne rentrée en deuxième mi-temps face aux Blacks, Imanol n'est pas encore irréprochable. Et je sais que sur la colère, quand il quitte l'ombre du banc pour retrouver la lumière du jeu, il est impeccable. De son côté, Raphaël (Lakafia) a réalisé un match épatant contre le Japon ; sa constance, son humilité, sa défense dans les mêlées spontanées comme ses perforations ballon en main constituent des atouts qui homogénéisent notre paquet d'avants. Sur ce premier match, Lakaf comptabilise d'ailleurs plus d'actions positives que Bonnaire et Dusautoir. Enfin, si Loulou (Louis Picamoles) commence à toucher les dividendes de sa préparation de dingue, Raphaël lui est supérieur dans le déplacement et l'activité défensive… Ce sera donc lui qui débutera face aux Tonguiens.

Je vais en faire part à « Loulou » dans sa chambre, qui encaisse le coup en baissant la tête.

La fin de semaine est chouette. Ça se passe bien. Avec cinq points (victoire sur le Japon) pour les Tonga quand on en compte le double, il faudrait un scénario improbable pour qu'ils nous chipent la deuxième place qualificative derrière les intouchables All Blacks. Cet improbable passe même par une victoire de nos prochains adversaires avec le point de bonus à la clé. Sérieusement… Nos joueurs sont appliqués, les entraînements nickel, les tirs rectifiés : ils ont conscience qu'il leur faut maintenant valider notre ticket pour préparer sereinement notre quart de finale. Oui, ça se passe bien. Presque trop bien même.

Nous voilà à Wellington pour boucler notre première boucle. Dans le courant de l'après-midi, j'ai comme une indicible appréhension en tournicotant dans ma chambre. Ce confort, ça ne nous réussit pas. Lors de la remise des maillots que j'effectue à notre hôtel *Amora*, mon bref speech est résolument positif :

– On a perdu du temps, les gars. Rattrapons-le ce soir pour se mettre en ordre de marche avant le quart. Avec sérieux. Je pars du principe que les Tonga veulent non seulement gagner, mais inscrire quatre essais, synonyme du point de bonus qui leur ouvrirait la porte des quarts à nos dépens. Alors attention à ne pas se découvrir, à ne pas tomber dans le piège d'un hourrah-rugby, à leurs contre-attaques qui seront leur planche de salut. Ils voudront finir sur une victoire pratiquement à domicile.

Car ils sont nombreux, les Tonguiens dans le stade, même si dix mille, quinze mille supporters français bariolés, enjoués, grimés, ont fait le déplacement à l'autre bout de la planète. Et nous, ce jour-là, on fait du surplace, on recule, on subit. C'est probablement le match où je me suis le plus énervé dans mon box, là-haut ; à crier dans le vide, à lever les yeux au ciel, à jeter mes bras sur le pupitre. De la colère et pire encore, de l'abattement. Tout ce qu'il ne fallait pas faire, on l'a fait : des ballons tombés, des fautes de discipline, un mauvais jeu au pied, des mésententes sur les remises en touche… Je suis abasourdi. Jo et Didier tout autant. Rien ne fonctionne, rien ne nous annonce un réveil, un sursaut, une contestation.

À la mi-temps, que nous atteignons avec sept points de retard (13-6), je descends retrouver les joueurs au vestiaire. Je temporise et délivre en substance quelques messages.

– Reprenons le fil de notre jeu. Restons organisés, cartésiens. Soyons patients. Ça va venir, ça va passer.

Le Yach a beau réduire le score sur pénalité au retour sur le terrain, notre équipe est toujours empruntée, sans inspiration, dépourvue d'agressivité. Le chronomètre défile et alors que le poids de la consternation m'enfonce dans un effroi insoupçonnable, je m'aperçois que nos adversaires ne jouent pas. Enfin, pas comme il faudrait pour aller chercher ces quatre essais qui nous enverraient définitivement par le fond. Les Tonguiens tentent des pénalités quand nous sommes au point de rupture… Le doute m'envahit soudain. Je me tourne brutalement vers Jo, vers Didier, vers Jean Dunyach, notre responsable du haut niveau, assis derrière nous : « C'est pas possible ! On s'est gourés dans nos calculs ou quoi ? »

L'instant est d'autant plus surréaliste que me revient en mémoire le match que les Tonga avaient remporté précédemment contre le Japon, point de bonus en rab. Il n'y avait qu'une seule option pour qu'on ne soit pas qualifiés : qu'ils raflent cinq autres points, sans que nous prenions le point de bonus défensif. À moins que je ne sache plus compter !

– Non, non, non ! s'écrie Jo. Y a pas d'erreur !

L'essai de Vincent Clerc en toute fin de match n'apaise pas notre désolation. 19-14, une deuxième défaite de rang, du jamais vu pour un quart de finaliste, depuis les îles Fidji en 1987.

Le supplice se prolonge sur le terrain, où un cérémonial est prévu avec la remise saugrenue de breloques au qualifié que nous sommes malgré tout. Des sifflets tombent des tribunes, la honte s'abat sur nous. Une fois dans les vestiaires, je crie sans fard ma colère.

Certains joueurs se réfugient dans les douches pour

pleurer leurs frustrations. Un cauchemar. Tout est flanqué par terre : mes espoirs de réaliser un match plein dans des conditions idoines, une semaine d'entraînements constructive anéantie. J'essaie de m'accrocher à quelques aspérités bien fragiles : les Tonga ont joué le match de leur vie, ils ont été très réalistes. Oui, et alors ?

Sans penser au lendemain, puisqu'on en a un malgré tout, j'ai pris mon temps pour parler aux joueurs de honte, d'humiliation, mais aussi d'orgueil. « On est toujours vivants. » Mal en point, fracassés, mais vivants. Je parle encore de remobilisation, dans l'attente de la désignation de notre adversaire, puisque l'Angleterre rencontre l'Écosse dans un peu plus d'une heure à Auckland.

En chemin vers la conférence de presse, je ressasse mes pensées. On n'a pas mis tous les ingrédients, on n'avait pas la crainte de l'adversaire, on avait la tête aux quarts. Face à l'auditoire, je répète en substance ce que j'ai dit aux joueurs : je reconnais la bouillie de match, la désolation, mais on est qualifiés pour la dernière phase et, oui, on est toujours vivants. Certains me font savoir entre les mots que nous avons eu « le cul bordé de nouilles »... Non, jamais. Si les Tonguiens avaient battu précédemment le Canada comme la logique le voulait, nous aurions été dans un tout autre état d'esprit. Et puis, les autres n'ont qu'à faire mieux.

Autant les conférences de presse m'avaient empêché de dormir au cours de ma première année d'entraîneur, en raison principalement de l'annonce publique de l'équipe qui réclame la même solennité que la remise des maillots, autant j'en ai ensuite pris la mesure. Là, tout au long de la compétition, je les ai toujours abordées sur un mode combatif, argumenté, pour combler les vides qui ne manqueraient pas de se remplir de bile. Qui se sont remplis comme tels.

Vous n'imaginez pas le pathétique des conférences de presse. On se regarde, on attend la première salve de questions portant le plus souvent sur des points de détail – coaching, *turnovers*, statistiques… Je caricature, mais j'avais en face de moi un banc de poissons morts, même après des victoires. Mon coauteur tente de m'infléchir, fait l'outré. Ça ne se dit pas ? Je réitère : des poissons morts, des ambiances sinistres, répulsives, une défiance latente. Ce climat d'hostilité a été l'une des raisons qui m'ont poussé depuis longtemps à ne pas renouveler mon mandat à la tête du XV de France. À travers moi, c'est l'équipe de France qui pouvait être déstabilisée. Les quatre mois de préparation m'avaient cependant permis d'occulter cette zone molle et de tracer la voie.

Il reste qu'en retour à notre disponibilité – tradition perpétuée depuis que le XV est XV – qui se prolonge par des arrangements en tête à tête, qui avec un joueur, qui avec un membre du staff, on a droit à des missiles. Le prosélytisme aidant, la presse écrite dédiée au rugby s'autoalimente de rumeurs, peu nombreux sont les journalistes qui s'y soustraient. Une info sans fondement fait le tour des journaux, et on imagine mal les dégâts qu'elles peuvent provoquer sur un groupe déjà fragilisé par des résultats en dents de scie. On ne peut pas me reprocher d'avoir bâillonné les joueurs. Ça n'a pourtant pas empêché Lionel Rossigneux, notre attaché de presse, d'avoir été traité comme un moins-que-rien par des médias bien pensants.

Arnaud David, chef adjoint des sports et responsable rugby du quotidien *Sud-Ouest*, m'envoya un long mail quelques semaines après la Coupe du monde. Il m'écrivit en substance que je m'étais transformé en hérisson. Il n'a pas tort. Pendant la préparation, mes rapports s'étaient durcis avec la presse écrite spécialisée ; quelques échanges de textos, de brèves discussions autour d'un bar, au pied d'un bus, à la volée. Cette raideur posturale résultait de confidences exploitées, d'analyses hors sujet, que je jugeais bien peu pertinentes au regard de ce qui se vivait véritablement dans le groupe France. Peut-être certains m'ont-ils alors considéré comme un paranoïaque, à ceci près que ma méfiance reposait sur des faits bien réels. Je n'avais plus envie de nourrir une main qui allait ensuite nous taper dessus.

Je reviens dans les vestiaires où les joueurs finissent de se rhabiller dans un silence de mort. Je me dirige vers les trois frigos où sont gardés au frais quelques sandwiches, des boissons énergétiques et deux ou trois packs de bière. Je les prends, les pose sur l'une des deux tables de massage au centre.

– Allez, c'est bon. On ne va pas tomber dans la morosité, hein ? On va boire quelques canons.

Et de distribuer les premières bouteilles à des mains qui se tendent, à des sourires qui réapparaissent timidement.

Dans le même temps, les regards se tournent vers un coin du vestiaire où un poste de télévision retransmet en direct le début du match Angleterre-Écosse. Les Anglais sont menés, un scénario improbable prend corps : le XV de la Rose pourrait bien finir troisième de sa poule B… Ce qui ne nous arrangeait pas trop, finalement. Sans évoquer leur parcours sans éclat jusqu'alors, on avait particulièrement mis l'accent sur notre confrontation avec nos meilleurs ennemis pendant la semaine, privilégiant l'option anglaise à celles de l'Écosse ou de l'Argentine, les Pumas étant en passe de se qualifier le lendemain. L'équipe quitte le stade de Wellington au début de la deuxième période et on n'apprendra le résultat (16-12 en faveur de l'Angleterre) qu'à notre descente du bus, au pied de notre hôtel.

En chemin, j'attrape le micro près du chauffeur : « Faut qu'on se lâche, qu'on discute, qu'on se parle, d'accord ? » Titi acquiesce, les joueurs semblent approuver.

À notre arrivée à l'hôtel *Amora*, après avoir déposé nos sacs dans les chambres respectives, nous gagnons alors notre salle de vie au sixième étage où est dressé un buffet dînatoire. Au cours du repas, je redescends dans le hall pour honorer deux interviews en duplex pour des chaînes de télévision française. J'en ai pratiquement terminé avec les journalistes télé qu'apparaissent dans mon champ de vision quelques silhouettes de joueurs, qui sont en train de traverser l'avenue faisant face à notre hôtel. J'appelle alors sur son téléphone portable l'un de ceux que j'ai identifiés.

– Vous allez où, là ? Vous ne restez pas ?

– Ben, il y a nos femmes qui s'en vont demain. On leur avait promis de passer la soirée avec elles…

– Mais on avait bien dit qu'on se retrouverait ensemble ? Il n'est pas tard, vous les verrez ensuite. On est quand même en quart de finale, ça me paraît important, non ?

– Oui, oui, mais bon, on est en route, là…

– OK, OK. Faites ce que vous voulez ; après tout, vous êtes grands.

Honnêtement, sur le moment, je prends un coup

sur la tête. Les joueurs ont toujours eu la permission de sortie après chaque match ; ils avaient une journée et demie pour eux, nuit comprise, par semaine, ce qui n'empêchait pas certains de faire le mur d'autres soirs. Se retrouver une vingtaine de minutes entre nous ne me paraissait pas superflu en l'occasion. Il fallait croire que si.

Je remonte dans notre salle de vie où je retrouve les membres du staff, une quinzaine de joueurs qui entreprennent des jeux, quelques autres ayant préféré regagner leurs chambres. Le groupe est éclaté, décevant. Avec mon staff, on ne se sent pas l'esprit ludique. On boit quelques verres, mais le cœur n'y est pas. Chacun revient sur le match, on gamberge, on se questionne, on tourne en rond. Les « pas assez d'ingrédients, pas assez de combat » tournent en boucle. Ma tête est ailleurs. J'avais espéré provoquer une grosse soirée, une dynamique collective qui nous manque depuis le début de la compétition, un resserrement du groupe au regard des flèches au cyanure qui sont décochées de partout ; au lieu de quoi le groupe se délite.

Je finis la soirée avec les joueurs restants, avec mon épouse par téléphone interposé qui, m'entendant dans cet état, décide de ne plus partir le lendemain comme convenu, et se débrouillera finalement pour rester. Sacrée Isa. Avec Pierre Camou qui est triste pour moi. Avec Fabien Pelous, au téléphone lui aussi, à qui je confie mes sentiments confus. Avec du blues entre les deux oreilles quand je tombe sur le lit.

*

*   *

Je suis ainsi fait. Quatre heures en apnée, une balade avec Dutronc en tête, et je suis sur pied. Je suis de ceux qui repartent toniques, me refusant à être aigri ou rancunier. Broyer du noir, puis dire les choses telles quelles en guise d'exutoire, et passer à autre chose.

Ce matin-là, l'agenda du jour est trop serré pour que je convoque les joueurs à un briefing avant de me rendre à la conférence de presse. Avec la contrariété vécue quelques heures auparavant à l'hôtel, mon air désabusé parle pour moi ; je fais part de mes sentiments, j'établis un parallèle avec un événement français vécu un an plus tôt en Afrique du Sud.

– Quelque part, dis-je, les joueurs ne sont pas descendus du bus.

La condescendance avec laquelle le monde du rugby professionnel s'était gaussé du comportement des footballeurs français ne devait pas faire oublier nos propres errements. Ça m'avait agacé. Une histoire d'hommes, c'est compliqué. Nous étions en tournée en Argentine quand le « putsch » des footeux s'est produit, et je ne pouvais pas dire alors que nous étions de notre côté irréprochables en matière de comportement. À cela s'étaient ajoutés des commentaires acides ou révoltés de personnalités politiques, de donneurs de leçons… Qui peut se targuer de tout comprendre de ces gamins friqués – la faute à qui ? –, incapables de mesurer les conséquences de leurs actes depuis leur bulle dorée ? Qui a l'autorité morale de lyncher Raymond Domenech en place publique ? Pour autant, je reste persuadé qu'un spectacle aussi pathétique ne pourrait se produire dans le monde du rugby. Mais voilà : j'ose cette comparaison, sévère, devant une forêt de caméras. Parce que c'est ma manière de fonctionner, de réagir, alors gouverné par la honte et la frustration.

D'alerter aussi. Nous avons un quart de finale en vue, un événement de nature à nous serrer les coudes ; au lieu de quoi certains partaient… pour les lever. Dans le but de désamorcer la tension, j'avais même imaginé avec quelques joueurs reconstituer une scène factice : je descendrais d'un bus en râlant, avec une feuille entre les mains, tandis que l'équipe resterait confinée à l'intérieur. L'esprit farceur du rugby. Qui aurait été sûrement mal interprété…

Et dans le registre du malentendu, mon téléphone portable m'en annonçait une multitude. À peine sorti de la conférence de presse filmée, une flopée de textos défilent sur mon écran. Des amis de tout bord m'ont vu décomposé, l'œil sombre, le visage noirci par une moustache désormais apparente et une barbe naissante contribuant à me présenter d'humeur abattue. « Reprends-toi, Marc », « Ne te laisse pas abattre », « Montre-leur qui tu es », « Impose-toi, impose tes vues ! », « Tu les emmerdes, Marc, trace ton chemin »… C'était adorable, mais j'étais en pleine bourre, plein de pêche, d'envie d'en découdre ! Oui, j'étais vivant, plus vivant que jamais, conscient que j'avais de la chance de vivre des moments privilégiés, durs et stressants peut-être, mais incomparables. Tenez, deux jours avant la finale, Jo m'invite dans sa chambre pour partager un verre de Banyuls, histoire de mettre un peu de notre pays commun dans la conversation. C'est un pot de l'amitié comme Jo sait faire, qui se veut réconfortant.

– Allez Marc, allez, ça va bien se passer, ne te fais pas de mouron…

– Mais Jo, je suis impeccable. Tu veux même que je te dise ? Je me régale !

Pour préparer les devants, il convient souvent d'assurer ses arrières. La veille du match contre les Tonga, j'avais convoqué Aurélien Rougerie et Julien Bonnaire dans la chambrée de Lionel Nallet et de Julien Pierre. Morgan Parra aurait pu en être aussi, mais il avait déjà pas mal de choses à gérer, et notamment de se concentrer sur son jeu tout neuf d'ouvreur. Une fois tous réunis, je leur ai demandé une mobilisation accrue. J'avais confiance en eux, c'étaient des hommes forts, fiables, exemplaires, responsables, tous passés par la noble et rugueuse école de Bourgoin – hors Roro – avant de faire les beaux jours de Clermont-Ferrand.

– Vous êtes les garants de ce groupe et vous devez aider le capitaine. Parce que Titi cristallise sur lui beaucoup de critiques et qu'il peut se sentir seul parfois. Et vous, la « Berjallie auvergnate », vous constituez le noyau dur, en termes d'état d'esprit et d'application notamment. Vous devez prendre les choses en main.

J'avais ressenti le besoin de responsabiliser d'autres hommes que Titi Dusautoir pour densifier notre projet de jeu. Sa garde rapprochée était exclusivement toulousaine, un penchant naturel, mais qui le privait toutefois d'autres leaders de jeu devant légitimement se mettre en avant. Avec Thierry, nos échanges ont toujours été francs, honnêtes, directs. Le joueur est exemplaire en toutes circonstances, l'homme droit en tout point, et il a largement mérité le trophée de meilleur joueur du monde qui lui a été remis le lendemain de la finale. Je ne peux pas tout détailler mais j'avoue que nous avons eu des accrochages verbaux assez sévères, après les déculottées en Italie et contre l'Australie, qui ont fragilisé notre relation. Et j'avais besoin de plusieurs relais forts dans le groupe.

Bref, pour en revenir au matin qui suit la conférence de presse dominicale, je prends la parole lors du débriefing collectif précédant notre visite à l'ambassade de France en Nouvelle-Zélande, auquel manquait Titi, bloqué sur une table de soins. Et je ne mâche pas mes mots.

– J'ai honte. Chaque passe, chaque plaquage que vous ratez… Il y a des mecs qui sont venus du bout du monde pour nous encourager… Qu'est-ce qu'on fait ? Quand est-ce qu'on va se rebeller ? Le projet de jeu, l'incompréhension… Envoyez-moi chier, putain ! Prenez-vous en main, faites quelque chose, mais pas ça !

Ma diatribe, alors filmée par le journaliste de TF1 embarqué au sein du groupe, a fait l'objet d'un extrait diffusé par la chaîne. Par la suite, caméra coupée, j'ai poursuivi, crûment, dans l'espoir de les piquer au vif, de les amener à mon double constat de colère et de réaction.

– Honte, oui, j'ai eu honte ! Je ne suis peut-être qu'un petit entraîneur de Pro D2[1] pour certains, mais on a pissé sur la gueule de nos supporters… Mais vous avez quoi dans les veines ? Vous avez quoi dans le cœur ? Vous avez quoi dans les couilles ? Merde, fait chier !

Je prends alors l'un des cadres à témoin devant les autres. Notre talonneur titulaire, Servat.

– William, c'est ça ta Coupe du monde ? Tu te régales ? Quel souvenir veux-tu en garder ?

La colère évacuée, je reprends la trame du programme, puisqu'on a malgré tout la chance d'être

1. La deuxième division du championnat de France professionnel, où évoluait le club de Dax quand Marc Lièvremont en était l'entraîneur en 2007, avant de prendre les rênes du XV de France.

encore de la partie pour la phase finale de la Coupe du monde.

– La troisième mi-temps, vous n'avez pas su la faire hier. Je peux comprendre, mais si vous le voulez, on la fait après le déjeuner prévu à l'ambassade. On supprime la récupération, on supprime la séance vidéo.

Les joueurs ne manifestent aucune réprobation visible à ce changement de programme et nous voilà tous en passe d'honorer l'invitation de l'ambassadeur Francis Étienne. À la sortie du débriefing, William me rattrape :

– Marc, merde, tu m'as vexé tout à l'heure ! Et devant tout le groupe en plus !

– Tu t'attendais à quoi, William ? Qu'est-ce que tu voulais que je te dise d'autre ?

– Bon, d'accord, mais quand même…

– J'ai confiance en toi, William, mais on attend quoi, hein ? On en a bavé et on n'a rien montré de notre potentiel. Tout ça pour passer à côté de notre Coupe du monde…

William m'écoute en hochant perceptiblement la tête, puis enchaîne sur le contenu du débriefing :

– Tu es trop honnête avec nous. Tu n'as qu'à être plus direct : « Si tu ne joues pas, c'est que tu es moins bon, voilà tout. »

Je lui marque mon désaccord. Ce n'est pas mon sens du management. Mais on se quitte réglo.

Une fois aux portes de l'ambassade, les mines se dérident, quelques plaisanteries fusent. Le groupe revient peu à peu à lui.

Au retour, Pascal Papé décroche le micro dans le bus :

– On a décidé d'un *dress code* pour cet après-midi. Après le déjeuner, on se retrouve tous à 14 heures à la salle de vie en chemise-cravate, bermuda Nike et tongs !

Voilà qui me rassure.

Dans le hall de l'hôtel, je croise Titi, qui vient de dire au revoir à sa fiancée repartant en France. Je lui signifie mon désir de ne pas revoir à la vidéo ce simulacre de match contre les Tonga.

– Je n'ai pas envie de travailler dessus, de répéter les choses. Soit on le zappe et on passe directement à l'Angleterre, soit vous vous prenez en main et vous le revoyez ensemble. Faites votre montage vidéo avec Vincent.

Titi approuvant l'idée, je poursuis :

– On va faire notre troisième mi-temps tout à l'heure dans notre salle de vie là-haut. De fait, on va décaler la préparation d'un jour. Demain lundi, récupération complète ; on reprendra mardi avec un entraînement à l'ancienne, assez heurté, histoire de remettre du combat dans lequel tout le monde s'implique, d'accord ?

Titi acquiesce à nouveau.

De 14 heures à 18 h 30, les joueurs ont donc la liberté d'échanger, de relâcher la pression d'un côté, d'en remplir les verres de l'autre. Je sirote quelques coups avec eux avant de m'éclipser car on doit tout de même basculer sur le match à venir contre l'Angleterre. De toute manière, je n'aurais pas pu.

Avec des membres de l'encadrement technique, je travaille alors sur des vidéos dans la pièce voisine, d'où je peux apercevoir tous les joueurs se retrouver. Et puis, vers la fin de l'après-midi, ils se disposent en cercle, épaules contre épaules, mains dans les mains, se mettent alors à chanter et à se promettre des choses.

Au classement IRB, la Fédération internationale, la France tombait ce jour-là au huitième rang mondial. Du jamais vu. Mais au même instant, dans le secret de cette salle de vie, notre Coupe du monde démarrait.

Dans la foulée de ce moment de vérité, quelques joueurs cadres rejoignent Vincent et Titi pour découper les séquences de leur propre montage vidéo. Autour de notre vidéaste se retrouvent Julien Bonnaire, Dimitri Yachvili, Vincent Clerc, Aurélien Rougerie entre autres. Un débriefing collectif s'ensuit en présence de tous les joueurs, mais sans aucun membre du staff. Trois ans que j'attendais ce moment : les garçons se sont enfin pris en main !

Tant mieux. J'avais toujours regretté que ces séances soient un tantinet passives, que les questions qui leur étaient adressées en cours de projection restaient le plus souvent en suspens. Là, pas d'échappatoire : c'était entre eux et pour eux.

En parallèle, je réunis le staff. On met au jour nos constats en matière de déficit : les commandements, les plaquages ratés… En revanche, on garde le contenu des débriefings par lignes pour la séance programmée le lendemain, mardi, après notre transfert à Auckland.

*

* *

Finis la quiétude de Takapuna et son bord de mer aux plages magnifiques, place au *SkyCity Hotel* en plein centre-ville. On vient de passer à l'heure d'été, soit onze heures de décalage horaire avec la France désormais, mais l'horloge des médias n'a pas changé de fuseau. On nous broie les os. Certains vont jusqu'à écrire que l'équipe est une insulte à l'idée qu'on se fait du rugby ; on nous annonce une semaine interminable, un malaise grandissant, un désastre prévisible, dans cinq jours à l'Eden Park, face aux Anglais. On nous donne pour morts, on nous administre l'extrême-onction alors que je ne me suis jamais senti aussi vivant. Enfin, si : j'avais éprouvé la même vigueur lors de la semaine intercalée entre notre déconfiture à Rome en mars, sept mois plus tôt, et notre résurrection contre les Gallois, une semaine plus tard. Cependant, je goûte peu l'intervention de notre « *profiler* » dans les colonnes de *L'Équipe*, dans lesquelles il évente notamment le profil psychologique des joueurs.

Mon discours à l'occasion du premier débriefing vidéo collectif joue l'apaisement, la confiance. Bien sûr, on n'a jamais battu les Anglais en Coupe du monde, hormis lors d'un match pour la petite finale en 1995, et il est vrai aussi que nos prochains adversaires sont pour l'instant invaincus depuis le début de la compétition, mais voyons les choses froidement : ils n'ont pas pour autant sorti un grand rugby.

La première bonne nouvelle provient du staff médical et des préparateurs physiques : Nicolas Mas est apte à retourner au charbon. Outre sa rentrée en première ligne, je procède également à un changement notable lors de l'annonce des titulaires en conférence de presse, à midi : Imanol retrouve sa place en n° 8, à la place de Raphaël Lakafia. Il nous faut de l'expérience, de la maturité, tout en misant sur la touche avec un sauteur supplémentaire.

Une moins bonne annonce est à suivre : je dois aller voir Fabrice Estebanez, effondré dans sa chambre. Un plaquage dangereux à l'heure de jeu contre un attaquant des Tonga lui a valu un carton jaune. Le couperet de la commission de discipline vient de tomber depuis peu : quatre semaines de suspension. C'en est fini pour lui. Je balbutie quelques syllabes, il hoche la tête. Fabrice, c'est non seulement un très bon joueur, mais aussi un personnage attachant au parcours atypique, intelligent, respectueux, valeureux, positif en tout point. On se tombe dans les bras. Dans cette désolation, je suis heureux d'apprendre qu'il accepte de repousser son retour en France et de rester avec nous.

Dans les heures qui suivent, quelques joueurs viennent me voir, en tête à tête, discrètement ; gênés aux entournures, ils se lancent dans des explications bancales pour justifier leur manque d'investissement, me promettent que c'est fini, qu'ils seront irréprochables sur le terrain comme en dehors, juré, craché, croix de bois, croix de fer.

En tout état de cause, pas un, je dis bien pas *un* joueur n'est venu me demander de simplifier le projet de jeu, qui avait été assimilé et validé par tous, et qui avait été amendé de temps de jeu supplémentaires huit mois plus tôt, dès le début du Tournoi des VI Nations. Non, pas un seul. Comme pas un seul n'a souffert d'un souci de compréhension lors des entraînements, contrairement à ce qu'on a pu lire ici ou là. Mais qui veut noyer son chien l'accuse de la rage…

L'autre bonne nouvelle survient l'après-midi, au stade. Comme convenu entre nous, le retour sur le terrain se joue « à l'ancienne ». Le temps s'y prête, le cadre aussi. Le Mount Smart Stadium est planté au milieu d'une zone industrielle en sortie d'autoroute. Les joueurs s'y filent, comme on dit. Sur des thèmes précis, bardés de protection, sur une durée ramassée – une demi-heure – mais d'une rare intensité, ils enchaînent sans sourciller des séquences longues, aussi bien en attaque qu'en défense. Oui, ce jour-là les garçons s'y sont donnés pleinement, sans retenue, limite guerre de tranchées, tout en tenant compte de la composition d'équipe annoncée le midi même.

Même si je dois rester sur mes gardes et ne pas m'emballer, je sens le groupe resserré, appliqué dans l'échange permanent d'une ligne à l'autre. Les compteurs semblent remis à zéro, le compte à rebours enclenché. L'Angleterre, c'est dans quatre jours.

Dans les couloirs du stade, je pense à Pierre Camou, à l'importance d'atteindre le dernier carré pour la Fédération, ses 420 000 licenciés, ses partisans, ses sympathisants, son image…

Au crash vécu contre les Tonga succède un vrai décollage. Les Bleus prennent de l'altitude, la stratégie mise en place est intégrée ; j'arrive même à me détendre pendant les périodes d'échauffement : je tripote le ballon, m'amuse à faire des passes avec Gonzalo, Vincent, Julien Deloire, Joël Jutge aussi. Pas longtemps.

Dans l'incertitude sur la composition de l'équipe anglaise, qui ne sera donnée que jeudi, soit deux jours après que nous avons communiqué la nôtre, il nous faut bien avancer dans nos choix stratégiques.

Nous en avions préparé plusieurs, selon l'ouvreur anglais, Flood ou Wilkinson, qui sera retenu, notamment en raison de leur jeu au pied et de leur manière respective de défendre. Jonny Wilkinson, on ne le présente plus : son coup de pied de gaucher est pragmatique, d'une efficacité totale ; Flood, lui, est droitier et plus créatif, et le système défensif de leur équipe est différent selon que l'un ou l'autre mène le jeu.

Dans la semaine, nous avions anticipé sur leurs deux formes de placement : Flood joue très écarté de ses avants, créant des possibilités de brèches à l'intérieur, sur nos lancements de jeu. Comme Tuilagi, le premier centre, défend très près de son ouvreur, le deuxième centre, en l'occurrence Chris Ashton, peut être alors isolé.

Wilkinson, lui, défend comme un troisième ligne, très près de ses avants. En revanche, la rupture qu'on avait remarquée entre Flood et les avants anglais se produit cette fois entre Wilkinson et Tuilagi.

La composition d'équipe annoncée le jeudi par Martin Johnson clôt nos interrogations ; les deux Anglais sont titulaires, Jonny à l'ouverture et Flood au centre. Ce qui laisse à penser qu'un espace fragile est envisageable entre Wilkinson d'un côté, Flood et Tuilagi de l'autre.

Nouveau briefing pour actualiser les données du match. Notre puzzle ne fait que se mettre en place puisque d'autres aménagements, adaptations, placements, restent à décider par rapport au XV adverse dans son ensemble. Je demande des loupes vidéo sur le type de jeu au pied des botteurs (croisé, décroisé, en chandelle, de pression, en touche…), sur les replacements de tel ou tel joueur… Nos montages vidéo, très compacts, font apparaître quelques failles défensives anglaises sur les points de rencontre. Des éléments d'enseignement qu'on décortique sur les deux derniers jours de préparation.

En simultané, nous nous focalisons sur nos propres initiatives : faire l'effort sur les phases de conquête, gagner les duels ; on met en place trois séquences différentes de jeu qui doivent nous permettre d'enfoncer la ligne adverse. Enfin, est-il besoin de préciser que la stimulation psychologique est plus facile à exercer parmi les joueurs du XV de France quand on a un Anglais en face…

Dans le staff, Joël Jutge est très apprécié par le corps arbitral international, précieux dans notre approche « à la française » des règles à respecter, principalement dans le secteur de la mêlée. Ancien arbitre international lui-même jusqu'à la Coupe du monde 2007, Joël travaille à nos côtés depuis deux ans et c'est tout naturellement qu'il a incorporé l'encadrement du XV de France. La veille de notre match face à l'Angleterre, je me rends à pied avec lui à l'hôtel où réside l'arbitre de notre quart de finale. Steve Walsh nous reçoit, visiblement détendu. La pratique est licite, courante, et même systématique lors des grandes occasions, la démarche consistant officiellement à connaître les ressentis de l'arbitre sur notre discipline générale. On connaît bien le Néo-Zélandais : rien que sur les deux derniers mois, il nous a arbitrés successivement à Bordeaux contre l'Irlande, à North Harbour face au Japon, et dernièrement face aux Tonga.

En étudiant le jeu anglais, nous avons à plusieurs reprises relevé la position équivoque de leur pilier gauche Stevens sur la base de montages vidéo. Nous avons traqué les comportements limites, les positions de hors-jeu, le jeu au sol adverse, les entrées en mêlées, sélectionné certaines images et embarqué un DVD afin de montrer concrètement nos arguments à Steve Walsh, lequel accepte de regarder avec nous les séquences choisies. Certains arbitres sont d'accord pour visionner les montages vidéo, d'autres non, pour ne pas se laisser influencer… Un aimable jeu de dupes fait d'échanges souvent vagues ou allusifs.

Au cours de la discussion, Walsh reconnaît la passivité de notre comportement collectif face aux Tonga et nous fait valoir un a priori pas défavorable. Notre équipe est dans l'ensemble respectueuse, il n'y trouve rien de fâcheux, et enchaîne sur nos adversaires : les Anglais sont à ses yeux les plus indisciplinés des huit équipes qualifiées pour les quarts…

En passe de le quitter, je lui demande s'il a déjà rencontré Martin Johnson, le sélectionneur britannique. Il me répond par l'affirmative, sourit en coin. L'échange s'est bien déroulé. Mais rien ne dit que ça se passera tout aussi bien une fois dans le contexte du match.

*

* *

Tout a été dit, tout a été émotionnellement fort, et ceci dès la veille, en fin d'après-midi. Alors que les huit suppléants sont traditionnellement autorisés à dîner en ville – avec une heure de retour à l'hôtel raisonnable –, je vais au-devant de Fulgence (Ouedraogo) avec une idée en tête. Fufu, c'est non seulement un joueur sur lequel on peut compter, même si ses performances en équipe de France ne sont pas totalement en phase avec celles, époustouflantes, qu'il réalise avec son club de Montpellier, mais c'est également un type bien. Malheureusement pour lui, il est tombé sur une génération exceptionnelle de troisième ligne, qu'il va sans nul doute incorporer dans les saisons qui viennent, au vu de sa progression.

– Dis-moi, Fufu, que penserais-tu de la remise des maillots effectuée demain soir par le groupe des absents de la feuille de match ? Ça peut être un moment fort, important, je crois. Vous vous répartiriez à huit les rôles vis-à-vis des vingt-deux… Je ne veux pas vous l'imposer. Parlez-en entre vous tout à l'heure autour du dîner.

Le lendemain matin, « Fufu » me donnait l'accord des huit. Et le soir même, jusqu'au coup de sifflet final, via une première mi-temps aboutie, maîtrisée, enthousiasmante. Enfin !

Deux essais de Vincent (Clerc) et Max (Médard) et deux pénalités passées par Dimitri (Yachvili) avant la demi-heure de jeu, concrétisent notre mainmise sur le jeu. Engagement, fluidité, constance, agressivité, tous les ingrédients y sont, tous les joueurs s'y collent, et les Anglais sont constamment sous pression. Le score est à 16-0, ce qui n'est pas rien face à l'Angleterre, du rarement vu sûrement, mais la fin de la première période me fait comprendre que la messe n'est pas dite. Les Bleus sont devenus moins entreprenants, plus passifs, et la dernière action est anglaise, une projection de jeu de grande envergure qui finit heureusement en touche, à quelques mètres de notre en-but.

Descendu dans le vestiaire, je félicite les joueurs tout autant que je les mets en garde.

– C'est bien, vous avez le match en main, on les fait déjouer, mais attention : on a fini sur les talons. Rappelez-vous qu'on a déjà connu ce genre de situation quand on menait largement avant de se faire rattraper. Ne vous amusez pas à gérer, ce n'est pas le moment.

De fait, en seconde période, ce n'est plus la même musique. Nos adversaires se sont ressaisis, poussent, débloquent leur compteur par un essai de leur arrière Foden un quart d'heure après la reprise. Les Anglais reviennent dans le match et au score, qui tient jusqu'à cinq grosses minutes de la fin. François, qui est entré en jeu, nous donne un peu plus d'air sur un drop (19-5), et l'essai anglais qui suit ne nous privera pas de la victoire.

C'est une délivrance. Un énorme soupir de soulagement pour qui est passé par un chemin criblé d'ornières et d'étapes cabossées. Dans les vestiaires, les tensions accumulées depuis trois semaines se relâchent. Passée l'euphorie éruptive, la joie des joueurs est saine, volubile, mais mesurée. D'ailleurs, Titi les avait rassemblés sur la pelouse avant qu'ils viennent se doucher. Son mot de passe avait été clair : calmos, les gars, il y a encore deux marches à monter.

Joueurs et membres du staff poussent ensuite la nuit jusqu'au port, le lieu nocturne le plus animé d'Auckland, pour se retrouver sur *Viaduct Harbour* au Kermadec, un restaurant de fruits de mer que la Fédération a investi pour y tenir son Club France. C'est ici qu'elle a reconstitué un petit coin de France, reçoit ses hôtes et partenaires, et débite dans un plaisir mutuel charcuteries et fromage français. Les rues sont noires de monde, les supporters en transe, des airs de bandas montent par-dessus les lampions, le bain de foule est enivrant, presque oppressant tant la fierté nationale est partagée. Les joueurs finiront la soirée dans un pub attenant à notre hôtel ; moi, je m'éclipserai en douce pour rejoindre mon épouse dans l'appartement qu'on a loué. Ce sera la seule fois où je ferai le mur. Richard Bohringer avait raison : que c'est beau une ville la nuit.

*

* *

La vie d'un joueur professionnel est routinière. Il a besoin de repères fixes, de balises sécurisées, de reproductions de schémas qui, pour certains, confinent à la superstition. C'est pourquoi nous décidons tout naturellement de reconduire la trame de la semaine écoulée, aussi bien dans les contenus que dans les horaires.

Dès le dimanche, axé sur une récupération à la carte en piscine intérieure ou dans la salle de soins, les leaders de jeu réalisent avec Vincent le premier montage vidéo qui sera servi en fin d'après-midi lors du débriefing collectif, auquel le staff et moi-même n'assistons pas. C'est entendu ainsi : depuis que j'ai confié à Titi mon souhait de les laisser s'approprier le projet de jeu après l'humiliation subie face aux Tonga, les joueurs sont devenus autonomes. Bien leur en a pris. Les Gallois, qualifiés aux dépens de l'Irlande (22-10) deux heures avant nous, nous attendent maintenant sur le palier.

Ce soir-là, on allait apprendre les noms des deux autres demi-finalistes : l'Australie, qui est venue péniblement à bout de l'Afrique du Sud (11-9) et la Nouvelle-Zélande, beaucoup plus confortablement aux dépens de l'Argentine (33-10). Pierre Camou me glisse une ironie :

– T'as vu ? Trois entraîneurs d'origine néo-zélandaise[1] qualifiés en demies et un Français ? Cherchez l'erreur…

Cherchez aussi la coïncidence le lendemain, quand les Gallois débarquent ce lundi au *SkyCity Hotel* pour prendre possession de leurs chambres… Nous tombons nez à nez avec eux dans les cages d'ascenseur. Gallois et Français en tongs et survêtements partageant les mêmes élévateurs et le même hall d'accueil à cinq jours de leur demi-finale, les instants sont surréalistes. Mais d'une formidable complicité aussi. J'échange quelques regards, quelques sourires avec le plus français des Gallois, Stephen Jones, qui a longtemps joué à Clermont ; avec Lee Byrne, le capitaine Sam Warburton, l'entraîneur Warren Gatland… Eux comme nous sont encore dans la plénitude d'avoir atteint le dernier carré de la

1. Graham Henry (Nouvelle-Zélande), Warren Gatland (Pays de Galles) et Robbie Deans (Australie).

compétition. À un journaliste qui me demandait mon ressenti lors de cet instant iconoclaste, je pense avoir alors bien résumé la situation :

– Je crois qu'on préfère tous se croiser ici que dans le hall de l'aéroport à la même heure…

Le lendemain mardi, c'est à notre tour de déménager. Nous passons du *SkyCity Hotel* au *Crowne Plaza*. Il n'y a que la rue, Federal Street, à traverser, baluchons et valises sous les bras. Encore un drôle de tour de passe-passe : les Celtes vont donc loger juste en face de nous. De la baie vitrée de ma chambre, j'ai une vue imprenable sur ce qui va devenir leur salle de vie, leur salle vidéo. Je peux même voir les joueurs se faire masser. Probablement que Martin Johnson, le coach anglais, en a fait de même la semaine dernière avec nous…

La reprise effective de la préparation a lieu dans la foulée par des séances vidéo spécifiques par lignes. On peut ainsi revoir les séquences de jeu qui ont moins bien fonctionné contre l'Angleterre, tout en se projetant sur le match de la demi-finale. Mais les soucis sont ailleurs. Aurélien (Rougerie) et Dimitri (Yachvili) ne sont pas sortis indemnes du « *crunch* » de l'Eden Park. Notre leader des lignes arrière souffre d'une épaule depuis le match contre les Tonga, une luxation acromio-claviculaire qui s'est réveillée en cours du quart de finale, tandis que le Yach est lourdement handicapé par une déchirure au quadriceps de la cuisse gauche, ce qui n'est franchement pas l'idéal pour un buteur.

Je livre le mardi une composition d'équipe identique à celle qui a dompté l'Angleterre, mais leur état reste inquiétant. Les deux joueurs seront dispensés des séances d'entraînement jusqu'au mercredi, et dans l'intervalle, j'envisage un plan B en bombardant le tout jeune Jean-Marc Doussain dans le grand bain, car l'incertitude plane jusqu'au *captain run*, le vendredi. En fin de compte, Dimitri pourra tenir sa place. Merci les toubibs.

Les ateliers d'entraînement sont dans la lignée des précédents. Les joueurs sont à leurs tâches, assidus, concentrés, énergiques, et les hommes du staff à leurs moustaches, puisque la boutade s'est propagée… Le stress de l'événement est galvanisant et notre lourde préparation menée en amont pendant l'été s'avère payante : les garçons sont pleins de peps et de fraîcheur. On va en avoir bien besoin.

Les Gallois présentent en effet un système de défense bien particulier, complexe, pratiquement unique même, mis au point par leur coach Shaun Edwards. Il repose sur ce qu'on appelle une défense inversée qui a la particularité de verrouiller le jeu extérieur. Face à eux, il est pratiquement impossible de développer le jeu dans ses grandes largeurs, forçant ainsi l'adversaire à évoluer dans l'axe du terrain, en zone proche… où leurs avants, très mobiles, forment un premier rideau dense – complété par le 9 et un ailier –, et donc difficile à franchir. Il n'y a en fait que sur les mêlées, où le rideau défensif est rigoureusement placé à cinq mètres de l'introduction du ballon, qu'on peut tenter des variations au large. D'où l'importance du jeu au pied qu'on doit mettre en place dès l'instant où on se trouve en échec.

Dans ce cas de figure, il faut user de passes au pied lobant le premier rideau, ou de coups de pied dans les angles morts pour permettre d'avancer.

En somme, le rugby gallois est efficace, spectaculaire, complet dans ses lignes. Lors des briefings, je multiplie les mises en garde mais il est bien difficile de trouver l'argumentation juste pour susciter une motivation supplémentaire, parfois extra-sportive. Autant la chose est aisée quand on se prépare à affronter l'Angleterre, et même la Nouvelle-Zélande, autant on a peu de prise dès qu'il s'agit de se mesurer au Pays de Galles. Quelle dent pouvons-nous avoir contre les Gallois ? Qui plus est, nous restons tout de même fragiles. Notre confiance repose uniquement sur une première mi-temps accomplie, le samedi précédent, contre le XV de la Rose. Et quoi qu'on puisse dire avec force persuasion et mises en garde, comment empêcher les joueurs de penser aux derniers face-à-face contre le XV au poireau ? Sept victoires lors des huit derniers matches, dont la dernière avec trente points dans la vue (28-9) au Stade de France pour boucler le Tournoi.

En tout état de cause, avant de se présenter dans l'antre d'Eden Park en ce samedi 15 octobre, nous n'avions pas préparé cette demi-finale pour ne pas la jouer.

*

* *

La première mi-temps me met hors de moi. Dieu sait si j'en ai piqué des coups de sang mais là, je ne tiens plus en place. Dès le coup d'envoi, du moins sur la touche qui suit, on subit un ballon porté sur une trentaine de mètres ; on rate la touche suivante, on balbutie notre première attaque, faute d'engagement… Et comme les Gallois verrouillent à merveille les extérieurs, on n'arrive pas à se dépêtrer de leur emprise. Au départ, ça tient en un mot : la trouille. On a la trouille des gars d'en face. Mais pas seulement.

Les Gallois mènent vite au score sur une pénalité, à laquelle Morgan répond par deux fois, mais on n'est toujours pas en place dans la construction. Heureusement, notre défense tient bon, les Bleus sont solidaires, vaillants, donnent ce qu'ils ont, ne lâchent rien.

C'est alors qu'un flash rétrospectif me traverse l'esprit. Ce qu'on avait apprécié comme un entrain collégial se métabolise en erreur… L'avant-veille, le jeudi après-midi, un temps doux aidant, la séance d'entraînement était allée bien au-delà de ce qu'on avait programmé. Pratiquement une heure et demie. Les joueurs se sentaient si bien qu'ils voulaient accumuler les séquences de jeu, faire durer leur plaisir, alors que le timing de préparation du moment, dans l'imminence d'un match, imposait alors des séquences courtes et explosives. Une dépense énergétique ne se rattrape pas si facilement, d'autant que, le lendemain, l'entraînement du *captain run* est lui aussi exceptionnellement long, tant les joueurs veulent s'approprier leur jeu, valider leur travail, en redemandent, notamment dans la réorganisation défensive. Ils sont gagnés par un bien-être, une dynamique stimulante. Nous avions pris conscience de cette griserie entre membres du staff. Mais comment freiner des quatre fers un groupe qui démontre enfin tant d'envie, d'efficacité, d'homogénéité ?

Et voilà : nos joueurs sont étouffés, contrés. Nous ne parvenons pas à prendre la ligne d'avantage, à progresser sur le terrain, et les Gallois pilonnent comme on le redoutait : deux temps de jeu avec leurs avants, puis leurs trois-quarts qui sprintent comme des bombes pour revenir jouer sur nos gros. Nos craintes ne se dissipent pas : nos adversaires sont en pleine bourre, possèdent des joueurs qui pètent le feu, contrairement à nous qui avons vécu d'expédients. On se recroqueville, notre jeu est ramené à l'essentiel : conquête, jeu au pied, et défense.

Un match pareil, on le rejoue dix fois, on va le perdre huit fois.

Survient alors l'expulsion de leur troisième ligne Sam Warburton à la dix-huitième minute. Pour tout dire, sur le moment, je ne réalise pas. Autant je vois le plaquage, impressionnant, du capitaine gallois sur Vincent (Clerc) qui reste au sol, ce qui n'est pas son genre, autant je ne vois pas l'arbitre dresser le carton rouge. Personne ne réagit, en fait. Sur l'incident de jeu, j'imagine qu'il y a pénalité en notre faveur quand mes yeux tombent sur Warburton près du banc de touche.

– Il a dû prendre un jaune, non ?

C'est l'un des deux écrans géants du stade qui nous renvoie pleine bille la décision prise par l'arbitre irlandais Alain Rolland. *Red card.*

J'en ai connu des scénarios identiques et je sais trop bien qu'en raison de la trame de la rencontre mal engagée, ce n'est pas ce qui va nous tirer d'affaire. Au contraire, les Gallois sont survoltés, sublimés, alors que nous paraissons toujours inhibés. On est tout heureux d'atteindre la pause avec une pénalité d'avance (6-3).

Dans les vestiaires, je ne provoque pas, prône l'apaisement :

– C'est bien, ce qu'on fait… On a du mal, mais allons-y. On est dedans, restons sur ce qu'on sait faire. Par contre, les gars, conquête irréprochable, défense irréprochable, précision et qualité de notre jeu au pied.

Je tiens toutefois à recadrer vertement Max Médard,

qui est passé à côté sur cette première période. Au point que certains joueurs me diront après coup qu'ils avaient été choqués par mon attitude.

– Putain, Max, t'as pas envie de jouer ou quoi ? Tu fais n'importe quoi, tu nous fais déjouer, t'as un jeu au pied pourri. Quand tu contre-attaques, tu jettes le ballon. Merde, ne fais pas les choses à moitié, ressaisis-toi, Max !

Un joueur pro qui va chercher une finale mondiale peut-il être choqué par de pareils propos, jurons compris, quand on sait les noms d'oiseaux qui volent parfois (souvent ?) dans des vestiaires ? J'apprécie Max, un garçon attachant, touchant. Mais à cet instant-là, on n'est pas là pour se taper une bière ou une vanne, mais bien se serrer les fesses et aller décrocher cette p… de finale !

Le début de la deuxième période est moins crispant. Même si le scénario ne change guère, on mène au tableau d'affichage, on prend même six points d'avance sur la troisième pénalité réussie par Morgan Parra. Sauf qu'on encaisse l'essai du futur Bayonnais Mark Phillips à l'heure de jeu, sur une faute de placement qu'on n'avait plus commise depuis le match de poule contre les Blacks, et qui ramène les Gallois à un point (9-8). Encore heureux que James Hook manque la transformation, car je ne suis pas sûr qu'on puisse repasser devant, au vu du peu d'occasions qu'on se créée.

Ce sont au contraire les Gallois qui se mettent en situation d'enfoncer le clou à un quart d'heure de la fin, quand l'arbitre leur accorde une pénalité pratiquement face aux poteaux, aux 50 mètres. Je rue dans les brancards car deux fautes galloises avaient préalablement été oubliées dans cette mêlée. Mais dans le même temps, nous étions avertis : l'arbitre sifflera toujours en faveur de l'équipe qui produit du jeu.

J'ai les yeux rivés sur l'écran géant quand Halfpenny s'élance pour buter. Je vois partir le ballon plein fer entre nos perches mais Jo, à côté de moi, se met à crier :

– Elle est courte, elle est courte, elle est courte !

Les cinq dernières minutes sont stressantes, mais notre défense disciplinée tient bon. Arc-boutés sur leurs appuis, les gars communiquent à pleins poumons – « on lâche, on lâche, on sort ! » –, le rideau de fer bleu monte, plaque aux jambes, remonte… Un grand moment pour qui sait apprécier le refus de rompre. Franchement, en dépit de la dernière poussée de fièvre rouge, je sens bien avant la fin du match qu'on va la vivre pour de vrai, cette finale.

Dans les vestiaires, quelques « on est en finale ! » fusent, mais sur un ton mesuré. De la satisfaction, sans excès d'euphorie. Les joueurs sont conscients qu'ils sont passés en force, à la corde, à l'arrache. Mais qu'ils sont passés.

Avec Titi et son sourire maîtrisé, je vais retrouver mes amis journalistes dans une conférence de presse aussi délurée qu'un cortège funéraire. À mots couverts, quelques voix évoquent la chance, un hold-up… Je pouvais comprendre la frustration des Gallois, qui ont été à deux doigts de gagner. À un doigt même, mais à un doigt tout de même. Nous, certes, on n'a pas été bons mais on n'a rien volé. Quoi qu'il soit advenu jusqu'alors, quelles qu'aient pu être les ornières d'une trajectoire cahoteuse, on se retrouve tout de même en finale de Coupe du monde, à l'autre bout de la planète…

C'est un confort énorme que d'avoir huit jours pour préparer la finale, un de plus que nos adversaires qu'on ne connaît pas encore, Australie ou Nouvelle-Zélande. Un confort, et même une jouissance, j'avoue, de se savoir sur le toit du monde tandis qu'on va regarder pépères à la télévision ceux qui vont nous y rejoindre après s'être coltinés une belle partie de plaisir… Ce seront les All Blacks, qui disposeront d'une équipe australienne totalement à côté de son sujet en demi-finale, le lendemain soir (20-6).

Au sortir de la conférence de presse, je me rapproche de Titi :

– C'est bien, très bien. On est en finale, mais il faut encore la gagner.

– Tu as raison. Ce soir, on reste ensemble. Ce serait bien qu'on dispose d'une salle commune dans laquelle on pourrait faire venir les proches, comme après l'Angleterre.

– Parfait.

Les garçons sont heureux, Fabrice Estebanez prend le volant du bus, la joyeuse bande est à la fête. Arrivé à l'hôtel, je demande à Lionel Rossigneux d'inscrire au programme de la soirée notre regroupement, convenu avec Titi, dans la salle de vie. Un petit attroupement de joueurs vient alors vers moi :

– Marc, ça ne dit trop rien au groupe de se retrouver là-haut maintenant…

– Ah bon ? C'est quoi le souci ? On conclut quelque chose avec Thierry, on est en finale, vous savez que notre demi-finale n'a pas été aboutie, vous savez la gueule que va avoir l'adversaire en finale… Vous voulez être champions du monde ou pas ?

Silence. Je reprends :

– On vous propose de boire quelques coups ensemble, et tu me réponds ça ?

– Mais on n'est pas des gosses, monte une autre voix.

– Mais si, vous êtes des gosses ! On tombe d'accord avec votre capitaine, on convient qu'on reste tous ensemble, Lionel l'inscrit au programme… Vous ne savez pas ce que vous voulez. Oui, vous vous comportez comme des gosses.

Je monte dans les gammes, énervé d'être obligé de faire ainsi la police un soir de demi-finale. Me reviennent alors les entretiens individuels, les questionnaires psychologiques…

– Ce qui est emmerdant, c'est que vous ne savez pas vous dire les choses. Je vois sans arrêt l'un ou l'autre râler sur la qualité de la bouffe, sur le contenu d'un entraînement, sur le trajet en bus qui est trop long, sur la tapisserie de la chambre… Merde, vous connaissez les contraintes d'une vie de groupe, non ?

On se quitte là-dessus. Bien plus tard, je retrouve Fabien Pelous au bar de l'hôtel. Le plus capé des joueurs français[1] n'est pas seulement un membre du Comité de sélection du XV français à mes yeux puisqu'on a partagé une tripotée de champs de bataille. Fabien, c'est du solide, du réfléchi, du fiable. On revient tout à trac sur le jeu déployé par les Bleus, sur leur début du match, sur le carton rouge infligé à Warburton, provoquant chez nos joueurs un effet paralysant parce qu'il les plaçait dans l'obligation de gagner ; mais aussi sur des bouts de matches aboutis, comme la première période face à l'Angleterre, des trous d'air qui se produisent encore, de ma confiance malgré tout… Fabien me sent contrarié.

– Lâche-toi, Marco.

1. 118 sélections de 1995 à 2007, capitaine du XV de France à 42 reprises, et entre autres quatre grands chelems à son palmarès (1997, 1998, 2002, 2004).

– Je ne peux pas, Fabien. Je ne peux pas.

Il se penche alors vers moi :

– Tu sais, quand tu regardes l'histoire de l'équipe de France en Coupe du monde, elle a toujours réussi un match d'anthologie. Ce match, c'est le prochain.

*

*   *

Le lendemain matin, à l'heure de prendre mon petit-déjeuner, je croise l'un des joueurs ayant fait le mur la veille au soir, qui n'appartenait pas au groupe des titulaires. Il s'approche de moi.

– Tu comprends Marc, fallait que je sorte, que j'expulse. Quinze jours que je suis sous cloche. Je ne me cache pas, je tenais à te le dire, je t'explique.

– Alors, chacun sa règle, c'est ça ? Je sors, je me barre devant tout le monde, je me fous du reste ?

– Je sais, je sais. Mais franchement, crois-moi, c'était vital pour moi.

Au fond, je le comprenais, et au moins assumait-il son comportement, sa situation bien particulière. Il n'empêche.

Quelques pas plus loin, je croise Pierre Camou, le sourire aux lèvres, et jamais en manque de me remonter le moral.

– Tu sais que tu es le seul au monde à jouer une finale en tant que joueur puis en tant qu'entraîneur ?

Non, je ne savais pas. Merci Pierre.

En milieu de matinée, je retrouve comme convenu tous les joueurs dans notre salle de vie. Devant eux, je remets collégialement une couche sur les manquements à la vie de groupe, déplore vertement le fait qu'ils ne respectent pas les règles qu'ils ont édictées eux-mêmes… Personne ne bronche. J'enchaîne sur le fait que même si le monde entier nous vomit dessus, on les emmerde parce qu'on est en finale, et pas eux. Puis je leur expose le programme à venir. Un agenda calqué sur celui des deux dernières semaines – entraînements, séances vidéo, promenades… –, mais décalé d'un jour en fonction des vingt-quatre heures de battement supplémentaires. Dans l'intervalle, on prévoit de regarder l'autre demi-finale qui se dispute le soir même, avant de bénéficier, demain lundi, d'une pleine journée de décrochage avec une sortie nature dépaysante.

À la lecture du jour, la presse écrite spécialisée ne partage manifestement pas notre vision des choses, tout comme les médias néo-zélandais, à ceci près que leur couverture partisane est plus compréhensible. Notre efficacité, notre solidité, notre pragmatisme si longtemps moqués et mis en valeur face aux Gallois, deviennent source d'ennui, de railleries. On continue à nous dévaloriser ? Très bien ! Je ne vous cache pas que cette forme de mépris à notre encontre fera partie des leviers de motivation que je compte actionner.

Je demande même à mon staff qu'on affiche sur les murs de notre salle de vie les articles ricaneurs, les titres assassins, comme cette une du quotidien néo-zélandais *New Herald Tribune* titrant pleine page « *80 minutes and we're laughing* » (encore 80 minutes et on va rire). Les joueurs s'y mettent aussi, punaisent à tour de bras les éditos grinçants, les billets d'humeur cinglants, les chroniques outrancières en français et en anglais, comme celle d'un ancien joueur sud-africain estimant que « c'est une honte pour le rugby que la France soit en finale » – oubliant au passage la façon dont il avait été champion du monde en 1995. Et puis s'agglutinent les déclarations à l'emporte-pièce ou expéditives de collègues entraîneurs, d'anciens internationaux qui devaient ignorer par où ils étaient passés, de personnalités du rugby telles que Serge Blanco. Mon ami Serge estimait qu'il fallait être très sévère avec cette équipe de France, lui qui m'avait auparavant comparé à un clown triste. À l'entendre, je n'avais plus qu'à prendre ma trousse de maquillage, ma veste bariolée trop large, et mon nez rouge sous le bras avant de claquer la porte du chapiteau… Comme quoi l'exigence qu'on se doit et l'amitié qu'on se rend épousent des géométries bien variables.

Et pendant ce temps, les journaux néo-zélandais se répandaient sur les festivités à venir, donnant des précisions sur la parade de la cérémonie de clôture, en vue du sacre annoncé des héros qui portent le noir en signe de deuil de leurs adversaires. Il ne manquait que les clous au cercueil.

La stratégie du seul contre tous se mettait en place.

Lorsque je me présente au point presse du dimanche matin, j'ai encore à l'esprit la soirée tronquée qui avait suivi notre qualification pour la finale. Et à une question portant sur l'agacement que j'avais pu montrer la veille, je pars sur ce terme de « sales gosses »… Je réalise aussitôt, aux mines des journalistes, que c'est le genre de repartie qui ne passera pas inaperçue. Sur le moment, je m'en amuse un peu car si ma sortie a été spontanée, je ne la considère en rien dégradante ou injurieuse. Les joueurs sont quelque part un peu mes gosses, et je leur parle comme aux trois miens. Comme un père qui veut ardemment le meilleur pour ses enfants, l'affection que je leur porte passe aussi par quelques bourrades. « Sales gosses », les miens vous le diront, on l'entend à la maison… Mais déjà, le duplex avec TF1, réalisé quelques heures plus tard dans le hall de notre hôtel, me le renvoie comme un raccourci en pleine tête.

En attendant le retour de l'écho dans les médias français, le groupe reste soudé lors de la séance vidéo du soir, calée sur le jeu des Néo-Zélandais.

– On a les armes pour les battre, il faut vous en persuader. Face aux Gallois, on n'avait pas la trouille. Vous avez été laborieux mais solidaires, et si on doit s'imposer comme ça, ne vous gênez pas. Mais il sera juste impossible de gagner la finale en produisant aussi peu de jeu.

Mardi matin, soit à cinq jours de la finale, je découvre les titres de la presse néo-zélandaise. Mon anglais est perfectible mais nul besoin de traduction : mon « sales gosses » a fait le tour de la Terre. Au sortir du petit-déjeuner, je croise Jo Maso qui m'avertit de l'esclandre que mes propos ont suscité parmi quelques joueurs, manifestement inquiets de l'image qu'ils renvoyaient en France. J'admets que cette saillie verbale a probablement contribué à la crispation de certains joueurs autour de ma personne, d'autant que dès qu'on met le pied en dehors de notre hôtel, on croise des moustaches de partout…

Je fais donc ajouter au programme de la journée une réunion de mise au point d'un quart d'heure avant notre départ prévu à 10 h 30. La journée, comme prévu, est un jour de congé collectif. Andy nous a dégoté un site magnifique dans l'arrière-pays, noyé sous une nature luxuriante, avec un repas convivial dans un chalet-restaurant, l'un des plus vieux de Nouvelle-Zélande, suivi d'une superbe balade en speed boat.

À 10 h 15, tout le monde est là, membres du staff compris. Je prends la parole, cherchant d'entrée à désamorcer la réprobation latente. Je reconnais devant eux qu'ils n'avaient pas besoin de ça, que je ne pensais pas que les mots que j'emploie envers mes propres enfants allaient provoquer un tel ramdam, qu'il n'y avait pas non plus mort d'homme, que… Mais ça ne passe pas. Un joueur intervient :

– Oui, mais ça fait chier. D'accord, on a été égoïstes par le passé, mais tu peux reconnaître qu'on est clean et solidaires depuis trois semaines.

– C'est vrai… Même si tu es large en parlant de trois semaines.

Un autre enchaîne :

– Marc, tu connais les médias. Déjà qu'on en prend plein la gueule, tu en rajoutes et on n'a franchement pas besoin de ça.

– C'est vrai, c'est vrai. C'est bien de me le dire.

Trois ou quatre autres joueurs interviennent à leur tour, font part de leur mécontentement. Je n'en rajoute pas. Je sens de l'hostilité. Ce n'est pas le moment. Jo prend alors la main.

– D'accord, les gars, c'est bien de l'avoir dit à Marc, de vous être exprimés… Bon, on y va ?

Là-dessus, on quitte tous ensemble l'hôtel ; la journée est belle, l'endroit magnifique. Je me retrouve un moment avec le capitaine dans les toilettes du restaurant.

– Bon, on arrête de se faire la gueule, Titi, d'accord ?

Thierry me sourit :

– Mais je ne te fais pas la gueule…

D'accord, on ne se fait pas la gueule. Mais le seul contre tous a fait un petit, qui s'appelle tous contre moi.

*

* *

La semaine est studieuse. Les entraînements s'enchaînent avec tout ce qu'il faut d'implication. À part François qui traîne encore des pieds, ce qui me navre. Je vais alors au-devant de lui, dans sa chambre, le mercredi soir. Fulgence est là, et je lui demande de rester pour ce que j'ai à dire tant Fufu, ami d'enfance de François, est digne de confiance. Raymond Domenech m'avait un jour expliqué qu'il s'assurait toujours de la présence d'une tierce personne quand il s'adressait à un joueur pour engager une discussion éventuellement conflictuelle, afin que ses propos ne soient pas déformés. On n'en était heureusement pas là…

– Vous êtes copains depuis toujours, Fufu est ton capitaine en club, et j'ai confiance en lui. Bon voilà, François, j'en ai un peu marre de ton comportement. Autant tu avais eu une bonne réaction après le match des Tonga, autant tu es retombé dans un dilettantisme. Je n'ai pas encore donné le nom des remplaçants, et j'attends de toi que tu te remettes sur les rails.

François prétexte un bobo aux cervicales. Fufu, qui lui n'a joué que six minutes depuis le match contre le Canada, ne pipe mot.

Le lendemain, François est impeccable sur le terrain et en dehors. Je le prends à part.

– C'est bien François, c'est bien, lui dis-je en lui donnant l'accolade. Tu seras sur la feuille de match.

François, qui suppléera finalement Morgan, sorti sur blessure, après une vingtaine de minutes, réalisera une superbe finale.

Les joueurs sont ensemble, les membres du staff sont ensemble. Eux aussi sont sur la jante. L'un d'eux me remercie de lui avoir fait confiance, fier d'avoir participé à cette aventure, et en même temps déçu par certains comportements de joueurs qu'il n'avait pas imaginés.

Il reste que la mobilisation des joueurs est totale. Qu'elle soit contre moi, après tout, pourquoi pas, pourvu qu'on ramène la coupe Webb Ellis ! Les séances sont précises, pointues, abouties ; courtes et rythmées surtout, car j'avais gardé à l'esprit les deux jours précédant la demi-finale, quand on avait laissé les rubans flotter. Il reste que je pilote toujours le programme, les briefings, les séances vidéo, les stratégies à appliquer – qui sont peu ou prou les mêmes que celles engagées lors du match de poule face aux Blacks un mois plus tôt. Et si le terme d'autogestion a transpiré, le terme de responsabilisation me paraît plus approprié. Parce qu'elle est venue de mon fait.

Il reste que ma réflexion a mûri. Le jeudi, je prends le capitaine Thierry Dusautoir à partie :

– Titi, c'est votre histoire maintenant. Je vous ai accompagnés jusqu'au bout. Si ça doit se faire contre moi, faites-le. Je ne vous remettrai pas les maillots dimanche. J'en ai parlé à Jo, ce sera à toi de le faire. Il faut qu'il y ait un lien de confiance et je ne suis plus ce lien. D'accord ?

Le compte à rebours est enclenché. Le vendredi, soit deux jours avant la finale, j'annonce le nom des remplaçants. Cédric Heymans laisse sa place à Damien Traille qui, lui, s'est investi de bout en bout. En outre, eu égard au nombre de gauchers présents au sein de l'équipe, la stabilité de Damien et son pied droit peuvent nous aider. Mon choix est conforté par l'analyse de Gonzalo qui estime que les pieds droits de Damien et François peuvent apporter d'autres angles de jeu lorsqu'ils entreront sur le terrain.

Gonzalo… Il n'était pas parti favori, deux ans plus tôt, lorsqu'on avait lancé l'équivalent d'un appel d'offres pour trouver notre spécialiste du jeu au pied. J'avais même, j'avoue, un a priori à son encontre, et je le lui avais dit droit dans les yeux lorsqu'il s'était présenté avec son PowerPoint sous le bras, au CNR de Linas-Marcoussis : on comptait déjà un entraîneur étranger dans notre effectif – David Ellis – et je prônais un recrutement français.

Mais sa démonstration fut proprement bluffante. Et on ignorait encore le panel de ses autres compétences : intelligent, subtil, ouvert, curieux, inventif, psychologue…

Samedi, veille de match, veillée d'armes. Joël Jutge a pris rendez-vous avec l'arbitre de la finale, le Sud-Africain Craig Joubert. On se retrouve tous les trois au bar de son hôtel. Joël a amené un ordinateur portable contenant un court montage vidéo, sait-on jamais.

J'ai présenté Craig Joubert comme le meilleur arbitre du monde. Je le maintiens. C'est un homme intelligent, ouvert à la discussion, physiquement affûté. Rassurant en somme. Ce matin-là, il nous apparaît détendu. On aborde la conversation par deux aspects : la mêlée néo-zélandaise d'abord, notamment le positionnement de Woodcock, son pilier gauche, qui engage souvent vers le bas ; et l'interprétation sur le jeu au sol, en lui proposant de voir des images de la demi-finale des Blacks, arbitrée par… Monsieur Joubert, illustrant la différence de traitement entre les comportements du n° 7 australien, Pocok, à qui on n'a rien laissé passer, et ceux d'en face, le capitaine et troisième ligne McCaw ainsi que le talonneur Mealamu.

Craig Joubert décline poliment de visionner le film, mais accepte qu'on le sensibilise tout de même sur ces séquences. On lui évoque alors le contexte particulier. Il nous répond qu'il a bien conscience de l'enjeu, de l'environnement, qu'il saura en faire abstraction, qu'il est sûr de lui.

– Pour moi, ce sera quinze blancs contre quinze noirs, rien de plus.

Ce samedi n'est pas un jour comme les autres et Jo Maso n'est pas un homme comme les autres. Jamais économe d'affection, notre manager-diplomate a prévu de remettre un souvenir à tous les membres du staff : une veste de survêtement de notre équipementier floquée au nom de chacun, et un maillot de match de la Coupe du monde. Jo vit sa dernière campagne après avoir bataillé sur quatre autres à cette fonction depuis 1995. Il est non seulement le porte-drapeau de notre génération de soixante-huitards, celle du premier grand chelem français, mais le garant des valeurs à perpétuer. Ses quelques mots touchent le cœur de cet autre XV de France, qui s'active dans l'ombre pour mieux mettre en lumière ceux qu'il bichonne. Nous sommes tous émus. Nos quatre mois, nos quatre ans, sont en passe de s'achever. On sait tous qu'une fois à Paris, la dispersion fera son œuvre, happés que nous serons par d'autres sollicitations, nos familles, nos amis, nos terres d'accueil. Chacun prend alors la parole ; Milou (Ntamack) a des mots sympas pour moi, même si ça n'a pas été tous les jours dimanche entre nous… Lui non plus n'a jamais cédé. Comment pourrais-je les oublier, les Jean-Phi, Jean-Mi, Michel, Julien, Jean-Luc, Laurent,

Vincent, Lionel, Hervé… Ils n'ont pas compté leurs heures, leurs nuits ; ont supporté les coups de gueule, les coups de mou, sans déprime. Sans prime non plus.

*

* *

Dimanche 23 octobre 2011, à Paris comme à Auckland. En ce jour de finale, les fuseaux horaires n'en forment plus qu'un.

Tous les membres de l'encadrement se retrouvent comme convenu au petit matin dans le hall de l'hôtel. Pour se dégourdir les jambes et la tête, on a prévu de se rendre en footing sur le mont Eden, un ancien volcan qui domine la ville d'Auckland. Il faut bien compter une grosse demi-heure pour le toucher. Didier (Retière) tient à nous accompagner ; le « cube » ferme la colonne mais se cramponne. Jo et David en voiture, Lionel Rossigneux à vélo, nous rejoignent au pied de la colline, parsemée d'habitations encore assoupies, de jardins embrumés. Nous nous prenons en photo avant de grimper tout en haut du cratère et là, instinctivement, au sommet de notre monde, on forme un cercle, on se resserre. Le temps est clair, la vue imprenable sur toute la baie, le panoramique à 360 degrés. J'interromps cette plénitude.

– On a passé une belle soirée ensemble, hier. Voilà, on y est. Quoi qu'il advienne ce soir, gardons les bons moments, gardons le plaisir d'être là. Gardons-nous longtemps ce souvenir. Et ce serait bien qu'on s'en chante une petite…

Une *Marseillaise* est montée dans l'air frais. Le ciel d'Auckland était imprimé à jamais de notre passage. Il était temps de basculer.

Nous descendons la pente, entamons quelques passes

de rugby à toucher dans les jardins en contrebas, avant de nous fondre dans le rituel qui nous attend : promenade sur la plage avec tous les joueurs, déjeuner, réveil musculaire… En début d'après-midi, les joueurs vont répéter leur réponse au haka du soir : la représentation d'une pointe – et non d'un « V » comme on l'a décrit dans la presse – qui viendrait transpercer la danse maorie. C'est Nick, responsable de la sécurité du XV de France, qui avait suggéré cette idée respectueuse aux joueurs. Sacré Nick : rustaud policier néo-zélandais né de mère française, qui en a vu des sévères dans sa vie puisqu'il a bossé à la Criminelle, il a peu à peu pris notre équipe en sympathie, tout comme Andy et Joseph, notre intendant, au point de pleurer tous les trois comme nous les soirs de défaite, d'être gagnés par l'émotion les soirs de victoire. Et même plus…

Nick avait surpris son petit monde le lundi précédent, alors que nous revenions de notre journée de découverte dans l'époustouflante nature néo-zélandaise. Une fois tous installés dans le bus, il avait pris le micro : « Certains d'entre vous me demandent quelle équipe je supporterai dimanche. Sachez qu'hier, j'ai fait l'amour à ma femme et elle m'a dit que ça faisait très longtemps que je n'avais pas été aussi tendre et fougueux avec elle. C'est à vous que je le dois. Je suis votre supporter et je vous souhaite bonne chance ! » Wooouhh…

Nos joueurs sont prêts, notre stratégie au point. Sa trame est calquée sur celle préfigurant notre première confrontation en match de poule face aux All Blacks, corrigée des quelques enseignements qu'on en avait tirés, notamment pour les lancements de jeu.

Nous avons affiné le positionnement de Morgan Parra, mais aussi l'approche de notre jeu au pied. Nous avons en effet détecté quelques points de fragilité au cours des autres matches de nos adversaires, notamment que leur arrière Dagg, aussi excellent joueur qu'il soit, n'est pas un énorme défenseur.

Nous avons également identifié certaines imperfections dans leur organisation défensive, que la victoire en demi-finale face à des Australiens hors sujet avait occultées ; les Australiens avaient joué dans les zones proches, s'étaient débarrassés du ballon... Tout ce qu'il ne faut pas faire. Face aux Blacks, il nous faudra porter le ballon parce qu'on peut espérer que l'arbitre intervienne sur ces phases de progression où ils commettent beaucoup d'irrégularités. Certaines sifflées, d'autres pas.

Je ne peux décemment décrypter le projet de jeu que nous avons cogité, mis en place lors des centaines de séances d'entraînement, et validé par l'ensemble des joueurs. J'ai beau avoir retourné la question dans tous les sens, il me paraît trop complexe pour être exposé en quelques lignes. Les initiés pourraient comprendre, tous les autres décrocheraient.

Il faut juste avoir à l'esprit que le rugby est un jeu physique mais aussi cérébral, que la lucidité les fait se combiner quand il atteint l'harmonie. Oui, le rugby est diablement intelligent. Féroce mais intelligent. Au plus haut niveau, sa complexité et son intelligence sont encore accrues par tous les outils propres à optimiser la performance – préparation athlétique, suivi physiologique, approche mentale, nutrition, analyse vidéo, pôle scientifique... Ce qui est magique, mais terriblement contrariant pour un entraîneur, c'est qu'en raison d'un contexte, d'une dimension psychologique, d'un effet papillon, on part pourtant à chaque fois dans l'inconnu dès que le match débute…

Mais mon coauteur insiste encore, veut en savoir plus sur ce « fameux » cahier de jeu… Je ne promets rien sur ce qui suit. Je vais tâcher de démêler les ficelles de l'écheveau dans ses grandes lignes, au risque d'être hermétique et rébarbatif. Pour ceux qui décrocheraient, rendez-vous en page 108…

Notre projet de jeu, donc, est régi par des noms de codes qui ouvrent chacun sur un déploiement de plusieurs possibilités d'actions.

Tout d'abord, on a découpé le terrain en zones, aussi bien dans le sens de sa longueur que de sa largeur. La longueur du terrain est décomposée en trois zones, qui donnent lieu chacune à des lancements de jeu appropriés afin de faire évoluer le jeu : dans nos trente mètres, c'est la « zone critique » d'où l'on doit absolument sortir sous peine d'encaisser des points ; de nos trente mètres aux trente mètres adverses, c'est la « zone d'initiative » où il nous faut produire du jeu, mettre l'adversaire à la faute. Enfin, les trente mètres adverses représentent la « zone de marque ». C'est dans cet espace qu'on déploie nos différentes stratégies offensives, là où la défense adverse étirée sur un seul rideau est la plus difficile à passer.

Le sens de la largeur maintenant. Le terrain est là aussi sectionné en trois zones : la zone proche de la situation de jeu est appelée « Bleu » ; la zone la plus éloignée est « Rouge » et la zone intermédiaire « Blanc ».

Chaque code couleur – les zones latérales du terrain – donne lieu à plusieurs combinaisons (ou lancements de jeu), qui portent des noms de villes dans notre lexique personnel ; et chaque combinaison se mue en des séquences qui ont des noms de pays… Vous suivez ? En concertation avec l'ouvreur (le 10), le demi de mêlée (9) annonce la zone qu'on va attaquer, et le 10 choisit un lancement de jeu qu'il ne communique pas forcément à ses avants.

Le choix est alors multiple entre les codes pays accolés aux codes villes, eux-mêmes couplés aux codes couleurs… Ça peut aussi bien donner du « Bleu Brisbane » que du « Rouge Sydney », etc.

En rester là serait trop simple… Le jeu demande de l'alternance, du mouvement perpétuel selon l'endroit où se situe l'action. Je ne surprendrai aucun joueur de rugby : les lancements de jeu sont annoncés par le 9, le début des actions et leur continuité par le 10. En gros, chaque situation de jeu produit dans une zone spécifique a, elle aussi, un code repère pour que tous les joueurs puissent poursuivre l'action en cohésion. Par exemple, sur une touche conquise dans les trente mètres adverses, on peut aussi bien décider de porter le ballon pour aller inscrire un essai, c'est ce qu'on appelle du « Jeu en Black » dans notre dictionnaire ; soit on décide de déplacer le jeu latéralement vers nos trois-quarts et, dans ce même cas de figure d'une touche remportée près de l'en-but adverse, c'est « Black option » ; soit on déplace le jeu latéralement : soit « Bleu » – zone proche – « Blanc » – vers le centre du terrain – ou « Rouge » – vers les extérieurs. Je vous avais prévenu…

Pour finir, les séquences – les noms de pays – ont été introduites dans notre projet de jeu depuis le Tournoi 2011 afin de faciliter l'activité des joueurs qui y sont familiers dans leurs clubs respectifs. Ainsi, au lieu de s'en tenir à « Bleu Sydney » par exemple, on a mis en place la séquence « Australie » qui enchaîne plusieurs séquences de jeu impliquant nos avants comme nos trois-quarts.

Ça ne vous dira sans doute rien, mais pour contrer la Nouvelle-Zélande, on avait mis en place trois séquences de jeu différentes qui nous permettaient d'attaquer toutes les zones sur nos lancements de jeu : « Canada Bleu », « Nouvelle-Zélande Blanc » et « Australie Rouge ».

Pour ceux qui sont encore avec moi, ce qui suit est un échantillon partiel de l'arsenal travaillé aux entraînements ; autrement dit, une seule baguette dans un grand jeu de mikado…

Prenons par exemple la séquence « Canada Bleu », qui a pour double objectif successif d'agresser la ligne d'avantage et de créer un déséquilibre avec, à la sortie de l'action, un choix à double tiroir pour notre ouvreur.

Concrètement, la « Canada Bleu » est une série de quatre relances de jeu, dont les trois premières sont relativement figées, qui démarre avec une conquête en touche complète (c'est-à-dire avec les huit avants concernés). La première relance peut être « Dublin » ou « Tokyo » et on va prendre l'exemple « Tokyo » pour tenter de visualiser : sur cette option « Tokyo », le ballon dévié atterrit dans les mains de Yachvili qui le transmet à Parra. Pour nous faire avancer, Parra doit alors jouer dans la zone de Cruden, l'ouvreur adverse, soit avec Max Mermoz (le premier centre), soit avec l'ailier côté conquête, Clerc ou Palisson. Deuxième relance de jeu : on demande une libération de balle rapide pour prendre la ligne d'avantage et agresser la défense adverse. Parra, repositionné, joue cette fois côté ouvert vers ses trois-quarts, Rougerie, Médard et l'ailier concerné (Clerc ou Palisson). Troisième relance de jeu : agresser à nouveau la ligne d'avantage avec les avants qui ont participé à la conquête, et qu'on appelle le bloc-saut. Quatrième relance de jeu : Parra a deux options en main, dites « jeu en deux vagues » : Première vague, appelée « 10-gros » : avec les avants, alors à hauteur, par des courses entrantes. Deuxième vague, dite « 12 » : dans le dos des avants, en sollicitant les trois-quarts qui entament des courses vers les extérieurs.

Ça, c'est le volet théorique : selon la configuration et les rapports de force du moment, il est entendu par les joueurs que dès qu'il y a franchissement ou, au contraire, sortie de balle contrariée, voire perte de balle sur une maladresse, il existe un plan B où l'équipe se restructure, soit pour aller à l'essai s'il y a une percée, soit pour éventuellement jouer au pied si l'adversaire nous contre.

Bien entendu, si nous avons pu inscrire quelques essais sur les temps de jeu programmés (notamment face au Japon), il faut savoir que l'essentiel des actions développées par une équipe est soumis aux aléas. N'importe quel système ne pourra jamais entrer dans une clé USB l'accident de jeu, la maladresse, l'intuition individuelle, l'imprévisible, l'inspiration, le génie. Et c'est heureux.

*

*   *

H – 200, – 180, – 160… Le temps se resserre maintenant dans le goulet du protocole, s'accélère à mesure que les secondes tombent dans le sablier.

Il règne un silence glaçant quand j'arrive dans la salle de vie de l'hôtel pour assister à la remise des maillots. Des joueurs sont là depuis quelques minutes, d'autres apparaissent au dernier moment. La symbolique est forte, l'atmosphère grave, l'air épais. Le seul geste de tendre un maillot France à celui qui va le porter transmet une relation d'estime, de confiance, d'affection. C'est notre hostie de païens.

Peu avant la cérémonie, je dispense quelques phrases brèves. Mes dernières. Quelques mots-clés, une trame préparée que je ne tiens d'ailleurs jamais, me laissant gagner par le contexte du moment. Cet instant vécu remonte maintenant à plusieurs mois, à l'année passée, à un siècle finalement. Je me souviens juste de leur substance :

– Soyez fiers, soyez forts, soyez solidaires. Jouez comme si votre vie en dépendait parce que c'est le match d'une vie ; parce que, quelque part, ce match peut décider de votre avenir. Ce match vous appartient. Je vous souhaite bonne chance.

Et Jo d'enchaîner quelques mots lui aussi avant qu'on sorte tous les deux de la salle de vie.

Thierry bouclera l'office.

Le trajet en bus est une procession. Jo se tient à ma gauche, juste derrière le chauffeur. Pendant un quart d'heure, notre escorte de motards de la police néo-zélandaise traverse une foule incroyablement dense. Dehors, c'est une double tresse d'applaudissements qui balise notre lente progression ; dedans, c'est un chaudron bouillant d'émotions. Dimitri Szarzewski glisse un CD dans le lecteur, un morceau planant du film *Gladiateur*.

Porté par la musique, par le public vêtu tout de noir des pieds à la tête, comme des druides sorciers qui nous ouvriraient le passage secret vers l'Eden Park, vers sa finale, le bus est en lévitation collective. La magie du lieu nous aspire, nous happe, nous transfigure ; nous ne sommes plus qu'une succession de corps muets assis deux par deux, où s'entrechoquent les ondes qui communiquent sans un mot, les consciences traversées de mille pensées, mille souvenirs tisonnés par l'émotion. Ce voyage, le dernier, est un don du ciel qui fait serrer nos mâchoires, humidifie nos sens. Je suis dans un état second. Je pense à ma mère, à qui j'ai téléphoné ce matin, comme chaque jour de match. Elle a probablement anticipé le moment, là-bas, à Argelès-sur-Mer. Elle s'est sûrement rendue à la messe donnée hier soir à Notre-Dame-del-Prat, pour ne rien manquer de la rencontre, retransmise à dix heures du matin en France. Peut-être a-t-elle planté un cierge qui finit de se consumer. Elle a dû prier pour moi, pour nous. Maman, elle prie pour tous ceux qu'elle aime.

Je tourne la tête vers l'arrière, vois Julien Deloire, le visage ravagé par les larmes. Pleure, Juju, pleure tout, on va vers quelque chose de grand.

Comme le tirage au sort nous l'a dicté, nous arrivons les premiers, une heure et demie avant le coup d'envoi. Les Néo-Zélandais arriveront un quart d'heure plus tard. Le vestiaire qui nous est désigné est le même que celui de nos deux précédents matches, celui de droite. C'est une bonne chose.

Chacun va occuper une place, sa place, celle qu'il occupait samedi dernier et le samedi d'avant, et tous se regroupent instinctivement par affinités de postes.

Les derniers grains du chapelet des rituels sont égrainés, la communion des hommes peut commencer. Il y a ceux qui écoutent de la musique, ceux qui passent sur la table de massage, ceux qui vont voir les partenaires. Certains sont lents dans leurs protocoles de routine, d'autres plus actifs dans leur échauffement, qui répètent leurs gestes comme des ténors testent leurs voix. Les gros commencent à se rassembler, les arrières sortiront les derniers. Les buteurs sont les premiers à quitter le vestiaire avec Gonzalo Quesada, Roro (Rougerie) est de ceux qui restent le plus longtemps possible confinés dans notre bunker. Titi, tout de suite sur la droite en entrant, est comme statufié sur son banc.

Dans les vestiaires, j'y suis sans y être. Je me sens totalement impuissant ; je dispense quelques consignes, certes, mais depuis que je suis passé entraîneur, je vis ces moments comme un intrus. Je vais m'asseoir par terre au fond de la salle d'échauffement, feuillette le programme de match. J'attends que ça passe. Je les envie de vivre ces moments-là comme un joueur ; je les bade de les voir enfiler ces maillots, se serrer, se congratuler, échanger des encouragements, s'embrasser. Les gros vont s'isoler vers les douches, s'empoignent, se cherchent front contre front dans des mêlées à vide ; d'autres enfourchent un vélo d'échauffement sur pignon fixe, d'autres encore font des pompes.

Plus les minutes s'écoulent et plus les battements de cœur cognent les poitrines. On les entendrait presque. Les sons bruissent – mélange de voix, de bandes adhésives qu'on arrache de leur film plastique, de frottements de chairs, d'ustensiles ; puis Imanol, le Yach, ou un autre, font monter le volume peu à peu.

– On fait pas de fautes, on est dedans, les gars, on y est !

Nick, notre officier de liaison, passe régulièrement la porte pour rappeler le timing, comme un impresario glisse une tête dans la loge d'un théâtre. Les exclamations éclatent, s'enchaînent – « allez, allez, on va les chercher ! » –, l'agressivité se crie dans un enchevêtrement de bourrades viriles et de gestes d'affection ; la rage se transmet à mots crus, des mots de combats, de soldats ; c'est de la haine, oui, qui se lit maintenant sur les visages, jusqu'à rugir quand le compte à rebours touche à sa fin. Un instant privilégié que je vis désormais en retrait. C'est à eux, ce sont eux.

Je monte alors dans le box dévolu aux entraîneurs. J'y retrouve au premier rang Didier, Jo, David, Vincent, tandis que Jean Dunyach est assis dans notre dos. Le pupitre supporte trois écrans de télévision qui nous proposent différents angles de vue du terrain, dont celui donné par ce qu'on appelle la « caméra-pêcheur », qui surplombe le jeu dans l'axe du terrain, pour apprécier le déplacement des joueurs.

Au moment de *La Marseillaise*, nous chantons comme toujours à tue-tête, ce qui est singulier dans ce réduit transparent où nous sommes à la fois proches du terrain et coupés des clameurs. De là-haut, le « contre-haka » des Bleus (en blanc pour cette page d'Histoire), est magnifique à voir. Fort, sobre, réussi, respectueux. Je m'agace un peu lorsqu'ils franchissent la ligne médiane : je ne voudrais pas qu'ils finissent nez contre nez et y laissent un peu d'influx, mais ces instants n'appartiennent plus qu'aux joueurs. Je suis tendu comme si j'allais jouer. Le sifflet de l'arbitre n'est une délivrance que pour les acteurs. C'est parti.

*

* *

Je ne voulais pas le revoir. La finale était le seul match que je n'ai pas visionné au cours de mes quatre années passées à la tête du XV de France. Parce que je n'en avais pas envie, tout simplement. Ce n'est pas que je connaissais la fin, puisque c'est toujours ainsi en pareil cas. Mais je voulais passer à autre chose. Et puis mon coauteur m'a tanné et tanné encore pour les besoins de cet ouvrage. Alors, de guerre lasse, je m'y suis mis un mois plus tard, par petits bouts. Il m'a fallu deux jours pour la regarder en entier. Et j'y ai pris peu de plaisir. Je vais donc faire sobre.

Les garçons sont dedans d'entrée de jeu. Ils sont manifestement en place, dominent leurs vis-à-vis jusqu'à l'essai black au quart d'heure de jeu sur une belle combinaison en touche à dix mètres de notre en-but. Rien à dire, bien joué, je n'en veux à personne. On avait fait le choix de les défier sur chaque secteur de jeu. En voulant contrer leurs sauteurs, notre organisation défensive a flotté à la retombée.

Mais le doute est là. J'ai peur qu'on s'affole un peu, qu'on sorte de notre stratégie, qu'on surjoue. Ce n'est pas le cas. Et puis Morgan doit sortir sur blessure quelques minutes plus tard, groggy, le visage tuméfié. L'arbitre n'arrête pas l'action, ce qu'il fait cependant onze minutes plus tard lorsque Cruden, l'ouvreur Black, quitte à son tour le terrain. C'est comme ça : on est en terre néo-zélandaise, face aux Blacks en finale ; je m'attends à ces interprétations. Nous sommes dans la peau du challenger qui boxe le tenant du titre dans sa ville : il nous faut trouver le KO.

5-0 à la pause. L'enjeu est de rester au score pour les faire douter. Le passé des confrontations en Coupe du monde entre les deux équipes rappelle que si l'on met ce qu'il faut dans les intentions, qu'on est sur leurs talons, qu'ils sentent notre souffle dans leur cou, on peut les fragiliser.

Dans les vestiaires, mon discours va évidemment dans ce sens.

– Magnifique ! On est dans la partie, physiquement on est bien, il reste du temps. Attention cependant, ils sont excellents dans la contre-attaque.

Je prévois déjà le coaching, sensibilise les remplaçants (Dimitri Szarzewski et Fabien Barcella dans un premier temps, Julien Pierre dans un second). Je vois Morgan dans un recoin, la tête dans les mains. Je passe la mienne dans ses cheveux. Je suis si triste pour lui.

La blessure de Vincent (Clerc), couplée à la pénalité réussie par l'ouvreur remplaçant Donald à l'entame de la deuxième mi-temps, aurait pu nous couper les jambes. Il nous faut marquer deux fois mais l'équipe ne se désunit pas.

Et puis l'essai de Titi récompense un temps fort, une équipe, une légion. Si les forces étaient équilibrées en première période, elles ne sont pas loin d'être à sens unique au cours de la seconde. Les Blacks sont désormais aux abois, à la limite de la rupture. L'arbitrage devient de plus en plus tolérant, il ne nous laisse rien passer tandis qu'il se montre bien laxiste avec nos adversaires. On s'en doutait, c'est ainsi. Le rythme imposé par les Bleus est élevé, les autres vont bien finir par craquer. On y croit de plus en plus mais il ne reste que cinq minutes.

Je fais rentrer le jeune Jean-Marc Doussain parce que le Yach traîne toujours des séquelles de sa contusion musculaire à la cuisse gauche, qu'il est sur la jante, qu'il a maintenant du mal à assurer tous les relais, suppléé par Max ou Alexis. Pour sa première sélection dans les entrailles d'une finale, il a de la fraîcheur, des cannes, du tempérament, le petit Doussain. Et puis cet en-avant, mêlée black à suivre qui nous pousse à la faute. Encore trois minutes, courtes parce que nous sommes proches de la défaite, longues parce que ça semble inéluctable. L'Eden Park ne sera pas notre paradis.

3

Comme un gosse

Ce n'est pas le paradis mais je m'en rapproche. C'est un lundi matin, je crois. Je viens de passer Tarbes et je m'engage sur la D 632. La France des villages et de ses panneaux pittoresques défile au gré des paysages : Pouyastruc, Moumoulous, Bouilh-Péreuilh, Castéra-Lou… Voilà près de deux heures que j'ai quitté Dax et je me demande toujours ce que je fiche dans les Hautes-Pyrénées. Bernard Lapasset, alors président de la Fédération française de rugby, voulait me voir en tête à tête.

Des hamacs de brume sont suspendus entre des hameaux de conifères. C'est un ciel à prendre ses cannes et à longer les ruisseaux, un temps à champignons débusqués sous des crinolines de fougères, quand le bourg rural de Louit apparaît dans le frimas. Bernard Lapasset m'avait prévenu : « Tu verras, c'est au centre du village, dans la grand-rue », officiellement baptisée rue de l'Ovalie. Sacré Bernard.

La bâtisse est un corps de ferme de style bigourdan qu'il a retapé pendant trente ans. Je gare ma voiture dans la cour. Au moment où je claque la portière, une porte s'ouvre. Bernard m'apparaît comme il sait si bien faire, accueillant du sourire jusqu'aux pantoufles. Ça fait un bail qu'on ne s'est pas vus.

Quelques jours plus tôt, je me trouvais sur le bord d'un terrain des Landes. Les tambours de la Coupe du monde 2007 battaient villes et campagnes, l'équipe de France venait de rater son entrée face à l'Argentine[1], mais j'étais à l'opposé de tout ce ramdam, peu à peu éloigné du XV de France depuis l'arrêt de ma carrière en 2002. Plus modestement, j'étais focalisé par l'imminent début de saison de l'US Dax. C'était ma troisième saison d'entraîneur, à la tête d'un club pour lequel je n'avais au départ aucune affinité particulière. Je m'étais cependant vite intéressé à son histoire séculaire, aux souches de sa culture, à ses hommes de caractère, à son président Gilbert Ponteins. Je m'étais investi à bras-le-corps dans ce nouveau projet de vie. Un vrai projet sportif aussi : on venait d'accéder au Top 14, j'avais fait venir à l'intersaison mes deux petits frères, Thomas – en provenance de Biarritz – et Matthieu – d'Agen –, qui avaient consenti des efforts financiers pour reconstituer un début de fratrie, notre noyau dur.

Ce jour-là, la séance d'entraînement venait tout juste de se terminer quand mon téléphone portable sonna dans ma poche.

– Allô, Marc, c'est Jean Dunyach.

On se connaissait depuis longtemps avec Jean puisqu'il présidait le Comité du Roussillon[2] quand j'étais joueur.

– Ah ! Jean, bonjour. Ça va ?

– Ça va, oui. Dis-moi, Bernard Lapasset aimerait échanger avec toi.

1. Le XV de France s'incline 17 à 12 contre l'Argentine, le 7 septembre 2007.

2. Devenu depuis 2011 Comité du Pays Catalan.

– Avec moi ?

– Oui.

– Euh, d'accord, mais échanger sur quoi ?

– Disons que c'est par rapport à l'équipe de France. Tu sais qu'il va y avoir une nouvelle équipe à mettre en place.

– L'équipe de France ? Ah bon ? Mais il veut quoi, le président ? Un conseil, un renseignement ?

– Non, pas ça. C'est au sujet de la succession de Bernard Laporte. Il pense à toi.

Je réalisai enfin.

– À moi ? Comment ça, à moi ? Tu n'es pas sérieux ? Mais en tant que sélectionneur, entraîneur des avants ?

– Sélectionneur, oui.

– Sélectionneur ? Sélectionneur du XV de France ? Mais… Mais… C'est juste hors de question, Jean. Tu sais que je viens de démarrer une saison avec Dax. Je suis engagé contractuellement, moralement, passionnément, et même familialement ; la saison est importante, on ne lâche pas un…

– Bon, écoute, réfléchis… Bernard voudrait juste savoir si tu acceptes de le rencontrer. Je te rappelle dans quelques jours, d'accord ?

Je rentre chez moi, un peu estomaqué, au point même que je soupçonne un gag, un coup de fil piège. Mais c'était bien la voix de Jean… De retour à la maison, je ne parle à personne de cette conversation téléphonique, si ce n'est à mon épouse lors du dîner. Isabelle connaît mes engagements, le sens que je leur accorde, et se fait claire.

– Au moins par correction, tu dois rappeler Jean pour lui signifier ta réponse.

Ce que je fais le soir même.

– Écoute, Jean, c'est très flatteur, mais je suis bien

loin de tout ça. Ça n'empêche pas que je le dise de vive voix à Bernard.

– OK, je l'appelle. On fixe un rendez-vous chez lui, c'est plus facile pour Bernard en ce moment, et ce n'est pas très loin de chez toi. Je te tiens au courant, ça te va ?

– Si tu veux.

Et voilà comment je me suis retrouvé quinze jours plus tard à tailler dans les brumes automnales de la D 632.

*

* *

Sur le perron, Bernard me précède dans l'escalier qui mène à son bureau. Je le devance pourtant.

– Je suppose que tu veux recueillir des avis.

– Non, non, pas des avis. Le tien suffit. Je te demande si tu accepterais le poste de sélectionneur du XV de France.

– Mais Bernard, je suis à Dax, j'ai zéro expérience, je ne parle pas anglais… Et puis j'ai lu dans la presse que circulaient les noms de Galthié, de Saint-André, de Novès, de Berbizier, de…

– C'est toi et personne d'autre.

On a dû passer près d'une heure là-haut ; Bernard m'explique qu'à chaque époque a correspondu un profil d'entraîneur, qu'il y a nécessité pour le rugby français de s'ouvrir à une nouvelle génération. À cet instant, c'est le président de la Fédération qui me parle : il m'évoque en termes choisis la volonté d'un changement, d'une dimension politique et médiatique différente, après l'ère Bernard Laporte. En place depuis huit ans, marqué Stade Français, estampillé Parisien, identifié comme une attraction médiatique, Laporte est alors en passe de devenir secrétaire d'État aux sports, quelle que soit l'issue de la Coupe du monde. Dans ce contexte, Bernard argumente sur les besoins, aux yeux de la Fédération, d'un recentrage, d'un retour aux sources, d'un lien à recréer avec la Direction technique nationale (DTN). L'évolution du rugby a créé des scissions, au sein des clubs, entre les structures professionnelles et les associations des secteurs amateurs ; la formation s'est tournée vers la « championnite », alors même que l'afflux de joueurs étrangers affecte l'éclosion de nos jeunes talents, que la formation pédagogique est en sourdine et la filière fédérale en pointillé... Il est urgent, dit-il, de renouer des liens, de restructurer un projet commun... Et d'avoir un type qui l'incarne à la tête du XV de France.

– Je te connais bien, Marc. Je sais que ces mots ont une importance pour toi. Je continue à te suivre, je sais que la qualité de ton travail avec les Espoirs de Biarritz, puis à Dax, est irréprochable, à l'égal de ton comportement quand tu étais en équipe de France. Tu es jeune, compétent... Ça me paraît une évidence.

Une évidence que je ne partage pas. J'étale à mon tour mes arguments, mes réticences. Il y a tous ces compromis que la fonction de sélectionneur induit en permanence, les couleuvres que je ne me sens pas capable d'avaler. J'évoque la lourdeur d'une institution, les choix des hommes et des lignes de conduite qui promettent des bagarres inévitables ou des contentieux latents, des inimitiés qui ne manqueront pas de se faire jour avec les dirigeants des clubs professionnels...

– Bernard, tu le sais, il faut composer en permanence à ce poste... Je ne me vois pas dans ce jeu-là.

Je vais y perdre mon âme. À Dax, on n'a peut-être pas des moyens monstrueux, mais les rapports sont francs, nos ambitions d'exister au plus haut niveau sont viables, portées par tous, et…

– Mais tu disposeras de tous les moyens pour choisir. Tu connais les membres du Comité de sélection, tu connais Jo…

– Et le staff ?

– On a quelques pistes, mais…

– Tu vois ? Je n'aurai pas le choix.

– … Mais c'est toi qui décideras au final.

Bernard me raccompagne jusqu'à ma voiture. Alors que je vais pour le quitter, il me prend le bras.

– Réfléchis, prends conseil et tiens-moi au courant.

– Pfff… Bernard, la décision ne m'appartient pas totalement. Je suis engagé avec Dax à 100 %. Et puis, vraiment, ça ne m'intéresse pas.

– Bon retour chez toi. Et n'oublie pas de m'appeler avant la fin du mois.

On ne peut pas ne pas être habile quand on dame le pion au lobbying anglo-saxon pour organiser une Coupe du monde en France. Bernard avait finement joué. Chez lui, en toute élégance, entre deux tasses de café et un spéculoos, il m'avait acculé dans une impasse, même si je ne m'en étais pas encore rendu compte.

J'effectue le trajet inverse, l'esprit agité. C'est non, non, et non ! Je ne vais pas lâcher les miens pour m'embourber dans une pétaudière ! Pendant quelques jours, je ne cesse pourtant de cogiter, de gamberger. Je me sens déjà moins libre. Mon épouse m'écoute, me relance sans forcer le trait. Les choses du rugby ne l'ont jamais accaparée. Isabelle n'est ni fille, sœur ou cousine de joueur, encore moins une groupie. Son monde est celui des chevaux, des box et des licols, pas celui des jougs, de la passe croisée ou du paquito chocolatero[1].

Entre le premier appel de Jean Dunyach et ma visite dans l'antre de Bernard Lapasset, j'avais disposé de quelques jours de réflexion. Je devais prendre le pouls de mon tout premier cercle. Un soir, alors que les entraînements s'enchaînent au stade Maurice-Boyau de Dax, je m'isole avec Thomas et Matthieu, à qui j'expose la proposition fédérale.

Thomas est un frère de sang et d'armes, avec lequel j'ai déjà partagé bien des champs d'honneur et des chants de braves sous le maillot bleu. Il m'écoute, puis répond spontanément :

– Mais tu ne peux pas refuser !

Matthieu, en revanche, reste muet, les yeux fixés sur le carrelage. Matthieu... Nous avons beau avoir sept ans de différence, notre relation est forte depuis la petite enfance. À la « Ribambelle », la maison familiale d'Argelès-sur-Mer, nous faisions souvent chambre commune et il s'endormait souvent avec moi. Matthieu... La reconstitution d'une partie de la famille – Lièvremont – au sein d'une autre famille – Dax – signifiait énormément pour lui. Il avait tendu son bras quand je lui ai lancé le mien, et voilà que le grand frère lui plante un couteau dans la main. Matthieu a hurlé en silence.

L'idée fait pourtant son chemin, je ne peux plus vraiment la garder pour moi. Je dois alors prendre un autre avis avant de rencontrer Bernard Lapasset, pas le plus

1. « Paquito chocolatero » est l'une des célèbres chansons du rugby, un paso doble repris par les bandas du Sud-Ouest lors des fêtes de villes et de villages.

simple puisque c'est celui de Gilbert Ponteins, le président de l'US Dax. Depuis deux ans maintenant, nous nous sommes considérablement rapprochés. Gilbert n'est plus un président et moi un entraîneur, mais c'est un père et moi un fils. Et il me répond comme un père, et c'est en l'écoutant que je me fais cette réflexion : si je refuse, un jour prochain je le regretterai.

Isabelle, Thomas, Matthieu, Gilbert et moi, nous voilà cinq dans la confidence ; et bientôt six avec Jean-Philippe Coyola, mon alter ego à Dax. En revanche, je dois rester dans le non-dit avec les autres, une omission qui s'apparente à un mensonge que je supporte difficilement. Je le vis d'autant plus mal que notre début de saison avec l'US Dax en Top 14 confirme nos craintes : défaite à domicile contre Toulouse pour commencer, avec le seul point de bonus défensif en consolation, puis vingt-cinq points de débours à Bayonne en suivant. Du bord de terrain, la tâche se complique. J'ai un pied et demi en dehors. Ça ne peut plus durer comme ça. Pour le bien de l'équipe, je dois prendre ma décision.

Fin septembre, soit une dizaine de jours après notre entrevue, je rappelle Bernard Lapasset.

– Bernard, c'est d'accord. Je suis ton homme.

– À la bonne heure ! C'est bien, Marc, tu ne vas pas regretter, tu verras.

Dix jours plus tard, les Bleus battaient les All Blacks (20-18) à Cardiff, au terme d'un quart de finale de la Coupe du monde époustouflant.

*

*   *

Les semaines à suivre sont autant d'étapes à mener, d'étages à grimper. Tout d'abord, ne pas laisser Dax comme un rat qui quitte le navire ; je participe à l'élaboration du nouvel attelage qui va conduire les rênes du club – Christophe Milhères, qui s'occupait des Espoirs, et Jérôme Daret, du centre de formation, épauleront Jean-Philippe Coyola. Je planche en parallèle sur les hommes appelés à diriger le XV de France à mes côtés. En fonction de mes critères de sélection – compétences sportives et humaines, convictions et sensibilités de jeu convergentes, filiation clubs-FFR, affinités relationnelles, même génération… –, je cerne assez vite le portrait des deux têtes avec lesquelles j'ai envie de travailler : Émile Ntamack et Didier Retière. J'ai joué avec « Milou », j'ai côtoyé le « Did » par le biais de la DTN lorsqu'il entraînait les moins de vingt et un ans, et moi ceux de moins de dix-neuf ans avec Philippe Agostini. Ntamack et Retière feront d'autant mieux la paire qu'ils s'entendent parfaitement et qu'ils ont mené ensemble les moins de vingt et un ans au titre mondial, en 2006, à Clermont-Ferrand.

Je profite ensuite d'un stage de préparation de Dax à Argelès-sur-Mer pour retrouver Jean Dunyach, qui a les pleins pouvoirs pour établir mon contrat fédéral. Je souhaitais m'engager avec grosso modo le même salaire qu'à Dax. Il sera doublé : 10 500 euros bruts. Je demande à ce que mes deux adjoints obtiennent les mêmes émoluments puisque je pars dans l'idée d'un triumvirat, et la chose est entendue.

Prochain palier : la toute première réunion dans un hôtel de l'aéroport de Toulouse-Blagnac avec les deux managers du XV de France – Jo Maso, Jean Dunyach – et les trois entraîneurs nationaux en puissance que sont

Émile, Didier et moi-même. Ensemble, nous avançons sur la composition du staff – préparateurs physiques, équipe médicale en premier lieu – sur lequel nous nous retrouvons sans chicane.

Le choix du staff constitue la pierre angulaire de notre projet. J'avais l'impression d'être Jim Phelps choisissant ses agents dans *Mission impossible* : côté soins, Jean-Philippe Hager, un ancien troisième ligne du LOU[1] qui a déjà travaillé avec nous trois lors de nos années à la DTN, sera le médecin en chef, et Jean-Michel Grand, lui aussi passé par la filière fédérale, le kinésithérapeute attitré. Le nom de l'ostéopathe est là aussi vite identifié : Michel Riff, qui officie à Font-Romeu, a fait ses preuves et s'occupe entre autres de la marathonienne anglaise Paula Radcliffe.

Mais Michel est plus qu'un manipulateur du squelette osseux à mes yeux. Depuis l'enfance, on a partagé des réunions de famille, des jeux dans les jardins, des parties de pêche, puisqu'il est l'un de mes nombreux cousins par ma mère. Un garçon sain, sportif, à l'humour à froid et au cœur chaud.

Côté souffle, Jean-Luc Arnaud, issu du staff précédent, s'était avéré un bon animateur de terrain, doté d'une solide expérience. Il fallait toutefois nous projeter sur l'avenir et mettre la main sur un expert en matière de physiologie de pointe, un préparateur physique rompu aux outils technologiques modernes, capable de bonifier les performances individuelles. Après quelques mois de réflexion, Julien Deloire sera la personne idoine : issu des clubs et ayant fait ses armes à la DTN, Julien s'est déjà constitué un bagage

1. Le Lyon Olympique Universitaire, club actuellement dans le Top 14.

intéressant, en dépit de son jeune âge, après son passage au sein d'une équipe néo-zélandaise du Super-15[1], les Otago Highlanders. Et son approche contemporaine et studieuse du jeu coïncide avec celle de Julien Piscione, chargé du pôle scientifique qui se met alors en place au CNR[2]. Ces deux-là ont formé un tandem d'une efficacité constante. Enfin, l'expérimenté et inoxydable David Ellis, chargé de la stratégie défensive, continue l'aventure avec nous.

Le premier organigramme jeté sur le papier nous apparaît à tous compétent, cohérent, composé d'hommes ouverts les uns sur les autres. En somme, je souhaitais un staff d'abord resserré, solidaire, et digne de confiance, capable de bosser ensemble et avec d'autres puisque les interactions entre le pôle scientifique, le pôle médical et les ressources humaines de la DTN allaient constituer l'un de nos fils rouges.

À la mi-novembre, soit trois semaines après la victoire au Stade de France de l'Afrique du Sud, en finale de la Coupe du monde, aux dépens de l'Angleterre, notre équipe pouvait être officiellement rendue publique.

Dans l'intervalle, j'entre de plain-pied dans la fonction occupée depuis huit ans par Bernard Laporte. Bernard, qui enfilait le survêtement d'entraîneur lors de mes années au Stade Français, nous invite cordialement dans ses nouveaux habits de secrétaire d'État aux sports. Le débriefing a pour cadre un salon privé

1. Le Super 15 est une compétition internationale qui oppose quinze franchises provenant d'Australie, d'Afrique du Sud et de Nouvelle-Zélande. La compétition se déroule de février à mai chaque année.

2. Centre national du rugby de Linas-Marcoussis, dans l'Essonne.

de son ministère, dans le XIIIe arrondissement parisien, où un dîner nous est servi. Jo, Jean, Milou et Didier m'accompagnent. La soirée est rieuse, Bernard est visiblement surexcité par ses premiers pas dans la politique : il nous parle de sa vie au gouvernement, dispense à la volée blagues de couloirs ministériels et avis globaux sur les joueurs. Ceux-ci, après une belle victoire contre les Blacks en quarts, viennent de terminer en queue de poisson la Coupe du monde, sèchement battus par l'Argentine pour l'attribution de la troisième place[1]. Le rugby, il n'y est plus vraiment, et son débriefing de la Coupe du monde, censé occuper le plus clair de nos échanges, se résume en substance à une opinion bien tranchée.

– De toute façon, Marc, il n'y a pas de joueurs. Il faut que tu repartes avec les mêmes, que tu mobilises à nouveau ceux qui ont, ou vont sûrement tirer leur révérence[2], parce que derrière, c'est le néant.

Voilà tout. Question bilan détaillé, relations avec la Fédération, les clubs, les médias, la DTN, le marketing, ou un audit personnalisé du XV de France poste par poste et ligne par ligne – comme je le ferai pendant cinq heures avec mon successeur Philippe Saint-André quatre ans plus tard –, je partais de presque rien.

Le club « MED » – initiales de Marc, Émile et Didier, comme l'avait malicieusement tourné un journaliste – va dès lors échafauder un autre camp de travail. D'abord, tirer les choses au clair avec les « retraités »,

1. L'équipe de France est battue 34-10, le 19 octobre 2007 au Parc des Princes.

2. Fabien Pelous avait annoncé sa retraite internationale ; Raphaël Ibanez et Serge Betsen l'ont fait quelques mois plus tard.

échanger avec les membres de l'encadrement précédent, avec Jean-Claude Skrela et la DTN ; ensuite, redistribuer les cartes, régénérer le groupe, impulser une nouvelle dynamique, phosphorer sur notre projet de jeu, étant persuadé avec Émile que les règlements internationaux allaient évoluer ; et puis gratter les terrains du championnat avec nos bâtons de pèlerin pour détecter de nouveaux talents. Nous nous partageons le territoire : en gros Toulouse et sa périphérie pour Émile, naturellement, Clermont et Bourgoin pour Didier, le Sud-Ouest et le Stade Français pour moi…

L'accueil chez les clubs professionnels est inégal ; chaleureux chez la plupart, distant chez quelques-uns. Notre légitimité ne semble pas unanime aux yeux du secteur professionnel. Quelques personnalités ont évoqué « le choix du roi » de la part de Lapasset – souvent ceux-là mêmes qui en ont bénéficié dans leur parcours. Le choix du roi ? Un scoop… Qu'on m'énumère les entraîneurs désignés après appels d'offres. Et qu'avais-je fait pour cela ? Intrigué à la cour des puissants, grenouillé dans les salons, joué des coudes dans le vestibule ? Je ne convoitais rien, je n'usurpais personne.

Toujours est-il que mon naturel ne me pousse pas à la parade électorale lors de mes visites dans les clubs, à écumer les vestiaires pour y distribuer les bons et les mauvais points à la cantonade. Je préfère le peu de mots à la sortie du stade aux démonstrations bruyantes à l'entrée des douches.

C'est ainsi qu'au détour de dimanches d'hiver, je découvre un jeune pilier bourré de talents à Auch (Fabien Barcella), un gamin courageux et plein d'autorité à Bourgoin (Morgan Parra), une génération pleine de tempérament à Montpellier (François Trinh-Duc, Fulgence Ouedraogo, Louis Picamoles) et d'autres profils particuliers – mais pas toujours probants à l'échelon international – qui pouvaient répondre à l'idée qu'on se faisait du rugby que nous voulions mettre en place.

La touche finale de notre projet tient maintenant en un mot : les généraux que nous sommes doivent désigner leur capitaine.

Avec Émile et Didier, on se rejoint assez vite sur le nom de Lionel Nallet. J'apprécie déjà beaucoup Thierry Dusautoir, que j'avais connu à Biarritz, et qui s'est totalement libéré pendant la Coupe du monde 2007, mais nous décidons de miser sur un autre profil de leader de combat, respecté par tous.

Le « Nalluche » de Bourgoin, sorti du rugby amateur et brut de décoffrage, a laissé place à un Nallet performant, endurant, agressif, athlétique, devenu capitaine à Castres, un club médiatiquement sous-coté qui fait pourtant jeu égal avec les grosses cylindrées du championnat. Lionel est l'un des trois derniers joueurs internationaux en activité – avec Yannick Jauzion et Sylvain Marconnet – avec lesquels j'ai joué, à l'occasion d'un match des Barbarians français contre la Nouvelle-Zélande à Lens, en novembre 2000, et le bonhomme n'a pas changé de ligne de conduite. Implacable, exemplaire, imperturbable. Cet homme-là est capable d'être notre capitaine au long cours, impavide quand les tempêtes s'annonceront.

Un jour de décembre, on se retrouve au bar d'un petit hôtel-restaurant de Castres, sur les extérieurs de la ville, où les équipes adverses ont l'habitude d'être logées. Une bière à la main, on discute d'un peu de tout, du début de saison, de la Coupe du monde qu'il vient de vivre…

– Bon, voilà ce qui m'amène, Lionel. Tu m'inspires confiance et je te voudrais comme capitaine du XV de France.

Lionel reste impassible.

– Ah oui ?

Je me surprends alors à utiliser les mots de Bernard Lapasset.

– Oui, c'est toi et personne d'autre.

– Écoute, je ne m'y attendais pas, mais ça me fait plaisir. Aucun problème.

Du Nalluche dans le texte. Pas le genre à demander un délai de réflexion, un recommandé avec accusé de réception ou une consultation d'avocat. Avec Lionel, c'est du tope là et on finit le verre. À ta santé, capitaine.

À la fin de la saison, le club de Dax se maintiendra de justesse en Top 14.

*

* *

Le premier rendez-vous avec l'appareil médiatique a lieu le 15 novembre à Dax, en présence de Bernard Lapasset et de Gilbert Ponteins, où l'on expose notre projet fédéral, puis le 3 décembre au siège parisien de la Fédération, alors rue de Liège[1]. Des instants intimidants, j'en conviens. Je ne suis plus dans la peau du joueur qu'on questionne à la sortie d'un vestiaire, mais la tête de ligne qu'on teste, à l'orée d'une mission de quatre ans.

1. Le siège de la FFR se situe depuis novembre 2010 dans l'enceinte du CNR de Linas-Marcoussis (Essonne).

Joueur, je crois avoir été considéré par les journalistes comme un « bon client » ; pas le plus charismatique, pas le plus emblématique, mais disponible. Si je lisais peu la presse, j'aimais bien échanger. Ce n'est que lorsque je suis passé entraîneur que je me suis mis à acheter les journaux parce que cela fait partie de la fonction : suivre les performances des joueurs, retenir les compositions d'équipe, prendre des nouvelles des blessés et des contextes de l'actualité sportive…

Pratiquement huit ans après la fin de ma carrière internationale, je découvre un monde qui a pris de l'ampleur, eu égard à l'exposition grandissante du rugby, et à la multiplicité de supports – Internet surtout – dont je ne soupçonnais pas l'existence. On m'appelle de partout, je réponds à tous, indifféremment, sans passe-droits ou exclusivités, car je vois à travers mes interlocuteurs les passionnés de rugby qu'ils informent, les lecteurs, les auditeurs, les téléspectateurs… Je m'en tiens cependant à mon rôle : l'aspect sportif, pas au-delà. Et je ne répondrai à aucune sollicitation de publicitaires, que ce soit pour une compagnie d'assurances, une eau minérale ou une tranche de jambon. Tête de ligne, oui ; tête de gondole, ce n'est pas mon truc.

2007 a vécu, 2008 est mon An I. J'étrenne mes galons, je fais mes premiers pas, je prends mes premières responsabilités : impliquer des jeunes, responsabiliser les joueurs, recréer l'équipe de France A pour relancer la détection, rechercher une conquête performante, orpheline de quelques anciens. Je pénètre alors dans un nouveau monde balisé de ses premiers engagements : premier Comité de sélection à Marcoussis – judicieusement renforcé par Philippe Sella et Fabien

Pelous[1] – et première liste de trente joueurs, le 22 janvier ; l'émotion me gagne ce jour-là, à l'annonce du groupe appelé à ouvrir le Tournoi des VI Nations en Écosse, le 3 février. J'ai le sentiment de vivre un moment solennel, d'entrer pour de bon dans l'aventure, d'inviter des joueurs à nous y rejoindre. Je suis ému à tel point que j'en oublie la feuille récapitulant les vingt-deux noms au moment de gagner la tribune de l'auditorium, si bien que je me retrouve les mains vides devant le micro ouvert. Je les ai alors mentionnés de tête. J'en garderai l'habitude.

Premier briefing enfin, à l'hôtel *Balmoral* d'Édimbourg, avant de pénétrer sur la pelouse de Murrayfield.

– Lâchez-vous, les gars. Prenez du plaisir, donnez du plaisir !

Notre revue d'effectifs recensera quatre-vingt-deux joueurs au total, et quatorze des vingt-deux sélectionnés présents sur la ligne d'arrivée en Nouvelle-Zélande en 2011 se trouvaient dans les starting-blocks de la première annonce du groupe pour rencontrer l'Écosse, en février 2008[2].

Je ne vais pas passer par le détail les quarante-cinq matches que j'ai vécus à la tête du XV de France. D'abord, ça m'ennuierait prodigieusement ; ensuite, ça vous ennuierait prodigieusement. L'exercice tiendrait de la commémoration, de l'arrêt sur hommages, et je ne suis pas fait pour ressasser les souvenirs. Je vais

1. Fabien Pelous intégrera le Comité de sélection en octobre 2010.

2. Poux, Servat, Szarzewski, Nallet, Bonnaire, Trinh-Duc, Skrela, Parra, Dusautoir, Ouedraogo, Clerc, Heymans, Traille et Rougerie.

plutôt revisiter les moments et les lieux par le prisme de ce que j'en ai gardé, les petites histoires qui ont échafaudé la grande, les liens qui les ont fait cheminer, parfois serrés, parfois distendus.

Vous le savez, ces quatre années ont connu des hauts comme des bas, engendré des débats pris de haut. Plus que les statistiques et les résultats secs, les classements ou les inventaires, on en retient des émotions diversement appréciées selon son rôle et son regard. Partant de là, on se rappelle les roustes prises en Angleterre (2009), en Afrique du Sud et en Argentine (2010) ; les cataclysmes vécus au Stade de France contre l'Australie (2010) ou à Rome (2011) ; la victoire contre les Blacks à Dunedin (2009), le grand chelem 2010 et les trois matches de la phase finale de la Coupe du monde… Moi, j'en retiens une belle histoire d'hommes, un équipage embarqué sur des hautes mers, des tranches de vie serrées les unes aux autres autour d'un mât de cocagne, un bien commun donné en partage, à cœurs et à tripes, à cor et à cri, puisque le sport sait nous transcender.

Les ayatollahs du bilan présenté en colonnes de comptable ont tôt fait de découper la saison 2008 en deux parts égales – cinq victoires, cinq défaites –, et certains ne manqueront pas d'insister sur la bouteille à moitié vide. La vérité est plus subtile et le regard moins diffracté quand on se trouve à l'intérieur. Au terme de ma première année, je resitue différemment les événements : le Tournoi 2008, je me souviens qu'on est passés près. Nous sommes en position de remporter l'épreuve à vingt minutes de notre dernier match, au Millenium de Cardiff, après avoir recollé au score contre les Gallois (9-9). Au lieu de quoi, deux essais encaissés après l'heure de jeu nous rejettent à la troisième place. Le grand chelem couronne les Gallois, les piques égratignent le XV de France : on aurait galvaudé le Tournoi. Bien sûr, comment n'y avais-je pas pensé ?

Quant au troisième échec en autant de rencontres face à l'Australie (13-18), survenu en novembre au Stade de France – après deux revers concédés chez elle en début d'été –, il s'en est fallu de peu pour conclure une tournée automnale invaincue. Un jour de déveine pour David Skrela, malheureux dans ses pénalités, et une animation offensive en friche nous feront traverser l'hiver incognito.

Dans les vestiaires, j'essaie de réconforter un David malheureux comme les pierres.

– Ce n'est pas très grave, David. Des jours sans, tout le monde en a, t'inquiète…

Et de m'adresser à l'ensemble des joueurs :

– C'est dommage ce manque d'ambition, les gars. On n'était pas loin, franchement.

La saison s'achève néanmoins sur une défaite, un banquet longuet, un bilan médical transmis par mail à chacun des clubs, un débriefing dominical à la volée, entre un petit-déjeuner à prendre et un avion à ne pas manquer. Génial…

Frustrant, oui, mais la vérité peut être ailleurs. Un groupe en devenir se met en place, la colonne vertébrale s'ossifie, la tournée australienne nous a livré de précieux enseignements sur la fiabilité des joueurs. De plus, le staff se renforce de Julien Deloire (préparation physique) à l'été, puis de Gonzalo Quesada, notre entraîneur argentin, à l'automne[1] ; l'équipe médicale étoffe le suivi physiologique dans ses grandes lar-

1. Pauvre Gonzalo : sa première entrée en fonction aura lieu pour… France-Argentine à Marseille, le 8 novembre (12-6).

geurs ; Didier et le pôle scientifique, porté par Julien Piscione, planchent sur les prochains outils qu'expérimenteront les joueurs, et notamment le simulateur de mêlée. La maison mère bosse, en silence, en patience, navrée que des émois mettant en question nos compétences puissent se nourrir de jugements définitifs ou de babillages de seconde main.

Notre jeu volontairement débridé déroute, voire déplaît. C'est pourtant celui qui a déjà cours chez les nations du Sud, que nous exploiterons sur le tard, faute de pouvoir l'adapter chez nous, le Top 14 étant trop occupé à cadenasser le sien. En partie avec Émile, on réfléchit à un juste milieu, entre ce rugby domestique dense et pragmatique, élaboré pour ne pas perdre (si ce n'est l'essence même du jeu), et ce rugby d'initiatives qui nous attend sur la scène internationale. Les déficits individuels, notamment les attitudes aux contacts, se font bientôt jour, car la majorité des clubs français sont tournés vers la stratégie collective. Nos messages envers les internationaux se font de plus en plus pressants : plus de prises de risque, plus de responsabilisation individuelle pour le bien du collectif à terme. Car c'est bien de terme qu'il s'agit. Entre la tortue et le lièvre, la fable du joueur français est d'abord tiraillée entre deux conceptions. Il nous faut l'aider à enjamber le gué puisque, tôt ou tard, on devra se jeter à l'eau sous peine de boire définitivement la tasse.

À l'égal d'un homme politique fraîchement élu, mon état de grâce ne dure qu'un temps. C'était prévisible. Mes prédécesseurs sont passés par là, je n'y coupe

---

Pour sa part, l'ancien arbitre Joël Jutge nous rejoindra officiellement début 2010.

pas. Avant même le début du Tournoi 2009, on nous réclame des résultats, du rugby offensif, du *french flair* mélangé à du réalisme anglo-saxon… Bref, de résoudre à la hussarde la quadrature de l'ovale, comme si le jeu et les hommes composaient un grand Meccano à assembler en deux temps, trois mouvements.

Je n'ai jamais joué les naïfs, mais après un an d'apprentissage, je mesure pleinement les contraintes, les forces contraires, les casse-tête pour constituer un groupe d'avenir, entre titulaires en méforme et joueurs blessés, au beau milieu d'un championnat marathon. Je constate la distorsion des appréciations selon qu'on est entraîneur, joueur, journaliste ou spectateur. Philippe Saint-André appréciera à son tour, mais le court laps de temps de préparation pour le Tournoi oblige à parer au plus pressé, à minuter les séances d'entraînement pour ne pas éprouver les physiques, tandis que les navettes des internationaux entre leurs clubs respectifs et l'équipe de France n'aident pas à travailler la cohésion. Les victoires sur l'Écosse (22-13) puis le Pays de Galles (21-16) n'atténuent pas la défaite inaugurale en Irlande (30-21), sans parler de la raclée que nous inflige l'Angleterre à Twickenham (34-10). Après une première période cauchemardesque (29-0), il n'y a plus qu'à sonner le tocsin. À la mi-temps, je descends rejoindre les joueurs dans les vestiaires.

– C'est pas croyable… On est ridicules. On perd tous nos duels, on est passifs ; on n'y met pas d'agressivité, on ne se bat pas, on ne se déplace pas… Bon, écoutez, on oublie le score. Un deuxième match va débuter. Et on doit gagner cette deuxième mi-temps.

Le fait est que les Bleus y parviendront, mais l'ampleur de la défaite me reste en travers de la gorge, incompréhensible au vu des engagements pris par chacun pendant la semaine de préparation. Le soir même, lors du banquet que je subis tout autant que les discours interminables, le sélectionneur anglais Martin Johnson vient me serrer la main. Et même le bras, accompagné de quelques mots d'anglais. Je n'ai jamais eu d'affinité particulière avec le personnage, un deuxième ligne arrogant et plutôt vicelard, mais j'ai à ce moment-là ressenti un vrai geste de sympathie, une compassion non feinte. De la part d'un tel bonhomme, c'en était presque troublant.

Pour autant, dans notre camp, on réclame très vite des têtes, au sein du Comité de sélection comme ailleurs, et on se paie la mienne. Il s'agit alors pour moi de résister à la morosité ambiante, de reconduire le groupe meurtri, qui a conscience que son salut passe par un sursaut collectif, et d'insuffler à nouveau une dynamique.

« Sauvez-les ! » écrira le « médicament » sur sa première page jaune maladif, à l'heure de clore le Tournoi en Italie. Je découvre les intérêts divergents de cette presse, qui se nourrit d'oppositions et hurle avec les loups. Les cinquante points passés à Rome et une nouvelle troisième place du Tournoi ne changeront rien à l'affaire ; encore moins les trois mois à venir qui nous séparent de la tournée d'été. Au cours de cette période passive qui s'étire en langueurs, je me sens inutile, impuissant ; j'ai la crainte de voir le fil se dénouer. Mais le rugby français a son dicton : qui n'avance pas recule… pour mieux sauter.

*

*   *

La tournée de juin en terres australes est – déjà – annoncée comme un champ de mines sur lequel le pauvre XV de France va se déchiqueter les membres. On nous prédit la peste noire, le choléra et l'invasion de criquets. Pensez : deux test-matches en Nouvelle-Zélande, les 13 et 20 juin, suivis d'un dernier pour la (dé)route en Australie…

À ceci près que le contexte se présente sous un jour a priori favorable : la sélection est composée de pratiquement nos meilleurs joueurs du moment, même si les finalistes perpignanais et clermontois du Top 14[1] ne nous rejoignent que quatre jours avant la première confrontation ; nous bénéficions de deux semaines de préparation, un luxe, dont dix jours sur place pour récupérer du décalage horaire ; nous retrouvons des joueurs mentalement frais, notamment les contingents toulousains et biarrots[2], auteurs d'une mauvaise saison européenne, ce qui leur vaut quelques week-ends de repos. On se retrouve à Dunedin, une petite ville à l'écart des sollicitations habituelles. Et les joueurs ont franchement les crocs, désireux de se racheter d'un Tournoi maussade.

En somme, c'est peu ou prou une opération commando avec parachutage de guerriers armés jusqu'au casque, à laquelle nous nous préparons. Un raid auquel manque notablement Lionel Nallet, sur le flanc pour une blessure récurrente aux côtes, et qui laisse son brassard de capitaine à Thierry Dusautoir. « Titi » doit assurer l'intérim. Il assurera vraiment fort.

On nous a promis une danse mais, dès le 13 juin, le XV donne le ton, contre la Nouvelle-Zélande. Toujours

1. Domingo, Bonnaire et Rougerie pour Clermont, Mas, Guirado, Chouly et Mermoz pour Perpignan.

2. Barcella, Yachvili et Traille pour Biarritz, Servat, Millo-Chluski, Dusautoir, Skrela, Fritz, Jauzion, Clerc, Heymans et Médard pour Toulouse.

devant au score, les Bleus se lâchent, entreprennent ; William Servat ponctue un superbe mouvement et Louis Picamoles réalise l'un de ses plus beaux matches internationaux. 27-22 au coup de sifflet final, trois essais à deux, quinze ans d'effacés depuis la dernière tournée victorieuse de 1994, nos joueurs ont eu le répondant espéré. Les trente mille spectateurs kiwis sont éberlués, énervés même pour certains : quelques joueurs français essuient des lancers de canettes de bière pendant leur tour d'honneur. Mais l'incident est vite évacué par la liesse qui emplit notre vestiaire riquiqui, où il y a de quoi se sentir à l'étroit. Qu'importe, c'est beau une équipe qui gagne, un groupe qui se soude. Je suis persuadé que le ciment du XV de France a pris dans ce stade. Les garçons ont réussi un match abouti, dense, solidaire. La Nouvelle-Zélande est le Sunset Boulevard du rugby mondial et nos joueurs viennent d'enfoncer leurs empreintes dans son sol sacré.

Je suis fier. Fier d'eux, fier pour eux, mais, comment dire…

La sensation du devoir accompli a toujours été brève en moi. Plus encore depuis que je suis entraîneur. Les moments intenses de joie commune, les sentiments de délivrance, de soulagement, sont fugitifs. La plénitude n'existe pas, ou si peu, ou si vite. Le bonheur d'une victoire s'avère un état éphémère qui retombe à la première réflexion venue. Et l'entraîneur ne vit que de réflexions car il y a toujours un après. J'aimerais prolonger l'instant, suspendre le chronomètre, mais je bascule presque malgré moi dans la projection vers le lendemain, dans la gestion des blessés, dans le prochain match à venir, dans la nouvelle stratégie à bâtir.

Se relâcher est culpabilisant. Et je le confesse, je verrai toujours la microscopique tache noire sur le mur blanc d'une prétendue perfection.

Ça n'empêche pas une chouette soirée bière-pizzas à l'hôtel entre tous les membres du groupe. On a déconné comme des potaches après un examen. D'ailleurs, au cours de cette tournée qui me fait découvrir la Nouvelle-Zélande, on s'est tous franchement éclatés. De nombreuses activités sportives avec le staff, des footings avant le réveil des joueurs, des parties de pêche dans la péninsule d'Otago, où phoques et dauphins dansent à proximité. Loin de tout, et tous proches les uns des autres, à rebondir du travail au ludique, dans le cadre champêtre et convivial d'un hôtel de campagne.

Le match retour a lieu une semaine plus tard à Wellington. Les Blacks, revanchards, nous promettent la guerre et, pendant la semaine, je suis surpris de l'hostilité inhabituelle de quelques passants qui nous croisent dans la rue avec notamment quelques « *fuck off, the Frenchies* » surprenants de leur part. Pendant longtemps, je crois à la victoire des nôtres, mais lors de cette deuxième rencontre du 20 juin, des rafales de vent contrarient le jeu, le match est heurté, même si un petit bijou d'essai signé Cédric Heymans entretient l'espoir. Le groupe a gardé son état d'esprit guerrier et intuitif et, franchement, nous ne sommes pas loin de rééditer l'exploit de 1994[1] avant de nous incliner finalement 14 à 10.

Ce soir-là, je réserve un pub à proximité de l'hôtel

1. L'équipe de France avait alors réussi un doublé historique en s'imposant coup sur coup face aux All Blacks à Christchurch (22-8) le 26 juin 1994, puis le 3 juillet à Auckland (23-20).

pour que les joueurs décompressent après ces deux tests aboutis et porteurs de promesses. Certes, il reste un match à suivre à Sydney sept jours plus tard, et quatre joueurs blessés[1] doivent retourner prématurément en France le lendemain, mais les garçons ont la permission de prolonger la soirée. Avec une bonne partie du staff, je retourne à l'hôtel, et regagne ma chambre pour visionner le match. Non, on n'était pas loin du tout.

*
* *

Il est sept heures passées, ce dimanche matin, quand je descends à la salle des petits-déjeuners, pratiquement déserte. La voix de David Ellis m'apostrophe.

– Ah, Marc… Jean-Phi veut te voir !

J'allais lui demander pourquoi quand le médecin de l'équipe déboule.

– Salut, Marc, je te cherchais. J'ai été réveillé dans la nuit par Mathieu (Bastareaud). Il s'est fait agresser dans la rue par trois mecs. Ils lui ont mis une grosse tête.

– Quoi ?

– Il est amoché du visage et bien secoué. Tu vas voir, il est en pleurs.

– Merde, merde ! Mais ça s'est passé comment ?

– Il a dit qu'il rentrait seul à l'hôtel quand trois types lui sont tombés dessus en sortant du taxi.

En grimpant dans les étages, je repense instinctivement aux canettes lancées des tribunes à Dunedin, aux agressions verbales proférées à notre encontre dans les

1. Sébastien Chabal, Thomas Domingo, Yannick Jauzion et Louis Picamoles.

rues de Wellington. J'arrive dans la chambre de Mathieu. Effectivement, assis sur le bord de son lit, il n'est pas beau à voir. Son visage est tuméfié, camouflé sous la capuche d'un sweat-shirt. Je me rapproche de lui.

– Bonjour Mathieu… Ça va ? T'étais seul ?

Tête tombante, sa voix est basse.

– Oui, seul.

– Mais que s'est-il passé ?

– Ben, on était dans un bar tous ensemble, et j'ai eu envie de rentrer. Je sors du taxi, et je réalise que j'ai oublié mon portefeuille sur la banquette arrière. Je retourne le chercher et quand j'en ressors, trois types se sont mis à m'insulter.

– Et alors ?

– Alors, je leur ai répondu : « C'est quoi le problème ? » Ils se sont approchés de moi, l'un d'eux m'a mis un couteau sous la gorge, et ils ont commencé à me frapper.

Je reste interdit, cherche à en savoir plus. Mathieu reprend :

– Mais je ne veux pas qu'on parle de cette histoire de couteau, sinon, ça va inquiéter ma mère.

Il est prostré, sa voix hoquette. Le voilà qui pleure dans mes bras.

– T'inquiète pas, Mathieu, t'inquiète pas. On doit partir sur Sydney en début d'après-midi. Qu'est-ce que tu voudrais ? Tu veux finir la tournée avec nous ? Tu veux rentrer ?

– Je préfère rentrer chez les miens.

– OK, repose-toi.

Je retourne alors à la salle des petits-déjeuners, qui s'est emplie de joueurs. Les tablées ne parlent que de ça : Mathieu a pris une branlée cette nuit. Tous vont le voir en petits groupes pour l'entourer, le soutenir, le réconforter.

Merde, qu'est-ce que c'est que cette histoire ? À aucun moment, je ne peux imaginer un bobard.

Jean-Philippe Hager, notre médecin, accompagne ensuite Mathieu pour lui faire passer une IRM dans un hôpital de la ville. Il en revient en fin de matinée, peu avant le point presse prévu.

– Aucune fracture, Marc.

C'est déjà ça. Face aux quelques journalistes présents, notamment néo-zélandais, prévenus de l'agression par un communiqué de presse rédigé par Jo, on tente de calmer le jeu. « C'est malheureux, mais c'est le genre d'incident qui peut se produire n'importe où... Mathieu est dans un état stable... Il n'est pas entre la vie et la mort... D'ailleurs, Mathieu ne veut pas porter plainte... »

Le départ pour l'Australie est prévu dans l'après-midi de ce dimanche. Le soir même, Jo provoque une conférence de presse dans l'un des salons de notre hôtel situé en centre-ville de Sydney. S'appuyant sur les déclarations de Mathieu, qu'il n'a aucune raison de mettre alors en doute, il rappelle la cause de l'incident et précise qu'il a signalé l'incident à la Fédération néo-zélandaise. La délégation française est toujours sous le choc quand elle se disperse dans les chambres, et notamment les quelques joueurs qui étaient revenus avec Mathieu jusqu'à l'entrée de l'hôtel au petit matin.

Le drame de Mathieu va devenir l'affaire Bastareaud.

Dès le lundi matin, l'événement prend une tournure inimaginable. Les médias se sont saisis de l'incident, la police de Wellington a ouvert une enquête, la Fédération néo-zélandaise se confond en excuses, et le Premier ministre néo-zélandais, John Key, se fend d'une lettre du même ton à l'égard du gouvernement français. Et Mathieu dans tout ça ?

Avant son départ pour Paris, où il arrivera le mardi matin, il subit un scanner dans un hôpital de Sydney qui ne révèle, là encore, aucune fracture. Je m'en tiens à sa version, qui n'est pour l'heure pas contestée.

Deux jours plus tard, le jeudi 25 juin, alors que nous sommes tournés vers les choses du terrain pour boucler vaillamment notre mois de juin face aux Wallabies, Jo et Jean me prennent à part dans le cours de l'après-midi. Ils tiennent une info des enquêteurs de police néo-zélandais : les bandes vidéo des caméras de surveillance montrent clairement Mathieu pénétrant dans l'hôtel de Wellington vers 5 h 30 du matin, sans présenter les stigmates d'une agression. Je tombe des nues. Une chaîne de télévision néo-zélandaise prétend même qu'on l'y a vu accompagné de deux joueurs et de deux femmes. Je ne comprends plus rien, Jo et Jean non plus.

Alors qu'un dîner est prévu le soir même au restaurant de l'Opéra de Sydney tenu par Guillaume, un chef cuisinier français et ami commun, Jo prend les devants en convoquant une nouvelle conférence de presse. Je suis alors à table quand un membre du groupe s'approche de moi.

– Marc, voilà, il faut que tu saches. Mathieu aurait tout inventé de son agression.

– Tu déconnes ?

Je quitte la table pour m'isoler. J'appelle illico Mathieu au téléphone.

– Allô, Mathieu, je ne pige plus, là… Je viens d'apprendre que tu aurais monté un bateau ?

Au bout du fil, Mathieu est mal à l'aise.

– J'ai eu peur, Marc. J'étais un peu saoul, et voilà

quoi… Je ne veux pas faire de mal à ma mère. Elle est témoin de Jéhovah, l'ivresse est interdite pour elle. En fait, je me suis cassé la gueule dans ma chambre, je me suis fait mal en heurtant le bord de la table de nuit.

– OK, Mathieu, OK. Tu me donnes une deuxième vérité, mais tu te rends compte du bordel dans lequel tu t'es mis, et nous par la même occasion ? Ce sont des choses qui peuvent arriver. Pourquoi avoir inventé un truc pareil ? Tu as impliqué des Néo-Zélandais, tu…

– J'ai paniqué. J'ai paniqué. Et puis, ça m'a semblé plausible.

Je suis sidéré. Comment peut-on péter un boulon à ce point ? La version de la table de nuit, qui fera le tour des chaumières, me laisse déjà plus que sceptique. Je n'ai plus de prise sur l'événement qui prend un sale tour. Wellington et Paris sont loin de moi, et j'ai un match contre les Wallabies à préparer…

Les joueurs, heureusement, ne me semblent pas trop déstabilisés par l'affaire. Même si la longueur de la saison se fait sentir dans les jambes et les esprits, on achève la tournée par une défaite (22-6) qui clôt un exercice pas aussi sévère que le score l'indique. L'épisode de Mathieu, qui n'en est qu'à ses débuts, masque le comportement d'ensemble d'un groupe résolument compétitif. Menés 10-3 à la mi-temps, nous aurions dû recoller au score si l'essai de Max Mermoz n'avait pas été refusé pour un hors-jeu imaginaire. Et qui sait alors comment le test-match aurait tourné…

C'est peu après la rencontre que je prends à part Thierry Dusautoir :

– Alors, Titi, ce capitanat, comment l'as-tu vécu ?

– Bien, Marc. Plutôt bien.

– Je ne suis pas encore fixé, mais tu connais la situation de Nalluche. Lionel a été admirable, il a un petit coup de pompe, et je préfère qu'il se ménage, qu'il se concentre sur son poste, alors qu'il a 33 ans. Dans le cas où je te confie le brassard, ça te dirait de prolonger l'affaire ?

– Euh... Ça m'a bien plu, oui.

– Oui ?

– Écoute, sur le principe, je suis partant. Il faut juste que les choses se fassent correctement avec Lionel.

– Oui, bien sûr, on a encore le temps. Je te tiendrai au courant de mon cheminement.

Le retour en France me ramène brutalement dans le cœur du typhon médiatique. À peine posé, j'apprends par Max Guazzini, le président du Stade Français, que Mathieu a tenté de se suicider, qu'il a été admis dans une clinique pour soigner de graves problèmes psychologiques, tandis que notre Premier ministre François Fillon vient de rédiger à son tour une lettre d'excuses à l'adresse de son homologue néo-zélandais. C'est fou... Le déchaînement médiatique est à son comble. Je décide de laisser passer l'été avant de revoir Mathieu à froid, alors que de fines analyses continuent à transparaître dans la presse : nous aurions consciemment caché la vérité, le staff aurait voulu étouffer l'affaire, ordonner le silence radio à tous... Pour camoufler, encore faut-il savoir ! Ça part dans tous les sens... Dieu sait si je suis hors de moi en lisant plus tard une chronique alambiquée de Marcel Rufo dans les colonnes jaunies du « médicament » où le pédopsychiatre-supporter de base toulonnais rapproche l'histoire de Mathieu à celles de viols incestueux[1], mais je préfère me contenir. Je me

1. Dans sa chronique datée du 7 septembre 2009, intitulée « Bastareaud, vivre le non-dit », Marcel Rufo écrit notamment : « J'ai bien compris que la victime ne doit pas dire ce qui se passe

suis de toute façon déjà exprimé sur le sujet, en évoquant un Mathieu « qui a perdu les pédales », je n'en sais pas plus, alors je me tais : le moindre de mes propos pourrait être perfidement interprété.

Nous sommes début septembre. La saison du Top 14 est lancée quand je retrouve Mathieu à la brasserie des Princes, pas loin du siège du Stade Français. Un poil requinqué, il me confirme sa version de la table de nuit, et précise qu'il avait vraiment pensé à mettre fin à ses jours. Comme son entourage me l'a décrit fragilisé, ce n'est pas le moment de le déstabiliser davantage.

– OK, Mathieu, refais-toi une santé, essaie d'oublier cette histoire et prends-toi en main. Tu as fait une connerie, tu as menti, mais à toi de rebondir maintenant.

Mathieu reste silencieux.

Trois semaines plus tard, le 28 septembre, la commission de discipline de la Fédération française le sanctionnera de trois mois de suspension, peine commuée en dix-huit sessions de travaux d'intérêt général qu'il accomplira en se rendant dans différentes écoles de rugby.

Ai-je besoin de certifier qu'il n'y a jamais eu la moindre tentative d'étouffer l'affaire de notre part... Pour tout dire, je n'ai personnellement jamais été confronté à de gros scandales. Le pire qu'il m'ait été donné d'entendre ? Une chambre saccagée dans un hôtel, lors d'une tournée en Australie au milieu des

---

dans la famille. C'est ce type de raisonnement qui a fait que, pendant des siècles, les filles abusées par leurs proches n'avaient pas droit à la parole [...]. Comment se reconstruire avec l'obligation de se taire si on a été battu ? » Surréaliste.

années 1990, les dégâts ayant finalement été remboursés par le joueur incriminé. Le pire auquel j'ai assisté ? C'était à l'occasion d'un match France A / Écosse A, en 1993 à Rennes. Au cours de la troisième mi-temps, un quidam éméché et lourdingue nous suivait partout. À force d'être dans nos pattes en nous bassinant ses sornettes, l'un de nous a craqué. Le sparadrap ambulant a fini dans une benne à ordures sauf qu'en roulant, sa tête a heurté un trottoir et son crâne s'est barbouillé de sang. Une enquête de police nous a fait revenir en Bretagne pour être entendus, et le malheureux qui s'est dénoncé au nom des autres a été suspendu à vie par la Fédération.

*

*   *

Malgré tout, la tournée d'été a été sportivement enrichissante, et je ne suis pas loin d'avoir la forme olympique quand le rugby se prend aux Jeux. Le 9 octobre à Copenhague, les membres du CIO[1] votent largement en faveur de l'intégration du rugby à 7 dans le programme des JO de Rio en 2016. C'est une belle victoire, qui revient pour l'essentiel à Bernard Lapasset, dont le patient lobbying a payé.

À un mois de la tournée de novembre, au cours de laquelle nous recevrons respectivement les champions du monde sud-africains, les Samoa puis la Nouvelle-Zélande, j'ai d'autres chats à fouetter que deviser sur l'avenir du jeu de rugby, mais l'information ne me laisse pas insensible. Le 7, j'y ai joué, j'ai même dis-

1. Comité International Olympique.

puté la Coupe du monde 1997 à Hong Kong sous les ordres du « zèbre », alias « Janus », autrement dit Thierry Janeczek, en compagnie de mon frère Thomas, de Philippe Bernat-Salles, d'Ugo Mola, de Willy Taofifenua, d'Olivier Magne, qui participera cette année-là au grand chelem. C'était l'époque où on pouvait indifféremment être international à 7 et à XV tout en jouant en club. Les valeurs du 7 méritent largement de rejoindre celles de l'olympisme, et son format court, son universalité comme son aspect spectaculaire, collent aux exigences contemporaines.

Par effet de chaîne, je suis en revanche dubitatif sur le développement du XV. Depuis plus d'un siècle, notre discipline vit peu ou prou en vase clos et si certaines nations s'y emploient, il n'y a guère que cinq ou six équipes, du nord au sud, qui peuvent devenir championnes du monde.

Le XV doit pourtant rester la poutre maîtresse du jeu à l'ovale. Dès son acte de naissance, scellé, selon la légende, en novembre 1826 à Rugby, dans le comté du Warwickshire, quand un dénommé Webb Ellis s'est emparé d'une balle pour défier les règles du sacro-saint *folk football*, le XV a manifesté un sens de sa contestation à la logique et à l'*establishment*. Ce n'est pas pour rien que le ballon se transmet en arrière pour avancer, ni qu'il est ovale. C'est tordu, c'est anglais, c'est inimitable, c'est purement génial. Sa magie vient aussi de là. Je me méfie des discours majoritaires, je me retrouve dans cette démarche anticonformiste, dans cette contre-culture. Je regrette au passage que l'IRB[1] n'ait pas accordé au Japon l'édi-

1. International Rugby Board, la Fédération internationale de rugby, dont le siège se situe à Dublin.

tion 2015 de la Coupe du monde pour rayonner plus rapidement sur la planète.

Pour l'heure, mes préoccupations sont plus immédiates. L'intérim au poste de capitaine de Thierry Dusautoir pendant la tournée d'été a confirmé tout le bien qu'on pensait de lui. Quant à Lionel, sa loyauté n'a jamais été mise en question, mais il doit à ce moment-là se concentrer sur sa personne, panser ses côtes endolories qui le handicapent depuis pratiquement un an alors qu'il n'a jamais pris le temps de souffler depuis la Coupe du monde 2007.

Lorsque je le convie à déjeuner à Anthony, près du site d'entraînement de son club du Racing Métro 92, Lionel le raisonnable entérine tacitement mon choix. Je n'ai plus qu'à joindre Titi pour officialiser son capitanat.

La tournée qui arrive conforte mes convictions. Battre l'Afrique du Sud d'entrée, le 13 novembre à Toulouse, constitue un nouveau repère de taille. Les Springboks, souvenez-vous, étaient les champions du monde en titre, venaient d'écrabouiller la Nouvelle-Zélande et l'Australie lors du Tri-Nations, et de découper en rondelles les Lions britanniques une semaine auparavant. À dire vrai, même si les règles internationales favorisant l'offensive se mettent en place au sein des pays de l'hémisphère Sud, nous prenons les Boks à leur propre piège : jeu compact, agressivité en diable, mêlées rageuses, ballons portés, défense de fer, et quelques intentions offensives pour nous décomplexer.

J'avais particulièrement missionné nos deux deuxième ligne, Lionel Nallet et Romain Millo-Chluski, dans le registre du combat, tant l'issue du match dépendait de leurs prestations vis-à-vis des deux monstres d'en face, la méchanceté de Botha, la domination dans les airs de Matfield :

– Il faut leur faire mal, il faut les marquer… Ce sont deux bouchers, ils vont vous dépecer si vous ne vous dépouillez pas…

Botha et Matfield sortiront du terrain dégoûtés. En s'imposant 20 à 13, le groupe confirme tout son potentiel dans les grandes occasions.

Le mental avait joué. Il sera All Blacks quinze jours plus tard à Marseille. J'ai appris peu après que les Néo-Zélandais s'étaient enfoncés la date de nos retrouvailles dans les crânes, après notre victoire à Dunedin cinq mois plus tôt. Au stade vélodrome, les Blacks sortent le match quasi parfait, nous cueillent à froid, inscrivent cinq essais, déroulent un jeu de premier ordre d'un bout à l'autre, du 1 au 15. Inaccessibles. 39-12 au final, la différence entre un collectif bien rodé et un autre qui se cherche toujours.

Je l'ignore encore, mais au-delà du score, bien des analogies apparaissent entre cette démonstration et la physionomie du match de poule qui nous opposera deux ans plus tard (37-17) à Auckland. Lors de notre débriefing, on constatera que nous sommes compétitifs sur certains secteurs de jeu, que l'écart au tableau d'affichage ne laissera pas de traces indélébiles dans l'esprit de nos joueurs. Si notre capital-confiance n'est pas foncièrement entamé, affronter une équipe du Sud apprend la patience, épaissit l'expérience, interdit la sérénité. La contre-performance nous guette au coin du bois et, avec elle, le climat durcit les rapports existants avec le secteur professionnel et les médias. Et il nous faut maintenant attendre trois mois et le Tournoi 2010 pour reprendre la mer agitée.

*

* *

– Je suis heureux, Marc ! Je suis heureux, tu peux pas savoir !

Deux fois, trois fois, Thierry Dusautoir me chuchote ces mots à l'oreille. Il ne tient plus en place, Titi ! Il bout, trépigne sous son masque de bonze. Il y a encore deux minutes, Titi hurlait avec les siens dans un vestiaire gagné par la folie du grand soir. On vient de gagner l'Angleterre, certes petitement (12-10), certes douloureusement, mais c'est le grand chelem qui vient de nous tomber dans les bras !

Un grand chelem, oui ! Le neuvième de l'histoire du XV de France, le premier depuis six ans, notre premier à nous. Titi remue ses fesses sur la chaise, gigote, se mord les lèvres. Moi aussi, je ne tiens plus. J'ose à peine le regarder de peur de crier de joie, encore et encore. L'instant d'avant, à cinquante mètres de là, on sablait le champagne, on s'embrassait à tour de bras, et nous voilà maintenant posés tous les deux comme des candélabres au milieu d'une estrade, dans l'auditorium plongé dans la pénombre du Stade de France, face à une salle de presse à demi-vide. Ça sent la veillée funèbre.

Les journalistes venus assister à la dernière conférence de presse du Tournoi sont dispersés sur les premiers rangs. Il est aux alentours de 23 heures et on attend les questions. On attend. La première qui sort enfin des sièges évoque mon coaching et la rentrée de Sébastien Chabal à l'heure de jeu…

Vous voulez savoir ? Je m'en contrefous alors royalement. Titi se marre entre ses dents, n'y est plus du tout, n'y a jamais été depuis qu'on l'a téléguidé jusqu'à la tribune. On veut se barrer de là, on veut retrouver les autres, les nôtres, faire la fête, rire et chanter… Eh ! les mecs, on a conquis le grand chelem, le super-bouclier de Brennus ! Eh ! Oh ! Réveillez-vous, manifestez-vous, venez vous joindre à nous ! Ah, on nous demande quel est notre sentiment après cette heureuse conclusion ? Titi me regarde, je le regarde. Ben, on est contents…

Au bout de dix minutes surréalistes, une voix monte du milieu de l'auditorium.

– Tout d'abord, je tiens personnellement à vous féliciter. Ça n'a pas été dit, mais bravo pour votre grand chelem, c'est formidable !

Cette voix est féminine. C'est celle de Sandie Tourondel, du site Sport24. C'est aussi le premier compliment que les médias nous adressent et la chose n'est pas fréquente. À tel point d'ailleurs que Sandie se fera rabrouer par ses confrères en sortant de la salle. Ça ne se fait pas…

Mon coauteur, qui était d'ailleurs présent dans l'auditorium ce soir-là, intervient. Le journaliste doit-il donc être supporter pour me satisfaire ? Je lui réponds non. Et j'en reviens à la chance que j'ai : la chance de vivre ma passion, d'en vivre aussi. Au vu des mines qui nous faisaient face, je ne suis pas persuadé qu'on ait la même définition, le même vécu de la passion. Les journalistes de presse écrite, puisque c'est d'eux qu'il s'agit en l'occurrence, sont des acteurs, mais ils n'expriment rien, ni dans le libellé de leurs questions, ni dans le témoignage de leurs émotions. Face à un mur d'impassibilité, je transmets ce qu'ils me renvoient.

J'ai pourtant de l'empathie pour certains d'entre eux – même dans la boîte du « médicament » –, mais il faut croire que le collectif d'une conférence de presse anesthésie tous leurs sens. Je voue de l'indifférence à certains, du mépris à d'autres, mais jamais de la détestation. En revanche, j'avoue être stupéfait quand les propos sont déformés, dévoyés, ou lorsque ma franchise a été traduite par de la maladresse au mieux, de l'incompétence au pire. Pour moi, franchise signifie franchise. Je crois me souvenir que Bernard Laporte ne mâchait pas ses mots, mais il s'en trouvait peu pour le dézinguer.

À cet égard, il me revient le portrait que m'avait dressé *L'Équipe Magazine*, à l'amorce du Tournoi 2011. L'auteur, Laurent Telo, qui avait quelques années plus tôt malmené mon prédécesseur dans ces mêmes colonnes, avait eu la correction de m'avertir en amont de l'angle choisi : mes casseroles, les dessous de ma nomination, les limites de mes compétences… Ma carrière serait passée au peigne fin.

– Si vous le permettez, je reviendrai vers vous pour que vous y répondiez en contrepoint.

Au retour de son enquête, le journaliste tient parole.

– Je n'ai pas trouvé grand-chose, me dit-il.

Les pages qui me sont consacrées, intitulées « quelqu'un de bien », admettront qu'un type attaché à ses valeurs peut réussir à un poste si exposé.

Je m'étais promis de me respecter, de ne pas tricher, de rester moi-même. Ça, j'y tenais par-dessus tout. Et le Tournoi 2010 donnait quelques idées sur mes possibles aptitudes…

La presse écrite spécialisée n'a cependant pas manqué de tirer à boulets rouges sur ma prétendue compétence. Qui s'est posé la question de savoir quelle était la sienne ? Et ces consultants pas franchement consultables, savent-ils vraiment de quoi ils parlent ? Notre vérité est celle du terrain et du vestiaire, pas celle des couloirs et des gobelets de café. Les avis les plus pertinents, extérieurs à notre bulle, provenaient de ceux qui connaissent les réelles problématiques de l'intérieur, et qui m'inspiraient confiance. Parmi eux, des entraîneurs, forcément. J'ai ainsi abondamment échangé avec un « ancien » de la maison, Jacques Brunel[1], dont la gouaille gasconne embellissait des rapports francs et conviviaux, et avec Vern Cotter, l'entraîneur néo-zélandais de l'AS Clermont-Auvergne, sous un registre différent, tout en retenue, mais tellement précieux. Patrick Arlettaz, un ancien joueur que j'ai côtoyé pendant six saisons à l'USAP, avant qu'il entraîne notamment à Montpellier et à Narbonne, était également une voix amicale que j'écoutais.

Le grand chelem vient à peine d'être décroché que des atrabilaires évoquent un Tournoi au rabais, une équipe de France cahin-caha, des adversaires couci-couça. On nous reproche un jeu restrictif, inabouti, ce dont je conviens, mais ce sont les armes qui gagnent de l'époque, avant le changement de règles qui permettra entre autres à l'équipe qui attaque de porter un peu plus le ballon. Toutes les formations nationales sont en plein champ d'expérimentation, sauf nous. Alors, notre succès en Écosse ? Rien que de bien normal. Les trente points passés à l'Irlande ? Ordinaire. La victoire à Cardiff ? Ouais, pas mal. Les Italiens laminés au Stade de

1. Ancien entraîneur de Colomiers puis de la Section paloise, Jacques Brunel a été l'adjoint de Bernard Laporte, chargé des avants, de 2001 à 2007. Il a ensuite rejoint l'USA Perpignan qu'il a emmené au titre de champion de France en 2009. Il est depuis mai 2011 l'entraîneur de l'équipe nationale d'Italie.

France ? Manquerait plus qu'ils nous contrarient... Et le final oppressant, livré en *prime time*, contre l'Angleterre ? Trop oppressant.

Dix-huit mois plus tard, face aux Gallois, le XV de France produira un rugby similaire en bien des points – match verrouillé, expression offensive muselée, conquête sûre, défense solidaire –, qui nous conduira en finale de Coupe du monde. Frustrant, là aussi, sans doute.

Malgré tout, notre petite équipe avait battu le pavé, sans jamais emprunter les autoroutes de la certitude, juste la voie de l'ambition. Et pendant qu'on la snobait, elle progressait. Tenez, avant même l'entame de l'édition 2010, les membres du staff se font la promesse de remporter le Tournoi. Le calendrier est favorable – trois réceptions, deux déplacements –, la convention LNR-FFR nous octroie trois jours supplémentaires de préparation avant de nous rendre au pays de Galles, et les joueurs sont sensibles au fait de marquer les esprits, nous qui n'avons toujours pas signé trois succès de rang, à un an et demi du début de la Coupe du monde.

Selon notre rythme et notre programmation, le temps est venu de s'ouvrir vers d'autres professionnels pouvant amener leurs expertises. C'est à cette période qu'est intervenu pour la première fois François Peltier auprès des Bleus. On l'a désigné comme notre « *profiler* » psychologique. Sébastien Chabal l'a plus affectueusement qualifié de « têtologue ».

J'avais rencontré François Peltier lors de mon mastère de management au centre de formation aux métiers du sport de Limoges, quelques années plus tôt. Ses interventions m'avaient épaté. Doté d'un sens aigu de l'écoute, charismatique, respectueux, positiviste, ses messages portant sur le développement des personnalités qu'il poussait vers le meilleur d'elles-mêmes pour bonifier leurs performances sonnaient juste, et ses enseignements tirés du questionnaire psychologique qu'il m'avait demandé de remplir proprement bluffants.

En 2009 déjà, entre ses consultations en entreprises, je lui avais demandé d'expérimenter son expertise auprès des membres de l'encadrement. Les cobayes que nous étions avaient été proprement impressionnés par ses conclusions. Je l'avais donc fait venir au CNR de Linas-Marcoussis lors de notre premier stage de préparation, fin janvier 2010. Une démarche délicate. Certains joueurs y sont rétifs, d'autres réfractaires, mais le débriefing qu'il fit à partir des seuls questionnaires remis à chacun remporta tous les suffrages. Lors des entretiens individuels qui ont suivi, les joueurs ont éclaté leurs créneaux horaires…

La pertinence de ses analyses, qu'il complétait par des échanges plus personnels, m'avaient en tous les cas permis de conforter les miennes : je connaissais bien mes joueurs.

C'est également au cours de cette période que notre staff entame plus régulièrement une série d'échanges constructifs, passionnants même, avec les autres entraîneurs nationaux de sports collectifs majeurs. J'ai passé une après-midi entière avec Raymond Domenech au siège de la FFF ; Philippe Blain (volley-ball) est resté une journée parmi nous à Linas-Marcoussis avant le match contre la Nouvelle-Zélande à Marseille en novembre 2009 ; Vincent Collet (basket-ball) nous a accompagnés en Angleterre en mars 2010 et, pour commencer, presque naturellement, j'ai rencontré Claude Onesta (handball).

Depuis sa visite au CNR avant le France-Italie 2010, on s'est parlé plusieurs fois. Je me retrouve facilement avec lui : il a joué au rugby, il est de la région toulousaine, et sa dimension humaine trace des parallèles qui vont au-delà des apparentements entre nos deux disciplines. D'un aîné échangeant avec son cadet, on discute de jeu, de combat, de mentalité, des dynamiques. Claude se définit plus volontiers comme un chef de bande, mais avant de construire un groupe de « Barjots » puis « d'Experts » qui gagnent, avant d'être porté par un palmarès éloquent et inégalé[1], avant de se gagner le droit d'évoluer dans un climat de confiance, Claude a aussi connu la fragilité du poste. Un jour, il m'avait évoqué ses premiers pas à la tête de l'équipe de France de handball, en 2001, quand il succéda à Daniel Costantini. Sur une paire de matches, son équipe avait frôlé la correctionnelle. Ce qui lui fit dire : « Tu sais, je me reconnais en toi à mes débuts… »

Ses ressentis comme ses analyses me parleront comme des confirmations. Le Grand chelem valide le travail de l'entraîneur, mais il repose constamment sur du fragile.

*

* *

Une catastrophe. Deux catastrophes, coup sur coup, à quinze jours et huit mille kilomètres de distance… J'ai vécu la tournée d'été 2010 comme un véritable cauche-

1. Sous sa direction, l'équipe de France de handball a notamment été championne olympique (2008), championne du monde (2009, 2011) et championne d'Europe (2006, 2010). Il est le seul entraîneur français à avoir obtenu les trois titres internationaux majeurs, qui plus est simultanément.

mar sans fin. Du Cap, en Afrique du Sud, à Buenos Aires, le groupe a traîné sa fatigue, sa lassitude d'une fin de saison éprouvante, qui avait usé jusqu'à la corde les trois quarts de notre effectif engagés soit jusqu'à la finale du Top 14 (Clermont-Perpignan), soit jusqu'à la finale de la Coupe d'Europe (Toulouse-Biarritz).

Le groupe est cuit, amorphe, incapable de réaction. 42-13 contre les Boks, 41-17 contre les Pumas, tout est flanqué par terre à un an du début de la préparation pour la Coupe du monde.

Non, désolé, je n'ai pas envie de parler de ça. Encore moins d'évoquer la presse du moment et les saillies qui ne nous ont pas loupés. Rien que d'y repenser me fiche le cafard. Mon coauteur insiste, je vais chercher un café, il m'emmerde. Tu veux savoir quoi ? Mais j'ai déjà tout dit à l'époque ; tu n'as qu'à relire, faire un copier-coller, ajoute quelques adjectifs et fous-moi la paix. Le pire de tout ? Le pire, c'est que j'ai senti que ça m'échappait, que je me sentais sombrer avec les joueurs, que j'ai plongé avec eux. Je déteste ça, je me déteste dans ces cas-là.

Au retour, début juillet, je suis quasiment tombé dans une phase dépressive. Le goût de rien, pas envie de sortir, la tête dans le seau, pas envie de l'enlever. Je m'inspire du dégoût, je me complais à le respirer. Quinze jours plus tard, je me suis rendu au mariage de mon frère Luc, au-dessus d'Orthez. Une réunion familiale comme je les apprécie tant. Mais non. Je suis d'une tristesse épouvantable. Je m'en veux, comme je m'en veux de ne pas avoir réussi à enrayer une spirale négative. Jamais je ne me suis senti dans un pareil état lymphatique.

Je n'ai pourtant jamais capitulé au plus fort de mes doutes.

*

*   *

Je sors de l'été avec la décision de reprendre la main sur le groupe, sa destinée. Je me sens fort, décidé, volontaire. À deux mois de la tournée d'automne, ponctuée par la venue de l'Australie au Stade de France, je suis convaincu du besoin de recadrer le groupe, une constatation que j'avais intériorisée dès la fin du Tournoi précédent.

Cette série de trois tests-matches est la dernière occasion de régénérer la sélection, tout en faisant souffler des joueurs cadres. J'avais initialement songé à geler l'ossature de l'équipe mais je ne peux pas passer à côté de cette opportunité. Le 13 novembre à Nantes, un XV de France relooké pénètre sur la pelouse du stade de la Baujoire : trois joueurs titularisés (Estebanez, Porical, Schuster) ouvraient leur carrière internationale, ainsi qu'un remplaçant (Noiraud). Deux autres (Arias, Ducalcon) obtenaient leur seconde sélection. Les Bleus passent l'écueil fidjien (34-12) puis surmontent l'équipe d'Argentine une semaine plus tard à Montpellier (15-9), un petit score de petit match, mais une franche mise au point après un mois de juin épouvantable.

Et voilà qu'arrive l'Australie, que nous n'avons toujours pas battue depuis deux ans et quatre rencontres.

Le début de rencontre est inquiétant. Damien (Traille), à qui revient de conduire le jeu à l'ouverture depuis le début de la série d'automne, n'est pas au mieux, et Morgan Parra guère plus inspiré. J'avais cru bien faire dans la semaine, en apportant la garantie à une grosse vingtaine de joueurs qu'ils seront partants pour la

Coupe du monde, mais ce confort psychologique n'est d'aucun recours. Notre équipe flotte, tangue, résiste jusqu'à la mi-temps (13-13). Le score est trompeur : à aucun moment nous n'avons mis en place la stratégie demandée : jouer, casser la trame de l'attaque australienne, ne pas se cantonner à une défense à outrance. Et la digue a cédé, le paquebot a piqué du nez, l'équipage a sombré, et les Australiens ont marché sur l'eau. Quarante-six points encaissés en une mi-temps, six essais concédés en une demi-heure, quatre lors du dernier quart d'heure… Un véritable suicide collectif.

Dans les vestiaires, devant des mines déconfites, je suis hors de moi, ce qui est rare à chaud.

– On ne sortira pas de ce vestiaire sans un début d'explication. Ce n'est pas possible de démissionner comme ça alors qu'on est dans les clous à l'heure de jeu ! Comment, comment peut-on laisser filer ainsi ? Comment peut-on exploser en vol, prendre une pelletée d'essais en vingt minutes ? Expliquez-moi !

Tout le monde baisse la tête. Je me rends alors sans un mot à la conférence de presse avec Titi, j'expédie l'affaire en parlant d'incompréhension, d'inexplicable, de débâcle, puis reviens dare-dare au-devant des joueurs :

– OK, les gars, à chaud ce n'est pas la peine, il n'y aura rien qui sortira. Passez la soirée entre vous. On en reparle demain.

La soirée est pourrie, l'hiver va être pourri. Ce soir-là, mon épouse m'apprend que mon père est hospitalisé à Perpignan pour un cancer de la prostate, que des métastases ont été détectées sur des vertèbres. Trois jours qu'elle savait, qu'elle n'osait me le dire. Il y a des soirs comme ça.

Le lendemain matin, je suis remonté comme un coucou. La nuit a été blanche, les idées noires, mais j'ai envie de me battre, de cogner. Au *Méridien Montparnasse* où nous logeons, je provoque un débriefing informel avec tous les joueurs, avant le point presse prévu. J'attends un début d'explication, de reprise en main. Personne ne pipe mot. Nicolas Mas se lance :

– On est fort devant. Pourquoi on ne fait pas plus de mauls ?

– Mais Nico, on ne peut pas marquer des points sur des mauls de 80 mètres, dis-je… On l'a fait et ça ne nous mène nulle part.

Morgan Parra, Julien Pierre, Aurélien Rougerie, Sébastien Chabal, Lionel Nallet prennent tour à tour la parole, tentent de poser le débat à plat, de relancer la machine. « Sur le fond, il n'y a pas réellement de gros soucis », me fait-on comprendre. Les joueurs cogitent, on revient sur la trame, quand Titi, jusque-là silencieux au fond de la salle, explose :

– C'est le bordel, y en a marre[1] !

Les têtes se tournent vers lui. Titi paraît désemparé, ce genre de sortie est inhabituel chez lui. Je cherche à comprendre.

– Mais Titi, tu es le capitaine. S'il y a un bordel justement, ce serait bien que je sois tenu au courant.

– On ne comprend rien, on est paumés.

1. Dans *L'Équipe Magazine* du 24 décembre 2011, Thierry Dusautoir s'est en partie expliqué sur sa sortie : « […] J'avais parlé ouvertement à Marc après notre défaite face à l'Australie. Certes, je l'avais fait de manière maladroite. J'avais exprimé mon opinion et réclamé plus de repères collectifs dans des termes peu diplomatiques […] Sûr que, en me voyant ainsi m'exprimer devant le groupe, Marc a dû avoir le sentiment d'une trahison. ».

Je tente d'encaisser le coup.

– Paumés ? Paumés sur quoi ? Faut m'expliquer. C'est le projet de jeu ? Mais vous l'avez validé vous-mêmes ! Si vous n'y mettez pas le nécessaire, il n'y a aucun projet de jeu qui tienne, tu le sais. Bon, Titi, je te propose d'avancer. Je te téléphone ces prochains jours pour réfléchir à tout ça.

Je poursuis la conversation avec Morgan Parra et Julien Pierre. On évoque justement le projet de jeu ; Morgan convient que revenir sur un jeu plus cadenassé, comme à Clermont, n'est pas une solution. Je me rends compte de l'importance de ces hommes-là dans la tempête. J'ai par la suite quelques retours de réactions des joueurs, et je rappelle comme convenu Titi pour faire le point. On ne pouvait pas rester sur ce malaise, je ne pouvais pas laisser mon capitaine dans cette tourmente, sans arguments, car, quoi qu'on se soit dit, Thierry reste un homme et un joueur valeureux, respectable, pour qui j'ai la plus grande estime. Il faut juste que je prenne les choses en main.

La partie visible de ma contre-attaque se borne aux points presse. Désormais, je serai seul face aux journalistes. Je décide de resserrer le discours sur une seule voix mais cet aspect, médiatiquement marquant, a déjà cours dans notre mode de fonctionnement en interne. Didier y consent, Milou le concède. Depuis quelque temps, j'ai pris le jeu plus à mon compte, j'épaule Milou en charge des trois-quarts, je provoque plus de séances collectives.

Il reste le cahier de jeu, dont on a fait grand cas, que je formalise. Il faut démythifier d'autant plus son importance que les doléances des joueurs n'ont pas été clairement exprimées. Tout entraîneur de tout club dispense son projet de jeu, et je sais par expérience que 80 % des joueurs ne mettront pas le nez dedans. C'est un artifice. D'ailleurs, quand il a été distribué aux joueurs, certains polycopiés sont restés sur les chaises. En tout état de cause, jamais le projet de jeu inculqué n'a été simplifié comme on a pu le lire ou l'entendre. Jamais sa trame n'a été modifiée. Tout juste a-t-on procédé à la mémorisation de quelques lancements. Comme les mots d'un dictionnaire de langue vivante, certains apparaissent, d'autres disparaissent. Bien sûr, rien n'est jamais parfait, quelque chose cloche toujours ; c'est le jeu, c'est humain, c'est sans fin.

D'ailleurs, pour dédramatiser la chose, le staff avait concocté un cahier de jeu factice avant de rencontrer les Gallois, cinq mois plus tard, en conclusion du Tournoi 2011. Les joueurs y découvraient des nouveautés étourdissantes, avec ce préambule inédit : « Les toutes dernières règles internationales stipulent de transmettre le ballon vers l'arrière, d'ouvrir ses bras sur une chandelle, de plaquer les rouges aux jambes et pas les Bleus, de marquer dans l'en-but adverse… » Sacrés plaisantins.

Il reste que la tournée d'automne se termine mal pour la troisième année consécutive, qu'il nous reste sept matches à jouer avant de nous envoler vers Auckland, et que le « médicament » explique à ses lecteurs qu'il faudrait bien virer par-dessus bord ce staff incompétent, et l'eau du déluge qui va avec. Et que nous ne sommes toujours pas maîtres de notre destin.

C'est la période pendant laquelle la Fédération française a tenté de me placer entre les mains expertes d'un communicant, pour quelques leçons de *média training*, comme on prodigue des cours de maintien à un roturier. J'avais déjà eu des sollicitations du genre sans en tenir compte, mais l'invitation émanait cette fois du corpus fédéral. De peur peut-être que je ne dérape carrément au détour d'une nouvelle défaite. J'ai accepté la suggestion. Le préposé m'a servi un discours basique, convenu, des éléments de langage formatés… J'ai tenu une demi-heure, guère plus.

J'avais vu des entraîneurs entrer dans ce jeu stéréotypé ; ils s'y étaient perdus en spontanéité, en naturel. Je sais de toute manière que mon visage traduit mes sentiments ; je n'ai jamais voulu les masquer. Jo Maso et Lionel Rossigneux ont bien tenté eux aussi, à leur manière plus heureuse, de me prodiguer quelques conseils amicaux : « Fais gaffe à ce que tu dis, décrispe ton visage, édulcore tes propos, essaie de sourire, ne t'agace pas… » Je ne suis pas un adepte de la provocation, mais je ne cours pas forcément avec le vent.

*

* *

Les trente noms pour la Coupe du monde, toujours pas besoin d'une feuille pour les lire : je les ai déjà en tête en début d'année 2011, avant même de nous projeter sur notre dernier Tournoi. En ce qui me concerne, tout va être « dernier » désormais, puisque le temps a basculé sur la page finale de mon calendrier.

On dispose de l'Écosse (34-21), on s'impose en Irlande (22-25), puis on chute à Twickenham (17-9), là où les devins observateurs nous voyaient en prendre une trentaine au bas mot. La suite nous emmène à Rome…

…

Non, je ne peux pas. Ça me fait ch… de revisiter tout ça. Mon co-auteur est planté devant moi, se grattouille la tête. Son dictaphone est toujours en marche, des fois que… J'ai l'impression de retrouver l'ambiance d'une conférence de presse.

Qu'est-ce que je peux en dire ? La préparation avait été compliquée, les joueurs étant repartis en club pendant la coupure de quinze jours séparant notre déplacement à Londres et celui de Rome. Avec le staff, on rame toute la semaine pour mobiliser les troupes mais, dans les tronches, ce n'est « que » l'Italie. Chacun se dit qu'on a les atouts, le fond… Le fond, oui, on l'a. On va même le toucher. Je ne peux pas rapporter ce que j'ai proféré dans les vestiaires au terme de l'humiliation de la défaite contre l'Italie (22-21). Je me souviens que Pierre Camou tente de me calmer, que j'envoie tout balader. Le lendemain, le staff technique exige des têtes, Titi me demande également de marquer le coup… Non, je ne peux pas tout raconter.

Je peux juste dire, car le souvenir est cuisant, que je plie face aux demandes, pas totalement, mais je cède sur ce principe, qui va à l'encontre du mien : on gagne ensemble, on perd ensemble, on coule ensemble, on remonte ensemble. Ce sera mon premier compromis d'ordre sportif, le dernier. J'avais déjà lâché du lest, en mai 2010, mais sur un terrain plus politique, en étant contraint de ne pas sélectionner quatre joueurs pour la tournée d'été[1]. Je m'étais rangé là aussi au consen-

1. Antoine Burban, Fabrice Estebanez, Fulgence Ouedraogo et Alexis Palisson avaient été sanctionnés par la FFR, pour n'avoir pas honoré une convocation de l'équipe de France de rugby à 7. En fait, les quatre joueurs avaient été contraints à ne pas y répondre.

sus, obligeant à défendre après coup une position qui n'était pas la mienne…

Bref, avec le recul, le climat était encore plus étouffant qu'après le match contre les Tonga en Coupe du monde sept mois plus tard.

Il nous reste un match pour boucler le Tournoi, avec la réception des Gallois. Sept jours pour retrouver nos esprits, pour retomber sur nos pattes. Après deux jours de migraine commune, tous les joueurs, tout le staff ont envie de se reprendre. Et devinez quoi ? C'est l'une des plus belles semaines de rugby que j'ai vécue. Oui, une semaine magnifique, pendant laquelle je me sentais en prise avec le jeu, les joueurs, le staff, moi-même. J'étais au milieu, j'étais dedans, j'étais au-dessus, je me sentais vivant. Plus encore qu'au cours de la semaine qui a séparé notre consternante défaite face aux Tonga et le quart de finale de révolte contre l'Angleterre.

Je me souviens de mes mots lors de la remise des maillots aux joueurs, quelques heures avant notre tout dernier rendez-vous au Stade de France :

– Vous allez venir chercher ce maillot à tour de rôle et, sur ces quelques mètres, vous allez penser à l'enfant que vous avez été et qui rêvait de jouer un jour en équipe de France.

Les Bleus s'imposent 28-9, avec deux essais du clairon Lionel Nallet, un troisième de l'orgueilleux Vincent Clerc, pour finir deuxièmes au classement final du Tournoi. Les « enfants » avaient vu rouge, les Bleus n'étaient pas encore adultes. Je me retrouvais dans les mêmes problématiques que mes prédécesseurs : reporter toute ambition de cohésion sur les deux mois de préparation de l'été.

*
* *

– Allô, Séb ?

– Salut Marc, ça va ?

– Oui, ça va. Et toi ? Je peux te parler ?

– Pas de souci.

– Tu sais, ton couplet contre l'arbitrage[1], je m'en fous. Je regrette seulement le timing de ton livre. Quelle idée de le sortir maintenant, entre le Tournoi et la Coupe du monde !

– Mmm…

– Mais bon, ta sortie et ton éventuelle suspension n'auront pas d'incidence sur mon choix.

– OK.

– Pour autant, je tiens à te prévenir, il y a de fortes chances que tu ne sois pas du voyage…

Un léger blanc sur la ligne.

– Bon, dit-il enfin, je sais qu'il me reste quelques semaines pour te faire changer d'avis.

– J'ai d'autres options, Séb. Des garçons qui se sont révélés en deuxième ligne, comme Papé et Pierre, et en troisième ligne également. La tendance est que si l'on devait partir demain, tu n'y serais pas.

Deux semaines avant l'annonce publique des trente-deux joueurs appelés à préparer la Coupe du monde,

1. Dans son livre, *Ma petite étoile* (Flammarion), publié fin avril 2011, ainsi que lors d'une chronique tenue dans *Le Journal du Dimanche*, Sébastien Chabal émettait notamment des critiques sur le corps arbitral. Le joueur a été suspendu trente jours par la commission de discipline de la Ligue nationale de rugby ainsi qu'à des activités de travaux d'intérêt général portant sur l'arbitrage.

programmée le 11 mai, je préfère avertir Sébastien Chabal de ce qui lui pendait au nez. Les critères sportifs ne plaident pas en sa faveur : un Tournoi mitigé, une fin de saison médiocre avec son club du Racing-Métro. J'ai bien conscience de ce que ma décision signifie pour lui : une possible fin de carrière internationale, mais c'est valable pour tous. Et les considérations marketing passent largement au-dessus des miennes.

« Séb » a intelligemment joué le jeu parce qu'il a la tête sur les épaules et qu'il sait d'où il vient. Son aura médiatique et populaire ne l'a pas déstabilisé et, à ma connaissance, il a su gérer ses multiples contrats publicitaires et satisfaire la boulimie des annonceurs sans froisser l'un de ses partenaires. Un exercice d'équilibriste qui a valorisé l'image du rugby, sans la parasiter. L'envie de sa situation ne s'est pas muée en jalousie collective parce que Sébastien a su résister à la facilité grisante qui individualise les comportements ; parce que l'une des lois intangibles du rugby demeure son collectif, ce qu'un homme de combat ne peut oublier. Dans un vestiaire, les hommes sont logés à la même enseigne. Et quand vient le temps de la sélection, c'est la même valeur sportive qui prévaut.

J'avais rappelé Sébastien pour lui confirmer ma décision, dans l'imminence de l'annonce des présélectionnés. Il ne fut ni véhément, ni véritablement catastrophé. Cinq mois plus tard, après la finale de la Coupe du monde, il m'a envoyé un texto sur mon téléphone portable : « Malgré nos désaccords, je suis triste pour toi. Pas de rancune. Je t'aime bien. Je t'embrasse. »

Mais quels désaccords, Séb ?

*

* *

Au matin du 11 mai, au siège de la Société générale situé dans le quartier de la Défense, le Comité de sélection a finalement dressé une liste de trente-deux joueurs sans dilemme majeur après deux mois de réflexions. Pourtant, la gestation d'une sélection se révèle autant une torture qui triture l'esprit dans tous les sens, que son accouchement est une véritable délivrance. Le choix ne fut pas simple, mais tous les membres du Comité convenaient qu'on ne pouvait pas se passer des blessés, que ce soit William Servat, Dimitri Szarzewski, Aurélien Rougerie, Damien Traille, Maxime Mermoz et l'un des deux piliers gauches, Fabien Barcella ou Thomas Domingo.

Vers 10 h 30, je quitte la salle de réunion. Je ne dispose que d'une petite heure avant la conférence de presse pour exécuter un sale boulot : prévenir les principaux recalés. C'est un véritable crève-cœur : annoncer par téléphone à un joueur qu'il ne sera pas du voyage. Dans le panel des décisions à prendre par un entraîneur, c'est sûrement la plus déchirante, d'autant que je ne peux prévenir personne en amont, sauf Chabal compte tenu de circonstances inhabituelles, de peur des fuites. Et allez convoquer un joueur juste pour lui apprendre la nouvelle… Il n'y a pas de condition idéale pour se préparer à dire non, ni pour les préparer à l'entendre. Je laisse un message à Yannick Jauzion, qui ne me rappellera pas. « Jauzy » n'est pas sot : il sait que la décision est irrévocable, qu'il n'y a rien à ajouter. Clément Poitrenaud décroche, soupire. Jérôme Thion répondra à mon message par un texto sympa :

« Je suis très déçu, mais je comprends tes choix et je te souhaite bonne chance. »

Un mois et demi plus tard, le 28 juin, les trente-trois sélectionnés[1] se retrouvent comme prévu au CNR de Linas-Marcoussis. C'est une rentrée des classes à l'époque où celles des écoles se dispersent. Le XV de France va pousser ses études pendant deux mois avant l'examen final, à fort coefficient d'anglais.

Avant même les premières heures consacrées aux photos officielles et aux démarches administratives, je rassemble le groupe dans la salle de vie de la résidence du XV de France pour un tout premier briefing.

– Le Mondial, ça paraît loin et en même temps, c'est demain. L'ambition est d'être champions du monde. Il faut savoir qu'on ne va pas réaliser de grands matches, qu'il y aura des trous d'air, mais on doit rester concentrés sur notre objectif commun. Atteindre le quart de finale, puis donner les trois derniers coups de rein. On va se préparer pour ça.

Les garçons, qui sont arrivés avec des niveaux de forme hétérogènes selon leur activité en fin de saison, disposent de deux gros mois pour changer physiquement et mentalement. Moi inclus.

Dès le premier stage, début juillet, un pacte est passé, lors des entretiens réalisés entre chacun des joueurs, François Peltier et moi-même, qui ai sacrifié à l'exercice du psychologue. Mon profil révèle une ambivalence : de la réflexion en continu, une maîtrise de mes émotions qu'entretient mon introversion naturelle ; je suis à la fois directif et pudique, ce qui m'a conduit à

1. Compte tenu des blessures en cours de William Servat et de Dimitri Szarzewski, un troisième talonneur, Guilhem Guirado, a été appelé en renfort.

être plus souvent critique et d'une exigence implacable, qu'élogieux ou diplomate. Les conclusions renvoient aux volées de bois vert subies depuis trois ans maintenant.

Depuis deux ans, on avait ébauché le programme site après site, jour après jour, atelier après atelier. On avait envisagé de s'exporter sur la côte Ouest des États-Unis, dans un lieu qui permettrait de s'entraîner en altitude, et même à Dubaï, dans un centre recréé artificiellement… Mais nous avons finalement opté pour une préparation française permettant de casser les routines, d'aérer les neurones, d'évoluer à proximité de notre public, tout en étoffant graduellement les trames physiques et physiologiques des joueurs via des cycles de travail spécifiques selon le rythme de notre agenda. Oui, ce fut éreintant, mais, comme disait mon père, l'homme ne connaît pas ses limites.

Du CNR à Chambon-sur-Lignon[1], du Domaine de Falgos à notre semaine irlandaise en passant par Bordeaux, la préparation est globalement réussie. Les joueurs sont affûtés, bien dans leur peau. Le travail des préparateurs physiques, auxquels s'est joint mon ami « Lolo », Laurent Arbo, un garçon d'une profonde gentillesse et d'une confiance absolue, s'avère très significatif. Seul tracas permanent : la remise sur pied des blessés, certains ne reprenant le cours des activités communes que début août, grâce en partie à l'énorme travail de l'équipe médicale dirigée par « Jean-Phi », notre kinésithérapeute, Jean-Michel Grand, et de Michel, mon cousin « ostéo ».

1. Les trente-trois sélectionnés ont tour à tour effectué leur préparation au CNR de Linas-Marcoussis, au Chambon-sur-Lignon (Haute-Loire), au Domaine de Falgos (Pyrénées-Orientales), à Bordeaux et en Irlande.

La presse spécialisée parlait de vie en vase clos ? Les supporters n'étaient pas dupes. Que ce soit lors des séances d'entraînement ouvertes au public, des rencontres avec les gens du cru, dans les courriers reçus – peut-être cinq fois plus de lettres d'encouragement lors des cinq derniers mois que lors des trois ans et demi précédents –, j'avais le sentiment d'être en phase avec eux. Mais qui a pu vivre deux mois de suite sans l'ombre d'un nuage ?

D'abord, mon genou a coincé.

Voilà bientôt trois semaines que nous sommes en stage, et le groupe poursuit son travail d'athlétisation au Chambon-sur-Lignon. L'accueil est formidable ; de la part de Guillaume, le patron de l'hôtel du Bel Horizon, de celle des gens du coin, qui nous voient parfois descendre dans le bourg, qui voient aussi les joueurs remonter à VTT la côte de Molle, du terrain d'entraînement jusqu'à leur résidence. En une fin d'après-midi, mon genou droit se met à enfler terriblement. Je ne peux bientôt plus me lever. « Jean-Phi », notre médecin, arrive, connaît le problème, évite la leçon de morale tout en ponctionnant du liquide synovial teinté de sang à deux reprises. C'est bien ce que je craignais : j'ai une hémarthrose[1]. La grosse tuile.

Je ne veux pas revivre ça.

Ce genou bloqué me renvoie à ma fin de carrière, en 2002 à Biarritz. J'avais dû stopper brutalement la saison avant même le début de la phase finale, pour une intervention chirurgicale. La huitième en huit ans au même endroit, depuis une rupture des ligaments croisés avec bris de cartilage au sortir d'un match avec

1. Épanchement de sang dans une cavité articulaire.

les Barbarians contre l'Australie en 1994. Au retour en France, je vais passer une IRM dans un hôpital de Bordeaux. Je me souviens de la tête du radiologue lorsqu'il est venu vers moi, dans la salle d'attente, des clichés à la main :

– C'est vous, Lièvremont ?

À son approche, je me lève machinalement.

– Oui, c'est moi.

– Et vous vous êtes fait ça comment ?

– Je joue au rugby.

– Au rugby ? Je ne comprends même pas que vous puissiez marcher !

J'avais depuis traîné cette jambe promise aux radios et aux bistouris, à ces hémarthroses répétées, soudaines et particulièrement douloureuses, qui pouvaient survenir sans que j'esquisse le moindre geste. Parfois, je m'effondrais dans la rue, devant des passants médusés ; chez moi, quand j'étais seul, je devais me traîner jusqu'au téléphone pour appeler de l'aide quand l'hémorragie inondait les cavités de mon genou. Un jour que j'attendais le professeur Sonnery-Cottet, qui venait me chercher à l'aéroport de Lyon pour une énième auscultation, je me suis affalé sur le trottoir du terminal en hurlant de douleur. Le professeur m'a récupéré allongé de tout mon long.

Tout a été tenté ou envisagé : cautériser l'hémorragie, inoculer du ciment organique, consolider les parois osseuses, des greffes… Les hémarthroses revenaient irrégulièrement, mon genou s'enflammait sans explication, les douleurs réapparaissaient. J'atteignais le point de rupture, n'ayant plus l'autorisation médicale de courir, alors que l'idée de pratiquer du vélo ou de la natation ne m'emballait vraiment pas. Je devenais ni plus ni moins un candidat à la prothèse.

À cette époque de vague à l'âme et de paralysies subites à m'en casser les dents qui se prolongea une année pleine durant, je venais de signer un nouveau contrat de deux ans avec le Biarritz Olympique. Les dirigeants basques m'ont alors proposé d'en modifier la teneur pour me nommer directeur sportif / analyste vidéo. J'avais accepté sans gaieté de cœur au départ. Je l'ai déjà dit : je ne me projetais pas dans la peau d'un entraîneur. Non, je m'imaginais toujours courir, sauter, plonger. À tel point que, dans mes sommeils agités, moi qui ne me souviens pas de mes rêves, je me voyais nuit après nuit rejouer au rugby et rendre fièrement le chèque à la compagnie d'assurances auprès de laquelle j'avais souscrit une assurance individuelle… Et je me réveillais en larmes.

Courir, voilà sept ans que je tente toujours le diable, que je le sème, que je refoule depuis moitié moins les recommandations de l'ange gardien « Jean-Phi ». Jusqu'à ce que je me retrouve cloîtré dans mon bungalow au Chambon-sur-Lignon, ruminant mon désarroi, ma saloperie, mon impuissance.

J'ai encore mal le lendemain, au point que je ne peux conduire les deux entraînements prévus. Je ne peux plus bouger, ou bien à l'aide de béquilles, prenant la peine de ne pas me montrer dans cet état. Je dois déclarer forfait à la remise des médailles du tournoi de beach rugby organisé à Tence, coïncidant avec notre présence dans les parages. Je suis inquiet, très inquiet ; j'ai peur de ne pas être apte à poursuivre ma mission. Deux jours plus tard, ce qui correspondait au début d'une période de congés entre deux stages, la douleur s'est soudainement dissipée, le genou a désenflé. Je bénéficiais d'un nouveau sursis.

Et survient l'affaire Yoann.

Un chic type, Yoann Huget. Honnête, bosseur, que son physique de play-boy dessert pour une fois…

C'est par téléphone, entre le stage de Chambon-sur-Lignon et celui du Domaine de Falgos mi-juillet, que Yoann me révèle qu'il est sous le coup d'un troisième manquement à la réglementation antidopage pour n'avoir pas transmis à l'AFLD son planning de localisation[1].

Pour être exact, je suis au courant de sa situation depuis quelques jours, « par la bande » comme on dit. Yoann est d'ailleurs loin d'être un cas *border line* isolé dans le rugby professionnel, mais c'est celui qui me préoccupe pour l'occasion.

Je ne suis cependant pas censé le savoir et, à son club comme chez Provale[2] ou à la Fédération, on déplore un déficit de communication mutuel qui fera jurisprudence, dont il fera malheureusement les frais. Aux entraînements, Yoann s'était pourtant investi comme les autres et rien de son comportement ne laissait transpirer une inquiétude insinuante. Je connais déjà la nature de ses trois entorses au suivi longitudinal auquel se prêtent tous les joueurs professionnels, et plus particulièrement le « groupe cible », celui des internationaux principalement : sa première non-présentation – *no show* – devant un médecin préleveur de l'AFLD a en fait été mal rédigée ; la deuxième remonte à la préparation du XV de France contre le Pays de Galles en mars dernier, qu'il avait omis de

1. Le principe de localisation, qui fait partie du suivi longitudinal des athlètes, suppose que les sportifs concernés fournissent leur agenda des trois mois à venir à l'Agence française de lutte contre le dopage afin de pouvoir être trouvés en cas de contrôles antidopage inopinés.

2. Le syndicat des joueurs professionnels de rugby.

signaler ; la troisième s'explique par une séance photos pour les besoins d'un partenaire, décalée au pied levé, qu'il a, là encore, oublié de mentionner auprès des autorités antidopage.

Fin juillet, juste avant de revenir au CNR pour poursuivre la préparation, l'épée de Damoclès lui tombe sur le crâne. Yoann se voit signifier par courrier recommandé la validation de son troisième *no show*, et l'AFLD accorde huit semaines pour qu'il soit convoqué devant la commission de discipline de la Fédération, sachant que la suspension minimale en pareil cas est de trois mois, la maximale de dix-huit mois. Avec Pierre Camou, Thierry Dusautoir et l'intéressé, nous décrétons une réunion d'urgence pour gérer un état de crise en puissance. J'espérais encore une clémence immanente :

– Pierre, ce n'est pas possible d'attendre encore ?

– Non, Marc, on ne peut pas aller jusqu'au bout des huit semaines. L'AFLD pourrait convoquer le joueur au cours de la semaine précédant le quart de finale. Tu imagines le risque ?

– Mais on pourrait peut-être tenter de…

– … de passer en force ? Mais c'est de la folie, Marc. D'abord, l'AFLD pourrait prendre ça comme une provocation, et ne se priverait pas de charger Yoann. Ensuite, collectivement, c'est intenable. Ça pourrait partir en *live*, tu connais nos amis journalistes. Ils auront tôt fait de composer des amalgames et de nous coller un dopage généralisé dans l'équipe.

– Oui, c'est vrai, oui…

– Non, c'est cuit. On ne peut rien faire.

Le lendemain, le 4 août, Pierre Camou annonçait la mort dans l'âme que Yoann Huget avait été sanctionné pour trois manquements à l'obligation du suivi longitudinal, et que la commission de discipline de la FFR allait être convoquée pour statuer sur son cas[1].

Et puis l'état de Thomas.

La date butoir pour transmettre à l'IRB la liste des trente joueurs appelés à disputer la Coupe du monde a été fixée au 22 août, mais une semaine plus tôt, ce n'est plus une affaire de choix sportif, mais de choix humain et médical.

Là où Imanol recommence à courir début août après une aponévrose plantaire l'ayant handicapé pendant plus d'un mois, là où la cicatrisation de la main droite de « Fufu » (Ouedraogo) progresse lentement mais sûrement, là où William (Servat) reprend le footing, même à deux à l'heure, début août, là où Dimitri (Szarzewski), Damien (Traille), « Roro » (Rougerie) et Fabien (Barcella) – malgré une rechute – donnent des signes encourageants de reprise, le retard concédé par Thomas Domingo est rédhibitoire. Ce n'est pas faute d'y avoir cru, d'avoir tout donné, lui comme le staff médical, mais la lésion[2] l'a condamné à ne pas être physiquement prêt à temps.

Le lundi 15 août, soit le lendemain de notre arrivée à Dublin pour une petite semaine de préparation en vue du match « retour » face aux Irlandais, je croise Thomas dans les couloirs du *Johnstown Hotel* d'Enfield, planté dans la campagne irlandaise. Son chirurgien, que

1. Suspendu trois mois par la Commission de discipline par la FFR le 17 août, la sanction infligée à Yoann Huget a été prolongée d'un mois par l'AFLD le 20 décembre.

2. Thomas Domingo a été victime d'une rupture du ligament croisé antérieur du genou droit le 2 avril 2011. Le délai de reprise est en pareil cas fixé entre six et huit mois.

Thomas devait aller consulter en France dans l'intervalle, avait prévenu notre médecin qu'il s'apprêtait à prendre ses congés d'été.

Thomas s'avance vers moi :

– Tu as vu Jean-Phi ? Il vient de me dire que mon chirurgien allait partir en vacances.

– Oui, je suis au courant… Bon, Thomas, ce que je souhaite, c'est que tu finisses la semaine avec nous. Ce n'est pas la peine que tu retournes en France pour remonter ensuite, tu comprends…

– Ah ?

– Oui, Thomas, ce n'est pas la peine… C'est juste plus possible.

J'ai lu dans ses yeux que je lui infligeais la plus grosse déception de sa carrière, mais son handicap était désormais irrécupérable, lui qui n'avait jamais pu prendre part à un entraînement collectif. Je crois qu'il s'en doutait un peu, qu'il ne voulait pas se rendre à cette abominable évidence. Ce fut un crève-cœur pour moi, une terrible injustice pour lui.

Le lendemain, Thomas se bloquait le dos sur un appareil de musculation. La tête avait lâché.

Et puis Sylvain.

Les joueurs allaient boucler deux succès de rang, à quinze jours d'intervalle, face aux Irlandais[1]. Deux victoires aux scénarios totalement différents mais au dénominateur commun d'une confiance réappropriée.

C'est dans le courant de l'après-midi, à quelques heures du match de Dublin, que je prends Sylvain Marconnet à part dans les étages de l'hôtel *Merrion*.

1. L'équipe de France s'impose 19-12 le 13 août à Bordeaux, puis 26-22 le 20 août, à l'Aviva Stadium de Dublin.

– Je peux te voir ?

Sylvain, à qui on ne la fait pas, devine l'enjeu.

– Oh, ça sent pas bon, hein ?

Non, ça ne sentait pas bon, Sylvain.

Je peux même avouer que j'ai cogité des jours durant, car renvoyer à la maison le pilier le plus capé de l'histoire du rugby français[1], qui a suivi la préparation de bout en bout, qui a manqué la Coupe du monde 2007 sur blessure, qui a débuté sa carrière internationale à mes côtés, est une décision éminemment compliquée, affectivement oppressante. Mais là encore, le choix sportif devait l'emporter sur tous les autres. Et ce choix m'intimait entre autres de ne le prévenir qu'au dernier moment, quand l'un des deux autres piliers convalescents serait déclaré apte. Barcella le Biarrot supplanta Marconnet le Biarrot.

J'ai croisé Sylvain sur le parking d'un centre commercial de Biarritz, près d'un mois après la finale de la Coupe du monde. On s'est serré la main.

Fin août, le périple de la préparation intensive touchait à sa fin. C'était la fin d'un voyage de deux mois sous les feux finissants de l'été, le début d'un autre à la naissance du printemps austral. La belle saison paraît-il.

1. 84 sélections. Sylvain Marconnet est le sixième joueur le plus capé du rugby français.

4

Crochet intérieur

– Franchement, mais qui ça peut intéresser de savoir ça ?

– T'inquiète... Roule, roule.

– Mais tu es complètement barge ! Ça fait trois heures que tu m'enregistres. Et puis d'abord, j'ai faim.

– OK, mangeons un bout si tu veux.

– Isa... Isa ! Y a quoi à manger pour ce midi ?

La voix de mon épouse Isabelle se rapproche.

– Eh ! Je ne suis pas votre cantinière... Du risotto aux nouilles.

– Hein ? Du quoi ?

– J'ai préparé une paella, mais vous vous débrouillerez pour ce soir.

– Tu es une fée. Merci, ma Moune.

– C'est ça, c'est ça... Marco, tu iras chercher Juju et Clément à l'école à quatre heures et demie ?

– Oui, oui...

Et la conversation reprend avec mon coauteur :

– Bon, on ne va pas raconter ma vie-mon œuvre. Ça n'a aucun sens, c'est du grand n'importe quoi. D'abord, elle est linéaire, ma vie. Qu'est-ce qu'il y a d'extraordinaire là-dedans ?

– Dis toujours.

– Pfff... Tu es un grand malade.

*
* *

Tout aurait pu commencer là où naissent des familles entières de rugby, dans le berceau catalan, calé au pied des Pyrénées maternantes. La fratrie qui est mienne s'est ajoutée au paysage. Une terre aux contours si escarpés, à la lumière si violente que Matisse et Derain y inventeront le fauvisme.

En fait, je suis parti de zéro. Et même d'un peu plus loin. Mon arbre généalogique a poussé à l'écart des terres fertiles du jeu, hors de ce territoire chimérique qu'on appelle Ovalie. Quand on naît à Dakar d'un père aux origines boisées du Jura et d'une mère lorraine de souche germanique, le tronc commun n'impose pas à l'œil nu le maul pénétrant et la passe sautée.

L'arborescence familiale a donné huit enfants, dont je suis l'aîné. Ce pluriel d'un cocon gigogne, qui fait d'une table un banquet, nous a toujours été singulier, renvoyant à une proche symétrie : ils étaient sept du côté de ma mère comme par chez mon père. Je m'en suis personnellement arrêté à trois. Comme les trois premiers mois que j'ai vécus au Sénégal.

Mes parents y sont arrivés au printemps 1966, moi en octobre 1968, via le parcours crapahutant de mon père. Engagé à dix-huit ans dans l'infanterie de marine, moniteur commando à Givet, dans les Ardennes, nageur de combat à Toulon puis à Ajaccio, il y rejoint le RPIMa[1] avec ma mère dans le paquetage, qui avait abandonné ses études de médecine pour suivre son jeune mari.

De leur vie de couple, je ne sais que ce qu'ils m'en

1. Le Régiment d'infanterie parachutiste de marine.

ont dit. Leur existence était belle et souriante, ayant pu éviter la caserne Leclerc pour ouvrir leurs volets sur l'Atlantique, par la corniche qui domine la ville et le palais Senghor, entre la baie de Mermoz et la plage de Fann.

De mes premiers pas en enfance, j'ai gardé en mémoire une photo de mon père, posant en treillis au sommet des remparts du fort Miradou de Collioure, au-dessus d'une paroi d'escalade. Je l'ai vu longtemps ainsi, pour ainsi dire toujours : sec, dominant, athlétique, le cou droit et le muscle fin. De retour en France, il avait repris son rôle de moniteur au Centre national d'entraînement commando qui surplombe le port de Collioure. Vers ses trente ans, il s'était mis à combler ses dimanches de parties de rugby à Port-Vendres, puis, une fois le club dissous, dans celui voisin d'Argelès-sur-Mer, où nous sommes arrivés en 1973.

C'est à cette période-là qu'il décida de quitter l'armée. Puis de constituer en onze ans une tribu aux consonances bibliques chères à ma mère : Marc, Vincent, François, Thomas, Matthieu, Claire, puis les jumeaux Pierre et Luc ; sept garçons, une fille au milieu et, bientôt, une arche pour tous : une grosse bâtisse cubique, un plot au crépi ocre, posé sur les extérieurs d'Argelès, à Taxo. Notre mère voulait la baptiser « l'Arbre de vie », notre père proposa « la Ribambelle ». Les trois premiers enfants en âge de comprendre et de voter à bras levé participèrent à la décision parentale. « La Ribambelle » l'emporta par trois voix à deux, Vincent ne voulant pas faire de peine à sa maman.

Je sais que les parents se sont saignés pour que chacun dispose d'une chambre, toutes à l'étage, au mobilier sommaire, aux horizons saillants. J'avais face à moi mes premières perches, le clocher de la ville, la tour du gué de la Massane, celle de Madeloc, et, dans leur prolongement, le front d'une défense étirée et compacte, les épaules du massif des Albères, ligne de crêtes des contreforts pyrénéens. Tout autour de notre mêlée familiale qui prenait corps, ce n'était que rangs de vignes et de vergers, bientôt rejoints par une haie de noisetiers, des touffes de figuiers, de cognassiers et d'abricotiers, une pluie roucoulante de pigeons, un bataillon cancanant d'oies et de canards qui se partageaient les quatre hectares de notre premier terrain de jeux. Je n'y ai vécu que de belles saisons.

Les arbres qui restent se souviennent de nos premiers renvois imaginaires des vingt-deux. Notre père avait bien vite rasé un lopin de vigne, dans le terrain entourant la maison, pour y planter deux poteaux télégraphiques hors d'usage. Il fallait bien que jeunesse se fasse dans des un contre un, puis deux contre deux, puis trois contre trois, sitôt les cartables posés. J'avais cinq ans et demi quand le chemin qui mène à l'école m'amena au rugby.

Mes premiers instituteurs étaient éducateurs au club d'Argelès, et mes premiers copains de primaire grossissaient l'effectif de leur école de rugby. J'y avais suivi Laurent Fabre, Philippe Aylagas, le fils du Conseiller technique régional, Gilles Arnaudies et Michel Tixador comme on apprend à marcher.

À la maison, il y a toujours eu de l'espace et des rires, l'amour de la vie et des vies pleines d'amour. Assesseur pendant quelques années dans un tribunal pour enfants, mon père enchaîna les boulots, passant du coq à l'âne – maître d'hôtel au *Lido*, tenu par les Lormand, des amis proches, puis, pour faire court, éducateur spécialisé dans un foyer pour handicapés mentaux. Il les baladait un peu partout dans son minibus, puis changeait de volant pour emmener cette fois sa marmaille dans une Fiat jaune poussin, aussi cubique que « la Ribambelle », et qu'on reconnaissait de loin ; il ramenait parfois à la maison un homme en déshérence ramassé sur le bord de la route, une fille perdue, un môme en crise. C'était une assiette de plus pour un jour ou un mois ; la tablée était large, la porte ouverte aux prochains, les bras des parents invitants. C'était l'hôtel des quatre vents, l'auberge espagnole, et nous en étions les occupants permanents.

Ma mère agitait une clarine pour passer à table, mon père klaxonnait pour débarrasser le plancher. Pour mes six ans, il m'offrit un week-end à la montagne. Pas de cabine téléphérique ou de pistes balisées, mais deux journées de marche à découvrir les isards, à renifler l'automne, à sortir les truites fario avec les mains, à dormir sous la tente. En parallèle, à l'initiative d'un prêtre, il avait créé un club de randonnées pour des adolescents, certains en manque de repères, d'autres en manque de rien, et passait le plus clair de son temps à monter des camps itinérants, à crapahuter dans les reliefs alentour, à passer la nuit dans un refuge. Il nous emmenait du même coup dans ses bordées, fils égarés et petits frères mélangés. Et puis, chaque été, notre tribu en rejoignait d'autres dans l'est de la France, l'épicentre du puzzle. L'occasion de rassembler toutes les pièces d'un cadre familial, de revoir les cousins, tel que Michel Riff, futur ostéopathe du XV de France, d'aller pêcher ensemble les grenouilles à Hofte, petit bourg de Moselle d'où provenait ma mère, puis de filer un plus loin, à Ornans, dans le Doubs, où d'autres réunions de famille embrasaient la maison de la grand-mère paternelle et son bout de jardin qui descendait jusqu'aux eaux fraîches de la Loue.

C'était tous les jours dimanche.

*
* *

J'ai longtemps badé mon père, d'autant que je ne m'aimais guère. Lui énergique, volubile, rigoureux, capable à la fois de tracer des chemins et de s'y arrêter pour partager un câlin ; moi complexé par mon introversion, taiseux, solitaire, me réfugiant dans les livres sitôt à la maison. Je me souviens de ses commandements préférés – « la fin ne justifie pas les moyens », « un dimanche tu es tout, le suivant, tu n'es rien ». Je n'en comprenais pas toujours le sens, mais c'était sûrement vrai.

Un mercredi que nous étions revenus tardivement, je devais avoir huit ans, j'avais fait une comédie. J'avais loupé un épisode des aventures de Zorro ; mon père m'a regardé, s'est alors dirigé vers le poste de télévision qu'il a débranché, puis emmené sous le bras. Don Diego de la Vega et Tornado sont partis illico au club du troisième âge, et nous n'avons plus eu de télé pendant sept ou huit ans. On ne s'en est pas plus mal portés. Les veillées familiales tournaient autour de jeux de société, de parties de rami, de pistes de Yam's, de bouderies et chamailleries quand l'un ou l'autre perdait, de symphonies de Beethoven ou de Mozart en toile de fond. Ce n'est que sur mes quinze ans que je lui ai verbalement tenu tête la toute première fois. Il avait ri.

– Ah, ça y est, m'avait-il répliqué, il a enfin tué le père !

En tant qu'aîné, j'étais alors en âge de me sentir à mon tour responsable de mes frères. Huit mômes aux caractères dissemblables sous le même toit, vous imaginez ; de la castagne, des câlins, des jeux, des courses, des gueulantes, des ballons dans les branches, de la friture sur la ligne, des frictions, de l'amour. Avec François, nous étions presque toujours ensemble ; avec Vincent, mon cadet, souvent dans la bagarre. À vrai dire, la police s'effectuait par ordre d'apparition à l'image : l'aîné protégeait le troisième (François), Vincent défendait le quatrième (Thomas), et ainsi de suite. Une partie de pétanque entre Vincent et moi s'était même terminée avec deux carreaux sur chacun des crânes ; le nez de l'autre avait servi de cochonnet. Tenez, des sales gosses, déjà ! Et notre mère qui levait les bras au ciel, le prenant à témoin, toujours. Mais du plus grand au plus petit, du deuxième au septième, mes frères et sœur ont été les plus beaux cadeaux que m'ont offerts mes parents.

Ma mère… Une vie vouée aux siens, aux autres. Une générosité, une énergie, une main, des mots, un cœur. Elle nous disait souvent que « mon chouchou, c'est celui qui a besoin de moi ». Et on avait tous besoin d'elle, que ce soit la mère aimante avec ses histoires de Pomme d'Api ou de la petite poule rousse, la femme volontaire ou la petite sœur des malheureux. Elle aussi revenait parfois chargée d'une âme en errance à « la Ribambelle », qui pouvait passer pour une crèche des quatre saisons. J'ai toujours cette drôle d'image en tête, celle où je la revois courbée, ensevelie sous des chapelets de chaussettes – seize paires par dimanche, puisque Claire enfilait les siennes, pareille à nous –, quand ce n'est pas derrière des marmites fumantes qu'elle déposait bras tendus sur la toile cirée, avec six gros pains dorés en bout de table. Adhérente de la première heure au mouvement catholique de spiritualité conjugale, conjuguant ses activités paroissiales à des actions sociales, bergère d'un groupe de prières qui accompagne les malades, les mourants comme les cortèges funéraires, elle croyait – et croit toujours – aux anges gardiens, à nos saints patrons. Si le sien m'entend (moi qui n'écoute pas le mien) qu'il veille sur elle et sur sa vie de sainte qui mériterait d'être canonisée !

Mon adolescence a tôt fait de m'émanciper, même s'il reste toujours quelque chose d'une éducation religieuse, du catéchisme, des messes dominicales et des prières au bord du lit. Un respect des autres, une éducation, une réflexion, même crotté des pieds à la tête quand le sifflet du coup d'envoi supplante la cloche, quand l'entrée en mêlée remplace la génuflexion, quand la chanson grivoise couvre le chant liturgique.

Ma mère nous poussait aux études, au solfège – l'adagio d'Albinoni a usé les clés de ma clarinette –, tandis que notre père nous poussait dehors. Avec les frangins, avec les voisins et les copains d'école, j'ai touché à tout ce qui pouvait se jouer, se courir, se rattraper, faute de le voir à la télévision. Le Tournoi des V Nations, j'allais tout de même le regarder chez Laurent, Philippe, ou qui pouvait rameuter ses potes sans que sa mère y trouve à redire. Chez nous, le rugby était un alibi, un prétexte à se retrouver entre copains, que ce soit sur les pelouses du stade Gaston-Pams, celles du CES, dans le jardin ou dans la rue. Les miens badaient l'USAP, forcément, ses arlequins en sang et or, ainsi que ses héros de l'époque – les Génis, Porical, Imbernon, Goze, Lopez, Masforné ou Fontana –, je badais ceux que nous étions.

Mes modèles, mes posters virtuels, c'était nous. La toute première fois que j'ai vu de près la pelouse du stade Aimé-Giral, j'étais dessus.

Je n'avais aucune autre ambition que celle de partager un ballon, un siège dans le bus, une balle au prisonnier sous le préau. Le clip de la FFR de l'époque et son slogan « fais l'essai, tu seras transformé » me collaient parfaitement. On y voyait un gamin atone, entouré de ses parents, face à un conseiller d'orientation perplexe, tandis que des images le montraient en parallèle, épanoui parmi ses copains de rugby. C'était tout moi. Jouer, jouer, jouer, jusqu'à plus de gaz, plus de lumière, plus de cris.

L'école me correspondait en partie – le français, l'histoire-géo, ça oui –, l'autre un peu moins. Le passage en sixième ne m'a pas réussi, si bien que mes parents ont finalement décidé de me placer trois ans plus tard en internat au lycée de Céret, où j'ai plongé un peu plus, coupé de mes frères et de ma sœur, bizuté par une petite bande de caïds de terminale, qui me fichera la paix une fois que j'eus assommé son chef d'un coup de poing. Le conseiller d'éducation convoqua alors ma mère qui, de la fenêtre, me vit seul dans la cour de récréation, appuyé à un arbre, pensif. Elle s'en inquiéta auprès de Pierre Aylagas, alors le conseiller régional du Roussillon.

– Mais pourquoi ne le mettriez-vous pas en sport études ? À Béziers, il y sera bien, j'en suis sûr.

*

*   *

Le futur maire d'Argelès fut mon premier vrai conseiller d'orientation qui vaille. Je ne disposais pas d'un talent particulier, ni d'un gabarit remarquable, juste des aptitudes, des capacités d'endurance et un appétit. Je me défendais, guère plus, mais j'aimais défendre, m'interposer face à plus fort que moi. À Béziers, où je suis parti à quinze ans, je me suis régalé. Raoul Barrière y fut mon premier chaperon. Un personnage, monsieur Barrière. Pas seulement parce qu'il avait incarné le grand Béziers[1] en tant qu'entraîneur, mais par la truculence intimidante de ses emportements, quand il nous accablait de jurons d'un autre âge – « Camembert, bouton-pressoir ! » Monsieur Raoul, c'était le capitaine Haddock du rugby, et moi, par moments, son Tintin, tant on s'appréciait mutuellement.

Mes frères Thomas et François transiteront plus tard par Béziers, mais on n'y entendrait plus parler de bachi-bouzouks ou de bande d'ectoplasmes à roulettes.

Je vous laisse deviner les trois années de rugby biterroises – et « bituroises » – entre seize et dix-huit ans, entrecoupées de mes premières sélections régionales, ponctuées par un Bac B. B comme bamboche. C'était l'époque du rugby qui commençait par les troisièmes mi-temps, qui s'en trouvait des quatrièmes en cherchant bien, la période des apprentissages en tous genres. C'était le temps de l'insouciance, qui se prolongea à Toulouse, en section sport études universitaires, puisque la logique d'un cursus scolaire standard m'amena à intégrer la faculté de sciences sociales, un amphi à 500 gus, un brouhaha permanent. J'y préférais l'enseignement, au CREPS de Lespinet, du fameux jeu à la toulousaine prodigué par Robert Bru, son père fondateur, où je côtoyais des joueurs de haut niveau, tel Fabien Galthié, mais aussi les soirées étudiantes au *Rembrandt*, le bar des Rougé-Thomas, ou au *Pastis ô*

1. Sous sa coupe, de 1968 à 1978, l'AS Béziers remporta six de ses dix titres de champion de France.

mètre qui, comme son nom l'indique, réduit les distances, ou bien encore au *Huchet d'Argent* tenu par Christian Viviès, le frère de Bernard.

Je prenais plaisir à tout. Le jeu de rugby était un fil qui s'entortillait autour de chaque balise, de chaque rond-point de rassemblements, et je passais indifféremment du périmètre familial à taille large à la vie d'un collectif XXL.

Parallèlement, j'ai suivi mes inséparables potes Laurent et Philippe à l'USAP, où nous jouions les week-ends en Reichel[1], avec l'équipe junior. Le rugby n'était que simplicités et gourmandises gloutonnes, où qu'il se trouvât, sans questions ni préoccupations ; j'avais dix-neuf ans, et j'étais incapable d'entendre parler de plan de carrière ; je n'avais aucune autre envie que de me laisser porter par le vent et par la bande d'ados, parfois attardés, qui se régalait de son sort. Je ne cherchais rien d'autre que je n'avais déjà trouvé.

*

* *

Je me suis fait rattraper par les sélections régionales du Roussillon et le Trophée Maaf de l'époque, en 1987. Je joue en nationale B avec les Espoirs quand Pierre Aylagas me sélectionne, alors que la plupart des joueurs convoqués sont déjà titulaires à l'USAP que je n'avais jamais vu jouer. Je dispute une paire de matches quand Roland Génis, l'entraîneur de l'USAP, me passe un coup de fil.

1. Championnat junior portant le nom de Frantz Reichel, sportif polyvalent de la fin du XIXe siècle qui fut joueur au Racing et au SCUF à Paris.

– Dis, le week-end prochain, tu viens avec nous. On joue à Nîmes.

Quoi ? On me propose de rejoindre le groupe de l'équipe première en cours de saison, avec cinq cents francs mensuels à la clé ? Cinq cents balles pour jouer ? C'est Las Vegas ! Ce jeu est dingue !

Ce qui ne l'est pas moins, c'est que Roland est viré le lendemain de son poste, remplacé au pied levé par le regretté Dominique Bacave et « la » grande figure catalane Jean-François Imbernon… Ça ne change rien sur le fond, puisque je joue – et je perds – à Nîmes, et que mon entente, mon amitié même, avec Dominique est saine et franche. Quand je faisais les vendanges chaque fin d'été, c'était dans ses vignes de Saint-André-de-Roquelongue.

Le match suivant, on prend trente points à domicile face à une grosse équipe de Blagnac avec Christophe Deylaud à l'ouverture. Une claque. Pourtant, alors que je regagne tête basse le vestiaire, un bras me retient.

– Toi, tu iras loin.

C'était le père de Maxime Médard.

À l'intersaison qui suit, arrive une nouvelle équipe dirigeante, menée par Paul Goze, et avec Georges Coste pour entraîneur, qui me propose un contrat fixe mensuel à trois mille francs. Je crois rêver. On me donnait de l'argent pour vivre ma passion, voilà que je pouvais en vivre ! Mon premier salaire passera dans une AX noire. Elle ne finira pas la saison.

C'est la fin des années disco, le début de mes vingt ans, les premières virées sur Paris puisque je suis monté au bataillon de Joinville, à Fontainebleau, afin d'accomplir mes obligations militaires. Jouer à Perpignan comblait mon horizon mais il me fallait le repousser en vue des années à venir. Au vu de mes dispositions, j'avais opté pour devenir éducateur sportif, ce qui semblait me convenir le mieux, sans brider les deux entraînements hebdomadaires et les week-ends de rugby. J'ai dès lors passé deux ans en STAPS[1] à Montpellier, avec un colocataire qui ne donnait pas sa part au chat, Philippe Boher[2]. « Bob », je le recommande à ceux qui s'ennuieraient. On jouait déjà ensemble à l'USAP, mais pas seulement. Dans nos quatre cents coups, il en commettait trois cent soixante-dix… Et nos navettes dans sa bagnole, entre Montpellier et Perpignan, se terminaient souvent à l'horizontale au Boulou et au petit matin, chez sa chère mère Monique.

J'ai roulé ensuite ma bosse, entamé une formation aux examens d'éducateur au CREPS de Toulouse, histoire d'avoir des brevets en poche au cas où on me demanderait des papiers. Mais qu'irais-je donc chercher quand j'avais tout sous la main ?

Ma démarche était alors désinvolte, j'en conviens. Un peu comme musique de chambre en option au Bac pour un futur marchand de cochonnailles. J'étais toujours sur le mode ludique et festif – au *Foulon*, au *Bar and Britz*[3] – quand je ne me retrouvais pas derrière le bar pour arrondir mes fins de mois pendant la saison estivale, sur la route des campings d'Arge-

1. Sciences et techniques des activités physiques et sportives.

2. Catalan pure souche, Philippe Boher a joué à l'USAP, en est devenu l'entraîneur (2004-2007) avant d'être successivement responsable du Pôle Espoirs du CNR de Linas-Marcoussis, entraîneur de l'équipe nationale des moins de vingt et un ans, puis actuellement des moins de vingt ans.

3. Du nom d'un ancien deuxième ligne sud-africain de l'USAP, Bahrein Britz.

lès, au *Planteur* ou à *La route du rhum*, avec Yaël Barbieri, un sacré bon mec lui aussi. C'était le temps sans contrainte des copains de ballon comme autant de copains de vie, du plaisir simple du jeu sans avenir à goudronner, des petits boulots que je pouvais enchaîner simultanément sans difficulté – vendre des glaces sur les plages, ramasser les poubelles, faire le service à l'hôtel-restaurant du *Lido* avec Étienne, l'un des fils de la famille Lormand, passer éducateur dans un centre aéré, participer aux vendanges, aux cueillettes de fruits… Un contexte qui permettait sans le rechercher d'être en prise avec les gens, de préparer à la vie active, alors que l'argent plus facile d'aujourd'hui accentue la déconnexion aux réalités et les difficultés de reconversion des sportifs professionnels.

Le rugby dans ses grandes largeurs me correspondait pleinement, mais plus encore une fois réduit aux dimensions d'un terrain. Pas de chichis : c'est un jeu en même temps qu'un combat à l'échelle collective, et cette dimension altruiste de l'affrontement collait bien à quelqu'un comme moi, issu d'une fratrie et qui avait juste envie de se défouler.

Une fois un maillot sur le dos, je crois avoir été un bon soldat. J'adorais me faire mal, finir bouche ouverte, repartir. Je passais pour être un honnête défenseur, pas le plus rapide, pas le plus puissant, mais je nuancerais l'appréciation : c'est dans le soutien que je me définissais le mieux. Plus le jeu était libre, mieux je m'exprimais.

Sur le terrain, j'étais définitivement fixé en troisième ligne, à l'aile, plus particulièrement à gauche. Le poste de n° 6 était fait pour moi : courir, plaquer, déplacer le jeu, lancer, rattraper, enrayer, gratter, relancer, empêcher… Il faut croire que le code génétique y est pour quelque chose : mon père a joué 6, François du 6 au 15, Thomas en 8, Matthieu 6, Vincent 6, Luc 6, et Pierre du 13 au 15.

À l'époque, les canons du jeu de haut niveau passent par des grands gabarits et je n'en fais pas encore partie. 1,82 mètre pour 84 kilos – 90 kilos au plus fort de ma carrière –, ça n'arrête pas des Golgoths lancés à pleine vitesse. Mon défi est tout trouvé : dégommer les pointures qui percent plein champ, plaquer les grandes gloires du moment, retourner les Cécillon, les Joinel, Erbani, Rodriguez, Champ, Carminati… Le public catalan apprécie autant que moi. Par ici, le sang est d'or, l'USAP une cathédrale, le combat une devise[1], l'arcade ouverte une légion d'honneur. Le supporter bade le talent mais applaudit la rugosité. Je devins peu à peu la coqueluche du stade, moi qui n'ai aucune goutte de sang catalan dans les veines. Mais j'en ai le faciès méditerranéen – et ça me va bien de savoir que je suis un fils de croisements dans un pays ouvert sur la mer, l'émigration, la mixité – tout comme la mentalité identitaire, sanguine et réfléchie, abrupte et émotive, taiseuse et rieuse. Tenez, lors de mes années à Béziers, on avait constitué une délégation catalane qui signait ses forfaits de garnements en pays *gabax*[2] par trois lettres : CCC, la Cellule Combattante Catalane…

1. À ce propos, la devise de la ville voisine d'Argelès-sur-Mer est toute symbolique : « *qui shi acosta te resposta* » – qui s'y frotte s'y pique…

2. En langue catalane, *Gabax* désigne celui ou celle qui habite au nord de la chaîne des Corbières, qui sépare les Pyrénées-Orientales de l'Aude. Autrement dit l'étranger…

*
* *

– Merde, les enfants ! Je dois aller chercher Julien et Clément !

– Oups, oui…

– Tu veux vraiment qu'on continue après ? C'est de la soupe tout ça…

– Ben oui, on continue ; on verra.

– Si tu le penses…

L'USAP me plaît. Paul Foussat, notre entraîneur qui a succédé à Georges Coste, est un Catalan grandeur nature, plein de vie et d'affect. C'est la génération des Morizot, Boher, Cuffy, Buisson, Dispagne, Bey, qu'il emmène à la quête du trophée Yves-du-Manoir en 1994, le seul que j'ai remporté avec l'USAP. Et puis Gérard Majoral, bien sûr ; je ne t'oublie pas « Gégé ». 90 % des matches que j'ai joués en n° 6, il était en 7.

Oui, la vie me plaît, Isabelle aussi. On s'est rencontrés en 1992, puis installés dans un petit studio en centre-ville, rue de l'Ange. On vit comme des bohémiens, on flambe un peu, ce qui me vaudra un interdit bancaire. On s'en fout. On a confiance en nous, en ce qui doit arriver. Question rugby, qui est encore loin d'évoquer le professionnalisme qu'on connaît, je suis appelé au sein de quelques sélections nationales chez les jeunes, mais sans me projeter un instant sur un quelconque autre avenir que celui qui se dessine autour de moi. Je suis employé municipal à Perpignan depuis un an, détaché auprès des écoles primaires, j'entame une formation de sapeur-pompier professionnel car l'idée de devenir sauveteur en mer ou en montagne fait son chemin.

Et puis arrive l'équipe de France.

En toute honnêteté, jamais il ne m'était venu à l'esprit que je pourrais un jour me retrouver à chanter *La Marseillaise* au milieu de cinquante mille personnes. Mes moyens étaient limités, mes raisons de vivre autour de moi, mon ambition satisfaite.

Je suis d'abord sélectionné au sein de l'équipe des Barbarians qui doit effectuer une tournée en Australie, puis en Nouvelle-Zélande, à l'approche de l'été 1994. Je découvre les yeux grands ouverts la génération de mon adolescence, les Rives, les Blanco, qui mènent la délégation. Je suis sur une autre planète mais je ne toucherai pas la terre du rugby, la Nouvelle-Zélande. Mon genou m'a planté au cours de l'expédition australe.

Un an plus tard, me voilà embarqué sur le paquebot du XV de France appelé à disputer la Coupe latine, en Argentine. Quatre mois après la Coupe du monde organisée en Afrique du Sud, et le sacre impossible à éviter des Springboks devant Nelson Mandela, le groupe des Bleus est renouvelé en profondeur. C'est l'arrivée d'une génération qui va rester – Pelous, Castaignède, Dourthe, Carbonneau –, d'un nouveau staff dirigé par Jean-Claude Skrela, auquel s'adjoindra deux ans plus tard Pierre Villepreux, et auprès desquels je me considère comme un intermittent du spectacle. J'ai vingt-six ans et ma carrière, si elle n'est déjà faite, va s'inscrire en pointillé : mon genou droit commence à fonctionner comme des feux de détresse : un coup ça marche, un coup ça s'éteint…

Je retrouve l'Argentine un an plus tard, à l'occasion de la tournée d'été, mais avec Thomas cette fois.

C'est une fierté : deux frangins en équipe de France, c'est quelque chose ! On est associés tous les deux en troisième ligne face à une sélection de la province de Tucumán lors du match du mercredi, celui dévolu à ce qu'on appelle « l'équipe des toasts », par rapport à celle des tests, mais c'est le même bleu de France que nous portons, la même Marseillaise que nous chantons, le même honneur que nous partageons. On se retrouve dans une autre vie mais dans la même chambrée ; ce n'est pas « la Ribambelle », mais ça y ressemble un peu.

Pour beaucoup, 1998, c'est l'apothéose du football au Stade de France un certain 12 juillet, le « un, deux, trois zéro » face au Brésil, la génération black, blanc, beur qui inonde les Champs-Élysées. Je me souviens avoir regardé la finale chez mon frère François, entre deux parties de ping-pong et quelques grillades. Le sport, je l'ai toujours aimé en tant qu'acteur et actif, moins en spectateur.

Mais non, pour nous, pour moi, 1998, c'est une tout autre apothéose ; celui du Grand chelem acquis aux côtés de Thomas. Je me rappelle comme si c'était hier du jour où Jo Maso nous rassemble dans la salle de vie de l'hôtel, puis égraine le nom des titulaires appelés à affronter l'Écosse à Murrayfield : « … en six, Marc ; en sept Olivier (Magne) ; en huit, Thomas… » Sur le moment, aucun de nous deux ne bronche, puis Thomas et moi prétextons un oubli de maillot d'entraînement pour nous retrouver dans notre chambre. On s'est jetés dans les bras l'un de l'autre, tout en réprimant nos cris de joie.

Le XV de France s'est imposé 51-16 à Édimbourg, où j'ai inscrit le deuxième des sept essais enfilés aux Écossais, l'un des cinq que j'ai signés sous le maillot bleu. Cette année-là, nous avons disputé ensemble les neuf rencontres[1] de l'équipe de France, puisque relégué sur le banc lors du premier match du Tournoi face à l'Angleterre, j'étais entré sur la pelouse du Stade de France après un quart d'heure de jeu pour remplacer Philippe Benetton, blessé.

Certes, on avait joué ensemble à Perpignan une année plus tôt, avant que je parte au Stade Français ; certes, on avait disputé quelques tournois ensemble au sein de l'équipe de France à 7, mais rien n'est plus enivrant que le parfum d'un Tournoi et l'aventure d'une tournée à partager entre frères.

Et ce n'était pas fini.

Six semaines après avoir surclassé les Gallois lors de la dernière levée de notre Grand chelem[2], je retrouvais mes potes et Thomas… en finale du championnat de France. Sauf que j'étais entre-temps devenu parisien.

La situation était excitante et angoissante à la fois. Avoir son cadet de cinq ans en face, bille contre bille, non plus dans le jardin de « la Ribambelle » avec notre père pour arbitre, mais au Stade de France avec le bouclier de Brennus pour enjeu.

On s'était appelés le matin même du match pour partager la même constatation : un Lièvremont au moins sera champion de France. Je me souviens aussi d'un « Stade 2 » diffusé le dimanche précédent la finale :

1. Huit victoires et une défaite (face à l'Australie).

2. Le XV de France a battu Galles 51-0 à Wembley (Londres), l'Arms Park de Cardiff étant alors en phase de démolition avant d'être remplacé par le Millenium Stadium.

j'avais été invité sur le plateau avec Jean-Guy Wallemme, dont le club de Lens était au coude à coude avec Metz pour s'adjuger le titre en Première Division de football, et Thomas en duplex de Perpignan. Les couleurs lensoises s'apparentant à celles de l'USAP, la réponse de Wallemme tombait sous le sens quand un journaliste lui demanda vers qui allait sa préférence. Eh bien non :

– Alors, Jean-Guy, vous serez supporter de Perpignan, non ?

– Non, moi, je serai pour les frères Lièvremont.

Mon premier plaquage du match est sur Thomas. Je me vautre en beauté. Au final, on passe trente points[1] et une soirée d'enfer dans un restaurant près du Panthéon. Et même le jour qui suit. J'ai juste le souvenir d'attendre un taxi sur le boulevard Saint-Germain vers les dix heures du matin, le planchot sous le bras.

– C'est quoi, ça ? m'avait questionné le chauffeur, tout en ouvrant son coffre.

– Rien, rien. Un petit souvenir entre copains.

1998, année hystérique.

*

* *

Et Paris, ville magique.

Un an plus tôt, jamais je n'aurais imaginé y vivre. J'avais tout à Perpignan. Je ne me voyais qu'en pays catalan, bien dans ma peau et mon périmètre dès l'instant que ma famille et mes amis sont à proximité. Pas une fois je n'ai rêvé de passer professionnel – ce que je ferai –, de disputer la Coupe du monde – ce qui

1. Victoire du Stade Français contre Perpignan 34 à 7.

m'arrivera en fait deux fois. Il n'y a bien que le Brennus qui m'occupait parfois l'esprit. Je me laissais plutôt porter par la vie, les sollicitations, les événements, ma bonne étoile. Thomas m'avait rejoint, Matthieu aussi, quand l'USAP changea de main. Un nouveau président, Dagrenat ; un nouvel entraîneur, Alain Teixidor, un autre discours, plus radical. L'avènement opérationnel du professionnalisme dans les structures déroute nos points de repère, nos méthodes de travail, nos logiques de vie. Des joueurs en place jettent l'éponge, et le courant passe d'autant plus mal pour moi que ma formation au métier de pompier, effectuée quelques années plus tôt, vient d'aboutir à un stage de six mois. Entre les gardes de nuit et les interventions aux confins de la misère sociale et des accidents de circulation, je cours sur d'autres terrains, sans le moindre bénéfice d'aménagement d'horaires.

Je suis alors intérimaire en équipe de France, je frôle la trentaine, j'ai le sentiment de maîtriser mon sujet, et je monte au front. Pas une fois les trois Lièvremont, dont deux internationaux en herbe[1], ne seront alignés sur la même feuille de match. Mes deux frères étaient venus pour ça.

Huit ans que je joue au bon soldat, que je fais preuve de fidélité au club, mais il y a désormais de la friture sur la ligne. Je ne m'y retrouve plus, j'annonce mon départ au président quand Max Guazzini et Bernard Laporte me contactent au printemps 1997. Le Stade Français est en passe d'accéder à la Première Division. Le Stade Français ? Mais c'est le grand Satan, la capitale tout là-haut, une armada de joueurs étrangers, les

1. Marc comptera 25 sélections de 1995 à 1999 ; Thomas 37, de 1996 à 2006 et Matthieu 2, en 2008.

Rapetous[1] avec qui je ne suis pas vraiment en phase. J'accepte pourtant de monter les voir.

Max m'a sorti le grand jeu, un beau chéquier, et Bernard un discours à la Laporte.

– On va construire une équipe énooooorme ! On va tout défoncer !

Soit ! Max multiplie mon salaire par trois, m'assure une coquette maison avec jardinet à Saint-Cloud, me remet un petit sac noir griffé NRJ et siglé de la fameuse panthère, dans lequel s'entassent quelques « images »[2]. Je suis stupéfait. Bernard, en revanche, avait un peu précipité le mouvement. En fait d'équipe « énooooorme », j'étais le premier à avoir franchi le pas. Suivront quelques semaines plus tard Christophe Juillet, Olivier Roumat, Diego Domínguez, Christophe Dominici…

Je vous le dis tout de go : j'ai pris un panard terrible. Le club est en effervescence et Paris une invitation permanente dès l'instant qu'on assume sur le terrain. Pendant trois ans, chaque semaine avec Isabelle, l'un emmène l'autre découvrir un nouvel endroit. On a touché à tout : concerts, théâtres, opéra Garnier, cabarets, musées, spectacles, événements sportifs, parcs d'attractions, balades… Quel pied. Mais ce maudit genou…

Je dois passer à nouveau sur le billard début 1999. Je manque le Tournoi, enchaîne sur une fracture de la clavicule, et termine la saison au frigo en craignant bien de ne plus jamais revoir l'équipe de France.

Tiens, le XV de France justement. Le dernier Tour-

1. Surnom donné à la rugueuse première ligne de Bègles – et composée de Vincent Moscato, Serge Simon, Philippe Gimbert – qui fut recomposée au Stade Français en 1997.

2. De l'argent au noir dans le jargon sportif.

noi à V Nations s'avère calamiteux. Trois défaites en quatre matches, une dernière place, alors que la Coupe du monde est à six mois de là. On me rapporte un climat délétère, un groupe désuni, quelques joueurs qui tentent de tirer la couverture à eux ; Jean-Claude Skrela et Pierre Villepreux sont pour leur part écorchés dans la presse (tiens, tiens)…

Comme les éclopés de 2011 qui ont mis les bouchées triples pour partir en Nouvelle-Zélande, je fais tout mon possible pour être sur pied à temps tandis qu'aux antipodes, la tournée de juin du XV de France annonce une prochaine tempête : défaite chez les Tonga (comme quoi…), déroute à Wellington contre les Blacks[1].

La liste des trente noms tombe quelques jours après. J'en fais finalement partie, tout comme Thomas, et j'intègre alors un groupe qui a emmagasiné un vécu commun et des affres sourds en mon absence. Fabien Galthié et Jean-Luc Sadourny en ont été exclus, Abdelatif Benazzi a été réintégré. Je perçois des tiraillements entre les joueurs cadres, la vie de groupe est disparate, quelques comportements ne sont pas franchement exemplaires…

Au sortir des stages en province, des matches de préparation face à des sélections régionales qui n'avancent à rien si ce n'est à exacerber des tensions locales, le XV de France part de loin au moment d'aborder l'événement, début octobre : poussif d'entrée contre le Canada à Béziers[2], inquiétant pendant la semaine

1. L'équipe de France s'incline 20-16 à Nukualofa face aux Tonga le 16 juin, puis 54-7 en Nouvelle-Zélande dix jours plus tard.

2. 33-20. Le score était de 18-17 en faveur du XV de France à l'heure de jeu.

qui suit quand on perd coup sur coup Thomas Castaignède, Ugo Mola et Pierre Mignoni aux entraînements ; désolant à Bordeaux contre la Namibie[1] : Thomas se blesse aux ischio-jambiers après vingt-cinq minutes, à cinq pas de moi. C'en est fini pour mon frère, je deviens comme orphelin.

Huit jours plus tard, c'est « Cali » (Christian Califano) qui sera sorti du jeu par la commission de discipline, après notre succès ric-rac devant les Fidji[2].

Des scores étriqués, des matches au forceps, des douleurs en sourdine… Oui, des histoires se répètent quand on veut bien s'en souvenir. Sans gloire, sans contestation non plus, nous voilà tout de même qualifiés pour les quarts de finale. On s'attendait à y retrouver l'Irlande mais des Pumas qui commencent à monter en puissance piétinent le trèfle en match de barrages.

L'ampleur de notre succès (47-26) sur la pelouse de Lansdowne Road est en partie trompeuse. Notre prestation est aboutie par saccades, et si on réalise un départ canon (17-0 après dix minutes), nous restons à la merci d'une frayeur à douze minutes de la fin (30-26). Un certain Gonzalo Quesada[3] inscrit la moitié des points de son équipe mais on finit l'ouvrage comme on l'a commencé, en trombe, avec deux essais de Garbajosa puis Bernat-Salles.

C'est une soirée mémorable qui suit dans les salons de notre hôtel *Merrion*, joueurs et membres du staff bras dessus bras dessous. Quoi qu'il advienne désor-

1. 47-13.

2. 28-19, après avoir été menés 19-13 jusqu'à la soixante-neuvième minute.

3. Le futur spécialiste du jeu au pied du XV de France terminera meilleur réalisateur de la Coupe du monde 1999 avec cent deux points inscrits.

mais, nous avons atteint l'objectif d'une demi-finale. Le reste, c'est dans une semaine à Twickenham face aux All Blacks. On va se faire bouffer, mais on y sera.

Je ne vais pas revenir par le menu sur ce qui constitue l'un des plus beaux exploits du sport français[1]. Comme le choix d'un livre qu'on nous demande de prendre si on devait partir sur une île, c'est peut-être le match d'anthologie du XV de France s'il fallait n'en retenir qu'un, en attendant le prochain.

C'est loin maintenant, mais je me souviens de quelques images fragmentées : la cote des *bookmakers* londoniens par exemple : on ne jouait pas sur l'issue du match, tellement évidente à leurs yeux qu'elle ne rapportait rien aux parieurs, mais sur l'écart au score ! Et puis, notre embrasement pendant les jours précédents, une fois l'euphorie de la qualification passée, quand tout le groupe s'est levé comme un seul homme. OK, on est des minables ; OK, on va en prendre une sévère ; OK, Jonah Lomu va nous marcher dessus comme on passe à gué sur des pierres… Mais on va les défoncer d'abord, on verra bien ce qu'il en sortira.

Les recettes n'ont pas pris une ride : on se remonte comme des pendules toute la semaine ; il faut punir Kronfeld, le McCaw de l'époque – Cédric Soulette sera missionné pour ça – et les dominer devant.

C'est l'heure du match en ce 31 octobre. Les travées de Twickenham sont combles, le temps est doux, je m'en souviens bien, et les All Blacks se préparent maintenant pour leur haka. Sur l'instant, on ne sait trop comment se comporter face à eux. On s'était dit qu'il fallait trouver un truc pour casser le rythme du rituel,

1. Le XV de France s'impose 43-31, après avoir été mené 10-24 à la quarante-cinquième minute.

les faire patienter à leur tour. On les regarde exécuter leur danse maorie, on se regarde, et une fois leurs gestes guerriers posés à terre, on se surprend à former un cercle, qui se resserre instinctivement sur nous, et une *Marseillaise* vient naturellement violenter nos poumons. Nous chantons, fort, à tue-tête, les yeux clos, les yeux en larmes. On a pris nos aises avec le protocole, on a un peu tiré sur la corde, mais on y est, on y va ! On va les manger.

Je me rappelle aussi un arbitrage pas franchement favorable, à tel point qu'on entend des « *ref off*[1] ! » dégringoler des tribunes. En revanche, on m'a rapporté les propos que j'avais tenus, une fois revenu dans le vestiaire à la mi-temps, qui s'étaient dissous dans ma carte-mémoire. D'ordinaire, je parlais peu, voire pas du tout ; je me préparais toujours seul dans mon coin et la dimension affective qui s'empare d'un groupe, à l'heure d'agripper le drapeau pour partir au feu et nos maillots pour se sentir forts, n'appartenait pas à ma routine de transcendance. Mais solitaire n'est pas antinomique de solidaire. J'étais tacitement considéré comme le meneur de notre défense, pas le leader de nos initiatives. Mais l'ordinaire n'avait plus cours à ce moment-là.

– Eh ! les gars, vous ne voyez pas qu'ils commencent à gamberger, qu'on leur fait mal ? Dès qu'on se met à jouer, on les pousse à la faute ! Vous ne sentez pas le doute dans leurs regards ? Ça ne se passe pas comme prévu pour eux. On tient le bon bout, les gars. Faut insister, ça va passer !

Je garderai toujours à l'esprit des ressentis, des flous instantanés, plus que des images. Dès le retour sur le

1. Pour « *referee off* », dehors l'arbitre.

terrain, je sens que le stade commence à prendre feu. « Titou » (Lamaison) fait le match de sa vie – drop de Titou, passe au pied millimétrée de Titou, pénalité de Titou, transformation de Titou, petit jeu au pied par-dessus de Titou… du Titou partout ! – et si le bulldozer Lomu s'arrache pour planter son deuxième essai, les Blacks finissent par craquer. Pas comme une vitre qui cède à force de microfissures, non, mais comme un pan de l'Arctique qui s'effondre en icebergs. Trente-trois points encaissés en moins d'une demi-heure. Du jamais vu.

Je dois sortir du terrain à un quart d'heure de la fin, pour une pointe qui vient de surgir dans le quadriceps, et j'assiste alors à un autre phénomène, jamais entendu. Je me trouve sur le bord du terrain, à cheval entre acteurs et spectateurs, et me viennent des vagues de notre hymne jusqu'aux oreilles. Le public anglais chante *La Marseillaise* à Twickenham ! On a tout emporté.

Les Néo-Zélandais sont dévastés. Et nous ? Champions du monde ! Enfin, c'est tout comme ! Avoir terrassé le dragon noir à quinze têtes, c'est triompher du monde de l'au-delà. Et on y file tout droit.

Une bringue du feu de Dieu est organisée au restaurant français *Lou Pescadou*, au cœur de Londres, chez le regretté Daniel Chobert[1], un sympathisant de longue date du XV de France.

C'est de la folie, à London ! Nos téléphones portables sont saturés, des gens pleurent en nous embras-

1. Trois jours après notre demi-finale contre Galles en 2011, Daniel avait laissé un message sur le portable de Jo Maso : « Bravo les gars, magnifique. Bon, ça fait ch…, je vais voir la finale d'une chambre d'hôpital. On doit me faire une série d'examens à la noix. » Daniel décèdera l'avant-veille.

sant, des piles de fax pleuvent à la réception de notre hôtel, des dirigeants, des politiques affluent dans le hall, les journalistes s'ajoutent au décorum… Ce qui est une liesse nationale, qui s'exporte maintenant à Cardiff, devient vite un bordel intégral.

Nous sommes dépassés par ce qu'on a créé. Sollicités en permanence, brinquebalés à droite, à gauche, nous ne parvenons pas à nous isoler. On ne le souhaite pas, d'ailleurs, sur le moment. Un moment qui dure un jour, puis deux, puis trois.

Parallèlement, je m'inquiète pour ma cuisse douloureuse ; Thierry Hermerel, notre médecin, en minimise la nature pour m'éviter de gamberger.

– Un claquage, juste un claquage, t'inquiète, tu vas la jouer, cette finale.

Oui, la finale. Parce que, malgré nos apparences, notre parcours n'avait pas encore touché à sa fin. On perpétuait le plein d'émotions pendant que les Australiens faisaient le vide dans leurs têtes. Et le bruit des vivats traînait encore dans nos sillages lorsqu'on s'est alignés au centre du Millenium Stadium de Cardiff.

Nous sommes restés dans les clous une mi-temps (12-6). Mais il aurait fallu en sortir ou les arracher pour rivaliser avec le pragmatisme australien. La folie de la demi-finale s'était dissipée comme les flonflons d'un 14-Juillet. Les Australiens s'étaient conditionnés pour devenir champions du monde[1].

L'histoire se répète… L'engouement populaire à notre retour en France fut incroyable, presque surprenant. Le public assurait à son tour le spectacle autour

1. L'Australie s'imposera 35-12, pour remporter la deuxième Coupe du monde.

de nous. Podium sur le Champ de Mars, descente des Champs-Élysées au volant de deudeuches aux couleurs du drapeau, soirée sur une péniche de la Seine, attroupement autour d'une boîte parisienne…

Les commentaires dithyrambiques de l'époque ont peu à peu laissé filtrer les coulisses de l'exploit. On évoqua bientôt une reprise en main des joueurs pour expliquer les ressorts de notre rébellion lors de la phase finale, parlant d'autogestion du groupe aux dépens d'un staff dégradé de son autorité. Moi, pour avoir vécu cette Coupe du monde de l'intérieur et disputé les six matches en titulaire, je n'ai jamais partagé cette vision chevaleresque de l'épopée : Jean-Claude Skrela et Pierre Villepreux menaient les entraînements, conduisaient les plans de jeu, constituaient les compositions d'équipe… Que les joueurs se soient révélés à eux-mêmes en se responsabilisant est une chose ; qu'on se soit mutinés pour prendre la barre du navire relève de la légende des contes qu'on raconte aux veillées.

*

*   *

J'ai terminé ma carrière internationale à Cardiff, un soir de novembre 1999, à trente et un ans passés.

J'en avais pris la décision avant même la Coupe du monde, puisque tout a une fin, qui engendre un commencement. Un autre jeu, celui des chaises musicales, se met en place : Bernard Laporte, mon entraîneur au Stade Français, prend alors les rênes de l'équipe de France, remplacé par Georges Coste, que j'avais connu dix ans plus tôt à Perpignan. Georges nous emmènera à un nouveau titre de champion de France, avant de se faire blackbouler par une fronde des joueurs. Un nouveau discours apparaît, je ne me sens plus au club comme à mes débuts, peut-être justement parce que je ne suis plus un simple débutant. J'ai des idées sur le jeu, la stratégie, l'engagement qui doivent les accompagner. J'en fais part à Max Guazzini, et j'ai surtout envie de boucler ma carrière avec mon frère Thomas, alors à l'USAP. Nous sommes sur la même longueur d'ondes et deux clubs nous contactent : les Harlequins de Londres et le Biarritz Olympique.

Londres, j'en ai de bons souvenirs, mais bon, c'est l'Angleterre… Et je dois tout de même penser à l'après-rugby. Biarritz, c'est différent : pas seulement pour la qualité de vie. J'ai connu Patrice Lagisquet, son entraîneur, à travers son association[1] pour laquelle je participe, chaque année avec Thomas, à un match de bienfaisance à Bayonne. Ce sera Biarritz.

Les deux ans que j'y passe sont auréolés d'un titre de champion de France en 2002[2], une finale au Stade de France à laquelle je ne participe pas. Mon genou m'a rattrapé, pour de bon cette fois. J'ai beau le proposer à toutes les IRM du monde, à toutes les mains expertes, les diagnostics sont les mêmes : le cartilage s'est désagrégé, le ménisque grippé, les tendons usés, le miracle permanent envolé. En mars 2002, je dois m'y résigner.

Je m'étais préalablement engagé pour deux saisons supplémentaires quand Marcel Martin, le président du BO[3], me prend par les épaules.

1. Patrice Lagisquet est l'un des fondateurs de l'association Chrysalide, qui porte assistance à l'enfance handicapée.

2. Biarritz s'adjugera le bouclier de Brennus en battant Agen sur le fil (25-22 après prolongation).

3. Biarritz Olympique.

– Marc, si tu veux, je te propose de modifier ton contrat. Que dirais-tu d'être directeur sportif de l'équipe première ?

Je le remercie de sa proposition mais, intérieurement, je fais la moue. Directeur sportif, un bien grand mot. D'abord, mon bagage d'entraîneur n'est composé que de diplômes et je ne me projette pas de l'autre côté de la main courante. Je m'en sens incapable.

– Directeur sportif, c'est pour dire des mots, enchaîne Marcel. On va te trouver un rôle qui te corresponde.

En fait de directeur, je serai analyste vidéo. J'y adhère d'abord mollement, plus obsédé par les soins répétés qui doivent consolider mon articulation. Mais peu à peu, je me prends au jeu, décortique les matches, passe des heures devant l'écran. Jusqu'alors, l'idée d'intégrer un staff ne m'effleure même pas. J'aime encore trop l'activité du terrain pour ne songer qu'à le regarder. Mais cette fonction contribue à ma formation, presque à mon insu.

L'année suivante, Marcel Martin revient vers moi, mine de rien. Il a une nouvelle suggestion en tête.

– Bon, ça s'est bien passé pour toi cette année, non ?

– Oui, je crois. En tous les cas, j'ai bien aimé.

– Bien… Que penserais-tu maintenant de codiriger l'équipe Espoir ?

– M'occuper de l'équipe ? Euh… Mais avec qui ?

Avec « Sam », autrement dit Jean-Philippe Saffore, qui était arrivé au club une année avant moi. Sam, l'idée me plaît bien : nos parcours se sont souvent croisés depuis près de quinze ans maintenant. Lui, dans la filière rugby du lycée sport études de Lakanal, à Sceaux, quand j'étais à la même époque à Béziers ; dans les sélections régionales d'Île-de-France quand je bataillais avec celle du Languedoc-Roussillon ; au bataillon de Joinville lors de nos obligations militaires ; ancien demi de mêlée au Racing Club de France, avec lequel il a soulevé le Brennus en 1990, quand j'évoluais à l'USAP. Deux points cardinaux, deux adversaires, des points de rencontre, mais une même boussole : nous sommes tous les deux nés au Sénégal, nos parents étaient des amis proches à Dakar… Tous ces clins d'œil, ça me plaît bien, ça.

Il y a juste un hic : c'est la fonction qui me refroidit. Entraîneur… J'avais passé mes diplômes comme on passe le temps, et à un âge – vingt-six ans – qui appréhende la reconversion comme un curé trentenaire les points retraite. En outre, mes années de joueur ne m'avaient surtout pas convaincu de l'épanouissement qu'on pouvait trouver dans ce rôle. J'avais côtoyé des hommes stressés, torturés, excessifs, maladroits bien souvent. Et puis leur façon de vivre le sport, exclusive, obsédante, l'obligation de trancher dans le vif, de blesser autrui, me filait des boutons. Non, le rôle comportait trop de mauvais côtés et le bon, de côté, était celui du terrain. D'accord, je me surprenais de plus en plus à faire part de mes avis sur le management, à intervenir dans les prises de décision, mais sans avoir la volonté ni l'ambition délibérées de diriger. Bon, en même temps, c'était Sam, qui se trouvait être dans la même situation inédite que moi…

Avant même que j'accepte, Marcel Martin m'avait totalement mis à l'aise.

– Tu fais ce que tu veux, Marc. Tu choisis ton staff, tu gères ton budget… À toi de jouer maintenant.

J'ai une trouille bleue lorsque je conduis ma première séance d'entraînement avec les Espoirs mais, très vite, je ressens comme une révélation. Avec Sam, les rôles sont complémentaires : je m'occupe de la préparation physique, de la vidéo – et bientôt celle concernant l'équipe première du BO – tout en m'efforçant d'harmoniser un groupe aux profils disparates : des jeunes joueurs issus du centre de formation, des amateurs trentenaires, d'anciens internationaux, des professionnels qui font la navette avec l'équipe première… C'est prenant, et bientôt exaltant.

Au fil des semaines, je façonne l'idée de l'entraîneur que je pourrais être. La construction est naissante. Je confronte mes perceptions de joueur, mes besoins d'alors, mes requêtes, mes souhaits inaboutis. Pas de faux-semblants, pas d'explications bidons. Je tente aussi l'établissement d'un portrait idéal à travers les différents courants et caractères qui m'ont accompagné. Pierrot Aylagas, Raoul Barrière, Robert Bru, Georges Coste, Paul Foussat, Jean-Claude Skrela, Pierre Villepreux, Bernard Laporte, Patrice Lagisquet, pour ne citer qu'eux. Autorité, conciliation, franchise, subtilité, empathie, pragmatisme, enthousiasme, intolérance… Accents roulants, chantants, tonitruants, catalans, occitans… L'ensemble est composite, la mosaïque bariolée, la musique transrégionale. J'y retrouve un dénominateur commun : la passion du jeu et les exigences qu'elle réclame. Mais au sortir de l'alambic de mes réflexions distillées, j'en retiens une solution expérimentale : je dois surtout être moi-même.

Plus personnellement, je finis de marquer mes territoires en ayant un enfant dans chacun des clubs où j'ai joué : mon aîné Nicolas est né à Perpignan, mon cadet Clément à Paris, et le petit dernier, Julien, vient d'arriver à Biarritz. Un Parisien, un Catalan et un Basque dans le même giron ; une fratrie comme mes parents me l'ont appris, comme je les aime.

*
* *

Ma phase d'élaboration est en cours depuis plusieurs mois quand la Fédération me sollicite, via sa Direction technique nationale : mon nom a été retenu pour entraîner l'équipe de France des moins de vingt et un ans, conjointement avec Philippe Agostini, dit « Ago le Corse », un homme chaleureux et passionné, placée sous le managérat de Max Godemet. Le projet, mené en parallèle à mes occupations au BO, est séduisant, ambitieux ; pas tant pour avoir un pied dans l'appareil fédéral – je ne m'en soucie guère – mais pour préparer un groupe sur des échéances ramassées : deux matches de préparation en novembre 2004, le Tournoi, comme celui des grands mais sans exposition médiatique, et une Coupe du monde pour finir, en juin 2005. L'équipe est placée sous le managérat de Max Godemet. Un cerveau, le Max. Mais un cerveau au service des autres et de son sport. Max a été l'un de mes tuteurs. Son approche me permet de faire évoluer mes méthodes d'entraînement, de repenser des cycles de travail, de faire preuve de rigueur, de rédiger un projet de jeu, le tout dans un climat épanouissant. L'équipe de France atteindra les demi-finales de la Coupe du monde en Argentine, avant que je laisse la place à mes successeurs : Didier Retière et Émile Ntamack.

C'est au début de printemps que mon embryonnaire carrière d'entraîneur prend une autre tournure.

– Allô, monsieur Lièvremont ?

– Oui…

– Alain Pécastaing à l'appareil. Je suis le président du comité de surveillance de l'US Dax. Je ne vous dérange pas ?

– Non, non, je vous en prie.

– Voilà… J'ai eu l'occasion d'échanger dernièrement quelques mots avec Marcel Martin lors d'un voyage en avion. Je me suis permis de lui demander s'il était possible de vous contacter, à quoi il m'a répondu par l'affirmative.

– D'accord, oui, et ce sujet me concernerait ?

– Oui. Nous vous sollicitons afin de savoir si vous aimeriez coentraîner notre club aux côtés de Jean-Philippe Coyola. Nous avons un projet ambitieux afin d'accéder à l'élite. Vous et nous ensemble, on pense fermement que ça pourrait fonctionner.

Sur le moment, je ne sais sur quel pied danser. Je me sens bien à Biarritz et j'ai toujours éprouvé quelques difficultés à me projeter. Mon interlocuteur reprend :

– Auriez-vous une objection à ce qu'on se rencontre prochainement ?

– Non, non. Marcel Martin est au courant, n'est-ce pas ?

– Assurément. Il m'a donné son feu vert.

Quelques jours plus tard, je passe une soirée plus qu'agréable au château de Brindos, propriété de Serge Blanco, en compagnie d'Alain Pécastaing et de Gilbert Ponteins, le président du club dacquois. Un homme élégant, patron de Thermes-Adour et pourtant tout en simplicité, le sourire accroché en permanence sur son visage, et que tout le monde appelle « Gigi ». La discussion est dense, le challenge me ravit, les hommes me plaisent, le club me parle. Marcel Martin m'ayant confirmé son aval, l'accord est conclu presque immédiatement.

Nous sommes début avril, ce qui laisse toute latitude pour faire connaissance avec le club, construire un groupe. Des joueurs viennent renforcer l'effectif en place : Emmanuel Menieu, Christophe Milhères, Philippe Carbonneau, et une tripotée de jeunes qui ont fait leurs classes chez les Espoirs : Renaud Boyoud, Julien Brugnaut, Vincent Deniau, Fabien Alexandre. Une fois sur place, j'ai envie d'en savoir plus. Dacquois depuis toujours, Jean-Philippe Coyola me fait partager son expérience, et très vite son amitié au cours d'une aventure qui durera un peu plus de deux ans. Je savais que Richard Dourthe, Olivier Magne, Fabien Pelous, étaient passés par là, j'avais en tête des noms de joueurs illustres, mais je me renseigne plus avant. Je plonge dans les archives d'un club qui venait de célébrer son siècle d'existence, m'imprègne des ivresses d'antan, farfouille dans les rites gascons. Ressurgissent des noms – Albaladejo, Bastiat, Lux, Dourthe père, Lescarboura, Bérot, Lacroix… – des sagas – cinq challenges Yves-du-Manoir, cinq finales de championnat de France malheureuses, la dernière en 1973 –, des atmosphères de corrida, du beau jeu, de la bravoure.

Après deux années d'apprentissage passées à Biarritz, je me lance. Et j'adore ça.

Je n'ai jamais été porté par une ambition dévorante mais dès qu'on m'apporte un projet qui me saute aux yeux, je me jette dessus comme un doberman sur un reste de gigot. J'y mets la même fougue que celle qui m'animait avec l'équipe de France. Je m'inspire du vécu, j'entreprends, j'élabore, je maçonne. Des joueurs arrivent : Emmanuel Menieu, Christophe Milhères, Philippe Carbonneau et une tripotée de jeunes qui ont fait leurs classes chez les Espoirs : Renaud Boyoud, Julien

Brugnaut, Vincent Deniau, Fabien Alexandre[1]... Je suis chanceux. Chanceux qu'on m'ait confié un trousseau de clés, un groupe en devenir, une ambition à révéler. Plus j'avance et plus je réalise combien ce jeu est complexe, porté par des valeurs indémodables en dépit des flux d'argent, des transferts, des CDD, et pourtant novateur.

J'apprends à fédérer des intérêts parfois divergents pour une cause commune, à créer une dynamique, à assembler des personnalités, à croire en l'homme qui peut être pourtant capable du pire. Je parviens à quelques certitudes : l'entraîneur et le manager – la frontière est flottante – ne font pas les joueurs ; ils sont là pour les accompagner, pour mettre en place un contexte afin qu'ils s'épanouissent, donnent le meilleur d'eux-mêmes. C'est passionnant que de faire exprimer un potentiel, une intelligence, au service d'un sport qui doit ne rester qu'un jeu.

Et la trame est intangible : les fondamentaux, le management humain ; un bon joueur, quel que soit l'entraîneur, va trouver sa place.

J'apprends sur moi-même aussi – la persévérance, la patience, accepter la défaite –, sans véritable talent probablement, sans m'arrêter un instant. Le doute est permanent, la conviction plus encore.

Au printemps 2006, nous bouclons la saison avec la meilleure attaque du championnat, manquant en

1. Les piliers Renaud Boyoud (en 2008 et 2009) et Julien Brugnaut (2008) compteront respectivement trois et deux sélections avec le XV de France ; Vincent Deniau est l'actuel capitaine de l'équipe de France à 7 ; passé par Clermont-Ferrand, Fabien Alexandre a été champion du monde avec les moins de vingt et un ans en 2006 et évolue actuellement avec le FC Grenoble (Pro D2).

match de barrage contre Albi la finale d'accession à l'élite, fraîchement baptisée Top 14. À l'intersaison, je découvre de façon plus cynique les réalités contemporaines. Moi qui n'ai jamais eu recours à un agent, voilà que je reçois des offres de service par mails. Il en vient de partout et d'ailleurs, sous une présentation effarante : grosso modo, le nom du joueur, sa taille, son poids, son poste, et un chiffre pour finir. C'est un marché aux bestiaux auvergnat…

Ce n'est pas parce que le rugby est devenu professionnel qu'on doit passer à côté du respect des règles, de l'arbitre, de l'adversaire, du matériel, fût-il humain pour certains. J'ai côtoyé peu d'agents au cours de mes années rugby, mais ceux qui sont soucieux de la carrière des joueurs, qui ne vont pas systématiquement au plus offrant afin de gonfler leur marge de 10 %, se comptent sur les doigts d'une main. Il m'est d'ailleurs arrivé de me retrouver face à un joueur que j'aspirais à recruter. Nous étions d'accord sur le contrat et son montant financier, et la conversation se poursuivait ainsi :

– D'accord, mais y a mon agent.
– Quoi, ton agent ?
– Ben, mon agent.
– Et ça veut dire quoi ?
– Ben, faut penser à mon agent…

Sauf pour les joueurs peu cotés, ça m'a toujours dépassé. Quand j'en parlais à Didier Chouchan, l'un des rares agents intègres, il haussait les épaules.

Simultanément, je cherche à étoffer mon bagage et je m'inscris au Mastère de management sportif au CDES de l'université de Limoges[1]. Pendant deux ans, à rai-

1. Centre de droit et d'économie du sport.

son de quatorze sessions de trois jours, mon horizon s'élargit en abordant tous les aspects périphériques du sport : le juridique, la gestion des stades, le marketing, la publicité, les médias… Le programme pédagogique, porté par Jean-Pierre Karaquillo, son directeur-fondateur vingt ans plus tôt, est d'une précieuse densité.

Autodidacte, il avait réfléchi à la formation la plus juste possible pour préparer aux différents métiers qui prenaient corps, et dispensait un discours structurant, basé sur l'humain plus que sur le business-plan, avec son bras droit universitaire Gérard Couderc, un duo complémentaire mû par le même état d'esprit.

L'intervention qui m'a probablement le plus marqué fut celle d'Arsène Wenger. En une matinée, le manager d'Arsenal nous avait expliqué l'aboutissement de l'Emirates Stadium, le nouveau stade londonien du club de football, qui allait prochainement sortir de terre. C'était le grand écart avec le stade Maurice-Boyau de Dax, un autre monde, mais sur une même planète.

C'était aussi l'occasion de côtoyer d'autres sensibilités sportives parmi les étudiants de ma promotion : Emmanuel Petit, Alain Boghossian, Patrick Guillou (football), Stéphane Plantin, Bruno Martini (handball), sans oublier Ugo Mola et Hervé Manent, que je connaissais bien déjà.

*

* *

Le travail a payé. Au printemps 2007, l'US Dax termine deuxième de Pro D2, puis remporte son match d'accession contre La Rochelle. Voilà Gigi, c'est le Top 14 en face de nous, de l'autre côté de l'été ! On y est, à nous d'y rester maintenant.

J'entame ma troisième saison à Dax, la prospection débute ; j'appelle Thomas, j'appelle Matthieu. Ils sont plus que partants, ils sont déjà partis. L'intersaison est folle, l'été est chaud, les plus anciens dirigeants du club se repassent les odyssées d'avant.

Et puis Jean Dunyach m'a appelé…

Épilogue

Transmissions

C'était un mercredi en tout début de soirée, le 8 novembre dernier, soit deux semaines pile après notre retour de Nouvelle-Zélande. Je m'étais volontairement fait rare, acceptant juste deux sollicitations, l'une médiatique – un entretien dans le journal *Le Monde* – et une autre, plus informelle, au CFJ[1], face à un parterre d'étudiants parisiens. Au sortir de mon intervention rue du Louvre, je me retrouve à la terrasse d'un café-brasserie. Quelques têtes de passants me saluent poliment, quelques mains viennent furtivement serrer la mienne, quand une mère de famille d'origine maghrébine se faufile jusqu'à ma table, avec un enfant dans ses jupes.

– Monsieur Lièvremont, c'est ça ?

– Oui, madame, c'est ça.

– Désolé, je ne savais pas trop... C'est mon jeune fils, Djia-Djia, qui m'a dit. Je peux vous demander un autographe pour lui ?

– Oui, bien sûr. Djia-Djia, c'est ça ? Tu as quel âge ?

– Neuf ans.

Alors que je rédige une rapide dédicace, elle me lance alors :

1. Centre de formation des journalistes.

– Vous savez, grâce à vous, Djia-Djia a appris *La Marseillaise* en suivant vos matches.

Tout était dit.

Je n'avais pas réellement pris conscience de l'engouement qu'avait pu susciter le parcours cabossé du XV de France, à vingt mille kilomètres de là. Dès notre arrivée à l'aéroport de Roissy-Charles de Gaulle, le 26 octobre, nous avions été happés par une foule enjouée, fervente, heureuse tout simplement. J'étais surpris par la liesse partout où nous allions, par les « merci, merci ! » qui accompagnaient notre lente progression, mais plus encore par mon nom scandé par nos partisans, et surtout les tatouages reportant mon prénom sur des joues de jeunes filles. C'était plaisant, j'avoue, gênant aussi. Je ne suis ni une rock star, ni un héros, mais je n'avais pas d'autre choix que d'accepter cette effusion populaire.

La veille, peu avant d'embarquer sur notre vol retour de Nouvelle-Zélande, nous avions juste reçu quelques échos sur l'ampleur de l'accueil qui se préparait. Aussi, dans le bus qui nous amenait vers l'aéroport d'Auckland, j'avais saisi le micro. Mon dernier débriefing en quelque sorte. « Voilà, Messieurs, nous revenons chez nous sans la Coupe du monde. Même si notre parcours a été compliqué, difficile, vous avez su donner le meilleur de vous-mêmes et je vous en félicite. Je crois que vous allez être un peu surpris de notre réception à Paris. Cette aventure va faire de vous d'autres hommes dans le regard des gens, dans celui des enfants. Continuez à leur donner du bonheur, continuez à rester des exemples pour eux. »

Cet élan spontané s'est prolongé durant quelques jours, et je constatais qu'au-delà de ma petite personne, l'aventure de la Coupe du monde avait marqué les esprits. Un groupe d'ados, des mammys, des hommes d'affaires, des ouvriers quittant momentanément leurs chantiers… Partout où je me déplaçais, c'était la même frénésie polie. Un soir, alors que je pénétrais dans un restaurant de Bayonne, toute la salle s'est levée pour entonner *La Marseillaise*. J'en avais des frissons dans le dos. Le sport, lorsqu'il est diffuseur d'émotions, c'est vraiment irréel.

Ces preuves de témoignages touchants faisaient suite à une sensation de brusque solitude. La folle journée de notre *magic circus* parisien – podium géant place de la Concorde, réception à l'Élysée – s'était achevée en soirée dans une grande salle de réception, toute proche de la Madeleine. Tous les joueurs s'étaient rendus sur le plateau de Laurence Ferrari sur TF1 et je me retrouve à deviser avec Madame ou Monsieur. Quelques bières, et les convives affluent ; je me trimballe d'une photo-souvenir à une poignée de main. Les louanges tournent en boucle, les verres dansent, les gens sont charmants, multipliant les marques de sympathie, mais je préférais quand je n'en avais que trente autour de moi. Je n'ai jamais été aussi entouré et je me sens seul, orphelin. Les joueurs arriveront sur le tard, emportés eux aussi par les festivités du moment. Une dispersion est toujours brutale, frustrante, sans pitié. Il faut s'y faire, on n'a jamais su procéder autrement.

*

* *

Un jour, le XV de France reviendra avec le titre de champion du monde. En 2015, c'est tout le mal que je souhaite à Philippe Saint-André, ou plus tard encore, c'est une question de temps. Depuis plus de quarante ans, la France représente une nation majeure du rugby mondial et depuis la création de la Coupe du monde, en 1987, elle a disputé trois finales sur sept possibles, ainsi que trois demi-finales[1]. Un des meilleurs bilans mondiaux. Oui, nous serons champions. Il n'existe aucune raison objective de penser le contraire. Le seul doute qui subsiste à mes yeux réside dans sa faculté à métaboliser son potentiel.

Quelle que soit la date de l'aboutissement, chaque histoire des Bleus a charrié son lot d'embûches, parfois avant l'épreuve, parfois pendant, souvent au cours des deux. À croire que le sort qu'on s'inflige est inscrit dans notre patrimoine génétique. Et qu'on ne l'aide pas à parfaire sa structure ADN.

En fait, il existe deux équipes de France : celle qui subit pendant trois ans et demi un calendrier embouteillé de compétitions à la mode française, unique en son genre, qui entrave sa progression et peut surtout la fragiliser ; puis celle des quatre derniers mois qui permettent de rééquilibrer les forces en présence avec les nations de l'hémisphère Sud.

Admettons que ce hiatus, issu des intérêts divergents des composantes du rugby domestique, soit levé : il n'est pas certain pour autant que la réussite soit au bout. Car il est une donnée, inconnue jusqu'alors, que tous les entraîneurs et joueurs du XV de France ne sont pas

1. Trois autres pays se sont hissés en finale de Coupe du monde à trois reprises : l'Australie, la Nouvelle-Zélande et l'Angleterre. Les deux premiers ont été sacrés champions du monde deux fois, tout comme l'Afrique du Sud, et l'Angleterre une fois.

parvenus à maîtriser : la constance. Jamais une équipe de France de rugby n'a pu enchaîner plus de huit succès consécutifs en plus d'un siècle…

Cette quête est pourtant l'obsession – ou la hantise – qui habite tout sportif de haut niveau. Dominer son art, développer son capital-confiance, pour créer un phénomène de vase communicant : on gagne parce qu'on possède des certitudes, on emmagasine des certitudes parce qu'on gagne. Ça paraît simple. C'est trop simple. Car les événements nous ont enseigné un fil rouge, un symptôme, qui a traversé toutes les équipes de France d'hier et d'aujourd'hui, et que j'appelle l'affect.

Cette prédisposition émotionnelle, que l'on rapproche commodément de l'esprit latin, nous est bizarrement propre. Chaque matin, dans un club professionnel français, les joueurs s'embrassent, se tapent dans les mains… Les joueurs anglo-saxons, qui évoluent dans nos championnats, sont scotchés par cette promiscuité naturelle. Chez nous, le rapport affectif est permanent, dans un sport tactile par définition. On ne conçoit pas le plaisir d'être ensemble sans ce besoin d'échange. Mais si ce concept de latinité dans la dimension sportive n'a pas bridé nos voisins italiens ou espagnols notamment, elle n'a pas non plus empêché le handball et le football français de monter sur les toits du monde.

Alors, quoi ? Pourquoi cette spécificité ne pourrait-elle pas se transposer avec réussite dans notre rugby ? N'est-elle finalement qu'une force contraire au mental qu'il nécessite ? Il faut croire que non. La plupart des exploits retentissants du rugby français surviennent après des défaites cuisantes. Aurait-on battu les All Blacks, en quart de finale à Cardiff en 2007, si on avait surclassé l'Argentine lors du match inaugural ? Aurait-on dominé les Anglais, quatre ans plus tard à

Auckland, si on avait disposé des Tonga comme la logique le supposait ? Les joueurs se seraient-ils transcendés en finale contre les Blacks, en octobre dernier, s'ils ne s'étaient pas causé tant de frayeurs face aux Gallois en demi-finale ? Et j'en reviens au point de départ : si notre affect est compensé par l'acquisition de la constance, sera-t-on pour autant plus confortés dans nos certitudes ?

Partant du principe que l'aspect physique de la performance est un domaine que nous savons bonifier à l'égal des autres nations dominantes, l'alchimie gagnante tiendrait peut-être dans l'opportunité d'actionner tous les leviers liés à l'incertitude, à la frustration. En somme, de rassembler affect et préparation mentale au même moment-clé, puisque la constance en tant que telle n'est pas garante d'un cycle de résultats fiables, au regard de ce qu'ont pu vivre les Anglais et les trois nations majeures du Sud. On pourrait même s'en méfier à l'heure d'aborder une Coupe du monde : hormis en 2003, avec une équipe d'Angleterre invaincue en deux ans, et la Nouvelle-Zélande l'année dernière à domicile, aucune équipe placée sur la ligne de départ n'a confirmé son statut de favori. Ce qui aboutirait à un paradoxe : la confiance – ou son excès – peut plomber un résultat…

Ces paramètres fluctuants participent finalement du charme du rugby. L'incertitude est reine, le doute un mobile de progression. Jamais je n'ai été sûr de moi et toujours je me suis remis en question. Voilà pourquoi je préfère parler de conviction plutôt que de certitude dans mes choix, nourris d'observations et de réflexions. Et peut-être même d'intuition, de sixième sens.

Par exemple, lorsqu'on débute un quart de finale de

Coupe du monde avec notre habituel demi de mêlée placé en demi d'ouverture… Quand je décide du repositionnement de Morgan Parra aux dépens d'une routine, c'est ma responsabilité d'entraîneur, ma compétence, qui sont en jeu. Et seule la victoire valide les choix.

Une chose est sûre à mes yeux : un entraîneur ou manager ne doit pas se laisser influencer par les commentaires et les dogmes ; il ne doit pas céder à une certaine forme de facilité ou d'unanimisme proclamé par des individus qui n'ont ni la connaissance de l'intérieur, ni à payer les pots cassés au cas où ça tournerait mal. Je m'y suis toujours refusé. Et puis créer, c'est souvent provoquer.

Ce que j'ai appris de ces quatre années passées à la tête du XV de France sont en fait des confirmations. Sur les hommes, sur les contextes. Plus intimement, je me suis prouvé à quel point j'aimais me battre pour mes idées, et le plaisir que j'y prends. Au plus fort de l'adversité, et Dieu sait si nous n'en avons pas manqué, je me suis senti fort à travers mes émotions. Et j'ai aimé diriger un staff, tirer le meilleur des individus, créer une dynamique.

C'est une adrénaline que je ne soupçonnais pas lorsque j'étais joueur. J'ajouterais presque qu'elle s'insinuait plus profondément en moi, car là où le plus grand compétiteur qui soit digère malgré tout la défaite, il la déglutira dix fois plus vite que l'entraîneur. Pour celui-là, tout est surmultiplié, alors que le joueur est principalement tourné sur sa seule performance.

Lorsque je suis devenu entraîneur, c'est comme si je découvrais le rugby en trois dimensions. Les émotions sont contrastées, décuplées. Je craignais la dimension collective de la fonction, j'ai réalisé que pour ne pas la subir, il fallait la devancer, régler ses comptes, imposer ses vues ; qu'il était nécessaire d'avoir une vision objective de son environnement, d'en maîtriser le contexte, d'en connaître son passé, ses personnages et son théâtre.

Malgré les déculottées, les tensions, les hostilités, je suis de nature à ne garder que le meilleur. C'est ainsi. Je n'occulte pas les coups de poignard dans le dos, qui font partie du rôle, mais les belles choses restent plus ancrées en moi lorsqu'elles ont été acquises dans la difficulté. Et je crois aux belles choses.

*

* *

À ma connaissance, il n'existe pas une discipline sportive d'envergure qui se soit développée si rapidement. En l'espace des quinze dernières années, nous sommes passés de l'amateurisme marron aux structures professionnelles, d'enveloppes glissées en bout de vestiaire à une gestion de grande entreprise. Joueur des années 1990, je me sentais proche des générations Maso ou Dauga, et puis les champignons ont poussé comme sur l'île de *L'Étoile mystérieuse* de Tintin. Le rugby épouse son temps dans ses grandes largeurs – salaires, juridique, marketing, administratif… –, comment le lui reprocher ?

Le joueur de haut niveau est au centre de la sphère, du jeu, du spectacle. Et galope aussi vite que le monde qui l'entoure. Le stress s'est accru dans le secteur professionnel, le rapport à l'argent s'est décomplexé, celui à l'image pousse à la singularité, le mode sociétal encourage l'individualisation, l'enjeu commence à prendre le pas sur le jeu. Mais en dépit des conjonctures, notre sport parvient à préserver son esprit, à entretenir sa flamme, à protéger son capital sans lequel il deviendrait plus ordinaire.

Pourtant, dès l'instant où un sport bascule dans le professionnalisme, les intérêts s'affichent, entrent dans une autre dimension, qui peuvent induire des comportements déviants – violence, dopage, corruption. Le rugby n'y échappe pas, ponctuellement. Mais je reste persuadé que la gangrène continuera à être jugulée malgré les tentations. Il y a plusieurs raisons à cela.

Le joueur tout d'abord : lorsqu'ils se retrouvent sélectionnés en équipe de France, tous parlent régulièrement, et avec émotion, de leur club formateur. 97 % des trente joueurs ayant participé à la dernière Coupe du monde sont issus de petits clubs avant d'avoir intégré une formation plus renommée. La nature de notre jeu est ainsi faite que les joueurs de haut niveau ne peuvent pas être embrigadés avant leurs seize ans, car leur constitution physiologique n'est pas complète. L'antichambre du passage au professionnalisme se prolonge jusqu'à leurs dix-neuf ans, un laps de temps pendant lequel ils grandissent socialement, humainement, tout autant que physiquement. Et le jour où ils passent, pour la plupart, par des centres de formation, la part de leur enfance ressurgit.

Le jeu de rugby tel qu'il nous est restitué au plus haut niveau est cependant loin d'avoir atteint son rendement physique optimal. Certes, on demande aux joueurs un indice de performance très élevé et je suis admiratif quand je regarde une première ligne au bord de l'asphyxie, voire de la perte de connaissance au plus profond d'une mêlée, faire preuve d'explosivité sur une course sèche dans la séquence de jeu qui suit.

Ses conditions de jeu ont évolué – quinze ans en

arrière, la séance vidéo n'existait pratiquement pas, alors qu'aujourd'hui, elle occupe 20 % du temps d'entraînement des joueurs, 50 % de celui de l'entraîneur –, elles vont encore progresser, c'est inexorable, notamment dans sa dimension physique. Comparés à d'autres sportifs qui sont de véritables ascètes, principalement dans les disciplines individuelles, nous restons d'indécrottables épicuriens, adeptes d'une bonne petite bringue de temps à autre, de la bonne chère, du bon vin. Parce que notre sport est ludique avant tout ; parce que le rugby est profondément humain. Il nous ressemble, il nous rassemble. On peut encore aller plus loin, mais en trouvant des compensations pour ne pas altérer sa nature fondamentale. Car si le capital est sain, le rugby ne doit pas céder à une dimension ultra-libérale qu'on ne maîtriserait plus.

Le transmetteur ensuite : j'aime bien ce mot pour désigner l'éducateur. Son rôle est crucial. C'est par lui que sont fixées les premières règles – et pas seulement du jeu –, la notion de respect, les limites et, à travers elles, le comportement adéquat à observer sur et hors du terrain. L'appellation « L'école de rugby, l'école de la vie » n'est pas qu'un slogan. C'est un enseignement ludique et une mission pédagogique. Les fameuses « valeurs » ont peut-être été détournées de leur sens pour en faire un outil marketing, elles n'en sont pas moins authentiques. L'éducateur est le témoin d'un héritage remis aux enfants, qui le transmettront à leur tour.

Ensuite, l'essence du jeu par-dessus tout : sans l'autre, un joueur n'est rien, et tous l'ont expérimenté sur un terrain. Je ne reviens pas sur l'inhérence de l'altruisme et de la générosité au sein d'un groupe, mais la nature même de notre sport tamise les dérives possibles. Le sens du collectif est viscéral, jusque dans un vestiaire, où l'autorégulation des comportements égoïstes tient lieu de postulat. Celui qui s'enflamme ou joue les cadors, sera gentiment remis à sa place, puis mis à l'index s'il persiste. Le joueur international de haut rang est confronté à un dilemme, celui de gérer l'individualisation de son image, qui peut doubler ou tripler son salaire, dans un cadre éminemment collectif. C'est la loi du genre face à notre loi du nombre.

Et enfin les hommes : mon père me répétait toujours qu'il faut croire en l'homme, et donc avoir confiance en la vie. Je crois en la mienne. Mes choix de vie ont été dictés par les circonstances, des mains qui se tendent, qui ont été les bonnes. Je n'avais ni ambition, ni plan, ni vocation ; juste le plaisir de l'immédiat, de l'instant présent, de celui à venir.

Au milieu de la chaîne humaine se trouve la Fédération. Oui, je sais, on peut lui trouver une foultitude de reproches. Pour l'avoir pratiquée de l'intérieur, j'ai été irrité bien des fois par son immobilisme, sa lourdeur, son conservatisme, qui ne cadraient pas avec mes exigences immédiates, du moins celles censées améliorer les desseins du XV de France. C'est une institution, voilà, comme peut l'être un organisme d'État. Une grande et vieille dame qu'il ne faut pas bousculer.

Mais comment ne pas lui reconnaître sa réussite[1],

1. La création du CNR, un centre d'entraînement reconnu dans le monde entier, le succès de l'organisation de la Coupe du monde en France en 2007, et, bientôt, l'intégration du rugby à 7

comment ne pas saluer un certain mérite... Qu'elle fût en son temps installée rue des Petits-Champs, Cité d'Antin ou rue de Liège, et maintenant sur le site du CNR, dans le département de l'Essonne, la FFR a toujours été fidèle aux valeurs qu'elle protège. J'espère qu'elle parviendra à résister aux vents, aux tourbillons, aux sirènes.

J'ai côtoyé au quotidien les deux derniers hommes qui l'ont présidée. Je serai éternellement reconnaissant à Bernard Lapasset de la confiance qu'il m'a accordée. Visionnaire, politique, Bernard s'est construit un destin à l'échelle internationale. Pierre Camou, qui n'a pas été étranger à ma nomination, lui a succédé neuf mois après mon arrivée à la tête des Bleus.

Bien sûr qu'il y a eu parfois de l'électricité dans l'air entre un Basque et un Catalan... Il s'en souvient sûrement : notre discussion était montée dans les tours peu après notre déroute concédée face à l'Australie en novembre 2010. Pierre m'avait reproché un mauvais management[1], tension qui faisait suite à l'épisode conflictuel des quatre joueurs interdits de sélection, cinq mois plus tôt[2]. On s'était jeté nos arguments à la figure, je lui avais répondu qu'on avait perdu le fil entre nous. Nous nous sommes parlés d'homme à homme,

---

aux JO de Rio qui revient essentiellement à une initiative française, et l'avènement probable de son « grand stade » en 2017.

1. Imanol Harinordoquy, promu capitaine lors du match France-Fidji qui ouvrait la tournée d'automne 2010, avait été relégué sur le banc des remplaçants face à l'Argentine une semaine plus tard, puis écarté du groupe appelé à rencontrer l'Australie ; quant à Fulgence Ouedraogo, titulaire contre les Fidji, il n'avait pas été retenu pour le test-match contre l'Argentine qui eut lieu à Montpellier, la ville de son club.

2. Antoine Burban, Fabrice Estebanez, Fulgence Ouedraogo et Alexis Palisson, voir page 165.

on s'est rapprochés, on a passé la soirée ensemble. On ne s'est plus quittés.

Une tension en trois ans et demi, il y a bien des couples qui signeraient pour ça…

Vous penserez peut-être que je sers la soupe, mais j'apprécie beaucoup Pierre. C'est un moelleux doté d'une grande sensibilité, un homme intelligent, passionné, porté par des convictions. Il y a du vécu en lui, de la sagesse et de l'impétuosité, et il a acquis une taille de dirigeant, une dimension politique.

Avec lui, il y a eu Jo, profondément humain, il y a eu Jean-Claude (Skrela), profondément attachant, et tous ceux, généreux, passionnés, sur lesquels je pouvais compter. Même si on reste toujours seul dans le costume d'entraîneur.

*

*   *

Sans m'en préoccuper, je réalise que j'ai une vie à part, que j'ai suivi un chemin ordinaire que le rugby a rendu extraordinaire. Je me suis laissé porté par la vie, par le jeu, bordé par la famille, des garde-fous, et des convictions. Je n'ai pas vécu la Coupe du monde 2011 comme un aboutissement mais une parenthèse, et j'en suis sorti avec le sentiment d'être resté moi-même, sans user de passe-droits, sans tisser de fils d'intérêt, sans marchander.

Mon dernier lien avec la Nouvelle-Zélande s'appelle Nicolas. Il est mon fils aîné. Nicolas a cassé son cursus universitaire à Bayonne pour s'inscrire dans une école à Auckland, où il est resté après coup, et qui nous revient en avril.

Nicolas nous rejoindra à Anglet, où nous résidons.

Et il montera avec nous. Tous les premiers week-ends de juillet, on fait en sorte de nous retrouver tous entre frangins, avec nos enfants en âge de marcher. C'est notre rassemblement rituel, comme du temps où notre père nous faisait découvrir le pays de notre enfance. On prend les sacs à dos, les sacs de couchage, notre ribambelle de sales gosses, et on file bivouaquer par-delà les montagnes, observer les isards et les marmottes dans le prolongement de nos doigts, là-haut vers le massif du Carlit, là-bas dans la vallée des Bouillouses, sur les flancs du Grand Péric, quelque part derrière l'étang en altitude du Lanoux, par le col du Puymorens, qu'importe, pourvu qu'on soit ensemble.

Postface

Un petit mot sur Marc Lièvremont…

Le 23 octobre 2011 à 12 heures, à l'issue de la finale la plus incertaine qu'ait connue une coupe du monde de rugby et, passée la déception d'avoir rendu les armes sur l'avant-dernière marche du panthéon, j'ai éprouvé un sentiment curieux, mélange de fierté et de soulagement.

La fierté d'avoir vu l'équipe de France faire trembler les All Blacks passés au laminoir des avants français, le soulagement de voir délivré Marc d'une épreuve qu'il aura affrontée de face jusqu'à son terme.

C'est bien évidemment l'homme, son engagement total dans l'aventure humaine, son comportement dans la difficulté et sa solitude qui m'ont marqué, bien au-delà de la performance que j'espère d'autres finiront par dépasser.

L'aventure humaine – le terme prend toute son ampleur lorsqu'il s'agit de Marc Lièvremont – commence quatre années avant la finale lorsque, à la surprise générale, il est appelé à présider aux destinées du XV de France. Quatre années marquées d'espoirs, de joies et de succès (le Grand chelem 2010) mais aussi d'échecs, de déceptions et de critiques auxquelles Marc n'est jamais resté insensible parce qu'il a toujours refusé de s'en protéger.

Marc Lièvremont puise sa foi dans les hommes,

pas dans les systèmes. Les hommes, il a pu les traiter durement, les bousculer, les révolter dans le seul but de révéler ce qu'il y avait de plus fort en eux, la certitude collective, et ce, sans jamais se soucier de sa personne, sans souci de préservation de l'image, car l'homme ignore la posture.

Marc a ce besoin impérieux de dire la vérité, quitte à faire mal, mais aussi d'assumer publiquement ses responsabilités, quitte à se faire mal, persuadé que seule la vérité objective, celle du groupe, triomphera. Il a parfois déchanté.

Cette foi dans les hommes, dans le groupe, elle est profondément ancrée et trouve sa source dans les principes d'une éducation stricte. Nous partageons d'avoir vécu une enfance heureuse dans la crainte et le respect de l'autorité paternelle et sous la protection d'une mère aimante. Marc est l'aîné de sept garçons (et d'une sœur), je suis le cadet de quatre garçons dont l'aîné n'a que cinq ans de plus que moi.

Ce creuset d'éducation, c'est notre point commun, sans doute ce qui nous a rapprochés et a rapproché nos fratries. C'est le lien qui a noué la compréhension immédiate de nos familles.

Chacun de notre côté, nous avons souhaité restituer cette chance, en toute modestie, en mettant notre image et notre action caritative au service de la Fondation Mouvement village d'enfants.

Ce livre, c'est celui d'un homme qui ne ment pas, il n'a aucun mérite car il n'en est pas capable. Mais il a toute mon admiration et je lui donne toute mon amitié.

Jean Dujardin

Repères

Né le 28 octobre 1968 à Dakar (Sénégal).

Carrière de joueur

– Troisième ligne aile.
– 25 sélections (5 essais) entre 1995 et 1999.
– Palmarès international : Grand chelem 1998 ; finaliste de la Coupe du monde 1999.
– Clubs : ES Catalane d'Argelès-sur-Mer (1974-1988), USA Perpignan (1988-1997), Stade Français (1997-2000), Biarritz Olympique (2000-2002).
– Palmarès national : challenge Yves-du-Manoir 1994, champion de France 1998, 2000, 2002.

Carrière d'entraîneur

– Biarritz Espoirs (2003-2005), Équipe de France des moins de 21 ans (2004-2005), équipe de France A (2006).
– US Dax (2005-2007) ; vice-champion de Pro D2 2007.
– XV de France (2007-2011).

– Aîné de huit frères et sœurs, dont deux autres internationaux, Thomas (37 sélections) et Matthieu (2 sélections).
– Vit à Anglet (Pyrénées-Atlantiques).
– Marié à Isabelle, trois enfants (Nicolas, Clément, Julien).

Note de l'éditeur

La Fondation Mouvement pour les villages d'enfants (MVE) est une association reconnue d'utilité publique depuis plus de cinquante ans. Son action sociale protège l'enfance en danger en accueillant, au sein de dix villages et foyers en France, des frères et des sœurs victimes de maltraitance ou de négligences graves.

Les enfants, confiés par l'Aide sociale à l'enfance après décisions des juges des tribunaux pour enfants, se retrouvent dans un environnement de type familial. La reconstitution de leurs fratries leur permet de se reconstruire dans une structure stable. Ils sont accompagnés au quotidien par une équipe de professionnels de l'enfance.

La fondation MVE se donne pour but final d'accompagner chaque jeune sur la voie de l'autonomie et de l'aider à se construire un avenir professionnel et personnel.

La fratrie des huit frères et sœur Lièvremont est marraine de MVE depuis 2004, celle des quatre frères Dujardin depuis 2009. Les familles Lièvremont et Dujardin ont également le rugby en commun puisque tous leurs membres y ont joué.

Marc Lièvremont reverse les bénéfices de ce livre à la Fondation.

Pour plus de renseignements : www.lesvillagesdenfants.com

Table

RÉALISATION : NORD COMPO À VILLENEUVE-D'ASCQ
IMPRESSION : CPI BRODARD ET TAUPIN À LA FLÈCHE
DÉPÔT LÉGAL : AOÛT 2012. N° 108135-2 (70147)
IMPRIMÉ EN FRANCE

Éditions Points

Le catalogue complet de nos collections est sur Le Cercle Points, ainsi que des interviews de vos auteurs préférés, des jeux-concours, des conseils de lecture, des extraits en avant-première…

www.lecerclepoints.com

DERNIERS TITRES PARUS

P2559. Les Chaussures italiennes, *Henning Mankell*
P2560. Le Château des Pyrénées, *Jostein Gaarder*
P2561. Gangsters, *Klas Östergren*
P2562. Les Enfants de la dernière chance, *Peter Høeg*
P2563. Faims d'enfance, *Axel Gauvin*
P2564. Mémoires d'un antisémite, *Gregor von Rezzori*
P2565. L'Astragale, *Albertine Sarrazin*
P2566. L'Art de péter, *Pierre-Thomas-Nicolas Hurtaut*
P2567. Les Miscellanées du rock
Jean-Éric Perrin, Jérôme Rey, Gilles Verlant
P2568. Les Amants papillons, *Alison Wong*
P2569. Dix mille guitares, *Catherine Clément*
P2570. Les Variations Bradshaw, *Rachel Cusk*
P2571. Bakou, derniers jours, *Olivier Rolin*
P2572. Bouche bée, tout ouïe… ou comment tomber amoureux des langues, *Alex Taylor*
P2573. La grammaire, c'est pas de la tarte !
Olivier Houdart, Sylvie Prioul
P2574. La Bande à Gabin, *Philippe Durant*
P2575. « Le vote ou le fusil », *suivi de* « Nous formons un seul et même pays », *Malcolm X, John Fitzgerald Kennedy*
P2576. « Vive la Commune ! », *suivi de* « La Commune est proclamée » et de « La guerre civile en France »
Louise Michel, Jules Vallès, Karl Marx
P2577. « Je vous ai compris ! », *suivi de* « L'Algérie n'est pas la France » et de « Le droit à l'insoumission »
Charles de Gaulle, Gouvernement provisoire algérien, Manifeste des 121
P2578. « Une Europe pour la paix », *suivi de* « Nous disons NON » et de « Une communauté passionnée »
Robert Schuman, Jacques Chirac, Stefan Zweig
P2579. 13 heures, *Deon Meyer*

P2580. Angle obscur, *Reed Farrel Coleman*
P2581. Le Tailleur gris, *Andrea Camilleri*
P2582. La Vie sexuelle d'un Américain sans reproche *Jed Mercurio*
P2583. Une histoire familiale de la peur, *Agata Tuszyńska*
P2584. Le Blues des Grands Lacs, *Joseph Coulson*
P2585. Le Tueur intime, *Claire Favan*
P2586. Comme personne, *Hugo Hamilton*
P2587. Fille noire, fille blanche, *Joyce Carol Oates*
P2588. Les Nouvelles Brèves de comptoir, tome 2 *Jean-Marie Gourio*
P2589. Dix petits démons chinois, *Frédéric Lenormand*
P2590. L'ombre de ce que nous avons été, *Luis Sepúlveda*
P2591. Sévère, *Régis Jauffret*
P2592. La Joyeuse Complainte de l'idiot, *Michel Layaz*
P2593. Origine, *Diana Abu-Jaber*
P2594. La Face B, *Akhenaton*
P2595. Paquebot, *Hervé Hamon*
P2596. L'Agfa Box, *Günter Grass*
P2597. La Ville insoumise, *Jon Fasman*
P2598. Je résiste aux personnalités toxiques (et autres casse-pieds), *Christophe André & Muzo*
P2599. Le soleil me trace la route. Conversations avec Tiffy Morgue et Jean-Yves Gaillac, *Sandrine Bonnaire*
P2600. Mort de Bunny Munro, *Nick Cave*
P2601. La Reine et moi, *Sue Townsend*
P2602. Orages ordinaires, *William Boyd*
P2603. Guide farfelu mais nécessaire de conversation anglaise *Jean-Loup Chiflet*
P2604. Nuit et Jour, *Virginia Woolf*
P2605. Trois hommes dans un bateau (sans oublier le chien !) *Jerome K. Jerome*
P2606. Ode au vent d'Ouest. Adonaïs et autres poèmes *Percy Bysshe Shelley*
P2607. Les Courants fourbes du lac Tai, *Qiu Xiaolong*
P2608. Le Poisson mouillé, *Volker Kutscher*
P2609. Faux et usage de faux, *Elvin Post*
P2610. L'Angoisse de la première phrase, *Bernard Quiriny*
P2611. Absolument dé-bor-dée !, *Zoe Shepard*
P2612. Meurtre et Obsession, *Jonathan Kellerman*
P2613. Sahara, *Luis Leante*
P2614. La Passerelle, *Lorrie Moore*
P2615. Le Territoire des barbares, *Rosa Montero*
P2616. Petits Meurtres entre camarades. Enquête secrète au cœur du PS, *David Revault d'Allonnes*
P2617. Une année avec mon père, *Geneviève Brisac*

P2618. La Traversée des fleuves. Autobiographie
Georges-Arthur Goldschmidt
P2619. L'Histoire très ordinaire de Rachel Dupree
Ann Weisgarber
P2620. À la queue leu leu. Origines d'une ribambelle d'expressions populaires, *Gilles Guilleron*
P2621. Poèmes anglais, *Fernando Pessoa*
P2622. Danse avec le siècle, *Stéphane Hessel*
P2623. L'Épouvantail, *Michael Connelly*
P2624. London Boulevard, *Ken Bruen*
P2625. Pourquoi moi ?, *Omar Raddad*
P2626. Mes étoiles noires, *Lilian Thuram*
P2627. La Ronde des innocents, *Valentin Musso*
P2628. Ô ma mémoire. La poésie, ma nécessité, *Stéphane Hessel*
P2629. Une vie à brûler, *James Salter*
P2630. Léger, humain, pardonnable, *Martin Provost*
P2631. Lune captive dans un œil mort, *Pascal Garnier*
P2632. Hypothermie, *Arnaldur Indridason*
P2633. La Nuit de Tomahawk, *Michael Koryta*
P2634. Les Raisons du doute, *Gianrico Carofiglio*
P2635. Les Hommes-couleurs, *Cloé Korman*
P2636. Le Cuisinier, *Martin Suter*
P2637. N'exagérons rien !, *David Sedaris*
P2638. Château-l'Arnaque, *Peter Mayle*
P2639. Le Roman de Bergen. 1900 L'aube, tome I
Gunnar Staalesen
P2640. Aurora, Kentucky, *Carolyn D. Wall*
P2641. Blanc sur noir, *Kriss Nelscott*
P2642. Via Vaticana, *Igal Shamir*
P2643. Le Ruban rouge, *Carmen Posadas*
P2644. My First Sony, *Benny Barbash*
P2645. « On m'a demandé de vous virer », *Stéphane Guillon*
P2646. Les Rillettes de Proust. Ou 50 conseils pour devenir écrivain, *Thierry Maugenest*
P2647. 200 expressions inventées en famille, *Cookie Allez*
P2648. Au plaisir des mots, *Claude Duneton*
P2649. La Lune et moi. Les meilleures chroniques, Haïkus d'aujourd'hui
P2650. Le marchand de sable va passer, *Andrew Pyper*
P2651. Lutte et aime, là où tu es !, *Guy Gilbert*
P2652. Le Sari rose, *Javier Moro*
P2653. Le Roman de Bergen. 1900 L'aube, tome II
Gunnar Staalesen
P2654. Jaune de Naples, *Jean-Paul Desprat*
P2655. Mère Russie, *Robert Littell*
P2656. Qui a tué Arlozoroff ?, *Tobie Nathan*

P2657. Les Enfants de Las Vegas, *Charles Bock*
P2658. Le Prédateur, *C.J. Box*
P2659. Keller en cavale, *Lawrence Block*
P2660. Les Murmures des morts, *Simon Beckett*
P2661. Les Veuves d'Eastwick, *John Updike*
P2662. L'Incertain, *Virginie Ollagnier*
P2663. La Banque. Comment Goldman Sachs dirige le monde
Marc Roche
P2664. La Plus Belle Histoire de la liberté, *collectif*
P2665. Le Cœur régulier, *Olivier Adam*
P2666. Le Jour du Roi, *Abdellah Taïa*
P2667. L'Été de la vie, *J.M. Coetzee*
P2668. Tâche de ne pas devenir folle, *Vanessa Schneider*
P2669. Le Cerveau de mon père, *Jonathan Franzen*
P2670. Le Chantier, *Mo Yan*
P2671. La Fille de son père, *Anne Berest*
P2672. Au pays des hommes, *Hisham Matar*
P2673. Le Livre de Dave, *Will Self*
P2674. Le Testament d'Olympe, *Chantal Thomas*
P2675. Antoine et Isabelle, *Vincent Borel*
P2676. Le Crépuscule des superhéros, *Deborah Eisenberg*
P2677. Le Mercredi des Cendres, *Percy Kemp*
P2678. Journal. 1955-1962, *Mouloud Feraoun*
P2679. Le Quai de Ouistreham, *Florence Aubenas*
P2680. Hiver, *Mons Kallentoft*
P2681. Habillé pour tuer, *Jonathan Kellerman*
P2682. Un festin de hyènes, *Michael Stanley*
P2683. Vice caché, *Thomas Pynchon*
P2684. Traverses, *Jean Rolin*
P2685. Le Baiser de la pieuvre, *Patrick Grainville*
P2686. Dans la nuit brune, *Agnès Desarthe*
P2687. Une soirée au Caire, *Robert Solé*
P2688. Les Oreilles du loup, *Antonio Ungar*
P2689. L'Homme de compagnie, *Jonathan Ames*
P2690. Le Dico de la contrepèterie.
Des milliers de contrepèteries pour s'entraîner et s'amuser
Joël Martin
P2691. L'Art du mot juste.
275 propositions pour enrichir son vocabulaire
Valérie Mandera
P2692. Guide de survie d'un juge en Chine, *Frédéric Lenormand*
P2693. Doublez votre mémoire. Journal graphique
Philippe Katerine
P2694. Comme un oiseau dans la tête.
Poèmes choisis, *René Guy Cadou*
P2696. La Dernière Frontière, *Philip Le Roy*

P2697. Country blues, *Claude Bathany*
P2698. Le Vrai Monde, *Natsuo Kirino*
P2699. L'Art et la manière d'aborder son chef de service pour lui demander une augmentation, *Georges Perec*
P2700. Dessins refusés par le *New Yorker*, *Matthew Diffee*
P2701. Life, *Keith Richards*
P2702. John Lennon, une vie, *Philip Norman*
P2703. Le Dernier Paradis de Manolo, *Alan Warner*
P2704. L'Or du Maniéma, *Jean Ziegler*
P2705. Le Cosmonaute, *Philippe Jaenada*
P2706. Donne-moi tes yeux, *Torsten Pettersson*
P2707. Premiers Romans, *Katherine Pancol*
P2708. Off. Ce que Nicolas Sarkozy n'aurait jamais dû nous dire *Nicolas Domenach, Maurice Szafran*
P2709. Le Meurtrier de l'Avent, *Thomas Kastura*
P2710. Le Club, *Leonard Michaels*
P2711. Le Vérificateur, *Donald Antrim*
P2712. Mon patient Sigmund Freud, *Tobie Nathan*
P2713. Trois explications du monde, *Tom Keve*
P2714. Petite sœur, mon amour, *Joyce Carol Oates*
P2715. Shim Chong, fille vendue, *Hwang Sok Yong*
P2716. La Princesse effacée, *Alexandra de Broca*
P2717. Un nommé Peter Karras, *George P. Pelecanos*
P2718. Haine, *Anne Holt*
P2719. Les jours s'en vont comme des chevaux sauvages dans les collines, *Charles Bukowski*
P2720. Ma grand-mère avait les mêmes. Les dessous affriolants des petites phrases *Philippe Delerm*
P2721. Mots en toc et formules en tic. Petites maladies du parler d'aujourd'hui, *Frédéric Pommier*
P2722. Les 100 plus belles récitations de notre enfance
P2723. Chansons. L'Intégrale, *Charles Aznavour*
P2724. Vie et opinions de Maf le chien et de son amie Marilyn Monroe, *Andrew O'Hagan*
P2725. Sois près de moi, *Andrew O'Hagan*
P2726. Le Septième Fils, *Arni Thorarinsson*
P2727. La Bête de miséricorde, *Fredric Brown*
P2728. Le Cul des anges, *Benjamin Legrand*
P2729. Cent seize Chinois et quelque, *Thomas Heams-Ogus*
P2730. Conversations avec moi-même. Lettres de prison, notes et carnets intimes *Nelson Mandela*
P2731. L'Inspecteur Ali et la CIA, *Driss Chraïbi*
P2732. Ce délicieux Dexter, *Jeff Lindsay*
P2733. Cinq femmes et demie, *Francisco González Ledesma*

P2734. Ils sont devenus français, *Doan Bui, Isabelle Monnin*
P2735. D'une Allemagne à l'autre. Journal de l'année 1990 *Günter Grass*
P2736. Le Château, *Franz Kafka*
P2737. La Jeunesse mélancolique et très désabusée d'Adolf Hitler *Michel Folco*
P2738. L'Enfant des livres, *François Foll*
P2739. Karitas, l'esquisse d'un rêve, *Kristín Marja Baldursdóttir*
P2740. Un espion d'hier et de demain, *Robert Littell*
P2741. L'Homme inquiet, *Henning Mankell*
P2742. La Petite Fille de ses rêves, *Donna Leon*
P2743. La Théorie du panda, *Pascal Garnier*
P2744. La Nuit sauvage, *Terri Jentz*
P2745. Les Lieux infidèles, *Tana French*
P2746. Vampires, *Thierry Jonquet*
P2747. Eva Moreno, *Håkan Nesser*
P2748. La 7e victime, *Alexandra Marinina*
P2749. Mauvais fils, *George P. Pelecanos*
P2750. L'espoir fait vivre, *Lee Child*
P2751. La Femme congelée, *Jon Michelet*
P2752. Mortelles Voyelles, *Gilles Schlesser*
P2753. Brunetti passe à table. Recettes et récits *Roberta Pianaro et Donna Leon*
P2754. Les Leçons du Mal, *Thomas Cook*
P2755. Joseph sous la pluie. Roman, poèmes, dessins *Mano Solo*
P2756. Le Vent de la Lune, *Antonio Muñoz Molina*
P2757. Ouvrière, *Franck Magloire*
P2758. Moi aussi un jour, j'irai loin, *Dominique Fabre*
P2759. Cartographie des nuages, *David Mitchell*
P2760. Papa et maman sont morts, *Gilles Paris*
P2761. Caravansérail, *Charif Majdalani*
P2762. Les Confessions de Constanze Mozart *Isabelle Duquesnoy*
P2763. Esther Mésopotamie, *Catherine Lépront*
P2764. L'École des Absents, *Patrick Besson*
P2765. Le Livre des brèves amours éternelles, *Andreï Makine*
P2766. Un long silence, *Mikal Gilmore*
P2767. Les Jardins de Kensington, *Rodrigo Fresán*
P2768. Samba pour la France, *Delphine Coulin*
P2769. Danbé, *Aya Cissoko et Marie Desplechin*
P2770. Wiera Gran, l'accusée, *Agata Tuszyńska*
P2771. Qui a tué l'écologie ?, *Fabrice Nicolino*
P2772. Rosa Candida, *Audur Ava Olafsdóttir*
P2773. Otage, *Elie Wiesel*
P2774. Absurdistan, *Gary Shteyngart*

P2775. La Geste des Sanada, *Yasushi Inoué*
P2776. En censurant un roman d'amour iranien
Shahriar Mandanipour
P2777. Un café sur la Lune, *Jean-Marie Gourio*
P2778. Caïn, *José Saramago*
P2779. Le Triomphe du singe-araignée, *Joyce Carol Oates*
P2780. Faut-il manger les animaux ?, *Jonathan Safran Foer*
P2781. Les Enfants du nouveau monde, *Assia Djebar*
P2782. L'Opium et le Bâton, *Mouloud Mammeri*
P2783. Cahiers de poèmes, *Emily Brontë*
P2784. Quand la nuit se brise. Anthologie de poésie algérienne
P2785. Tibère et Marjorie, *Régis Jauffret*
P2786. L'Obscure Histoire de la cousine Montsé, *Juan Marsé*
P2787. L'Amant bilingue, *Juan Marsé*
P2788. Jeux de vilains, *Jonathan Kellerman*
P2789. Les Assoiffées, *Bernard Quiriny*
P2790. Les anges s'habillent en caillera, *Rachid Santaki*
P2791. Yum Yum Book, *Robert Crumb*
P2792. Le Casse du siècle, *Michael Lewis*
P2793. Comment Attila Vavavoom remporta la présidentielle
avec une seule voix d'avance, *Jacques Lederer*
P2794. Le Nazi et le Barbier, *Edgar Hilsenrath*
P2795. Chants berbères de Kabylie, *Jean Amrouche*
P2796. Une place au soleil, *Driss Chraïbi*
P2797. Le Rouge du tarbouche, *Abdellah Taïa*
P2798. Les Neuf Dragons, *Michael Connelly*
P2799. Le Mécano du vendredi
(illustrations de Jacques Ferrandez), *Fellag*
P2800. Le Voyageur à la mallette *suivi de* Le Vieux Quartier
Naguib Mahfouz
P2801. Le Marquis des Éperviers, *Jean-Paul Desprat*
P2802. Spooner, *Pete Dexter*
P2803. « Merci d'avoir survécu », *Henri Borlant*
P2804. Secondes noires, *Karin Fossum*
P2805. Ultimes Rituels, *Yrsa Sigurdardottir*
P2806. Le Sourire de l'agneau, *David Grossman*
P2807. Le garçon qui voulait dormir, *Aharon Appelfeld*
P2808. Frontière mouvante, *Knut Faldbakken*
P2809. Je ne porte pas mon nom, *Anna Grue*
P2810. Tueurs, *Stéphane Bourgoin*
P2811. La Nuit de Geronimo, *Dominique Sylvain*
P2812. Mauvais Genre, *Naomi Alderman*
P2813. Et l'âne vit l'ange, *Nick Cave*
P2814. Les Yeux au ciel, *Karine Reysset*
P2815. Un traître à notre goût, *John le Carré*
P2816. Les Larmes de mon père, *John Updike*

P2817. Minuit dans une vie parfaite, *Michael Collins*
P2818. Aux malheurs des dames, *Lalie Walker*
P2819. Psychologie du pingouin et autres considérations scientifiques, *Robert Benchley*
P2820. Petit traité de l'injure. Dictionnaire humoristique *Pierre Merle*
P2821. L'Iliade, *Homère*
P2822. Le Roman de Bergen. 1950 Le Zénith – tome III *Gunnar Staalesen*
P2823. Les Enquêtes de Brunetti, *Donna Leon*
P2824. Dernière Nuit à Twisted River, *John Irving*
P2825. Été, *Mons Kallentoft*
P2826. Allmen et les libellules, *Martin Suter*
P2827. Dis camion, *Lisemai*
P2828. La Rivière noire, *Arnaldur Indridason*
P2829. Mary Ann en automne. Chroniques de San Francisco, épisode 8, *Armistead Maupin*
P2830. Les Cendres froides, *Valentin Musso*
P2831. Les Compliments. Chroniques, *François Morel*
P2832. Bienvenue à Oakland, *Eric Miles Williamson*
P2833. Tout le cimetière en parle, *Marie-Ange Guillaume*
P2834. La Vie éternelle de Ramsès II, *Robert Solé*
P2835. Nyctalope ? Ta mère. Petit dictionnaire loufoque des mots savants, *Tristan Savin*
P2836. Les Visages écrasés, *Marin Ledun*
P2837. Crack, *Tristan Jordis*
P2838. Fragments. Poèmes, écrits intimes, lettres, *Marilyn Monroe*
P2839. Histoires d'ici et d'ailleurs, *Luis Sepúlveda*
P2840. La Mauvaise Habitude d'être soi *Martin Page, Quentin Faucompré*
P2841. Trois semaines pour un adieu, *C.J. Box*
P2842. Orphelins de sang, *Patrick Bard*
P2843. La Ballade de Gueule-Tranchée, *Glenn Taylor*
P2844. Cœur de prêtre, cœur de feu, *Guy Gilbert*
P2845. La Grande Maison, *Nicole Krauss*
P2846. 676, *Yan Gérard*
P2847. Betty et ses filles, *Cathleen Schine*
P2848. Je ne suis pas d'ici, *Hugo Hamilton*
P2849. Le Capitalisme hors la loi, *Marc Roche*
P2850. Le Roman de Bergen. 1950 Le Zénith – tome IV *Gunnar Staalesen*
P2851. Pour tout l'or du Brésil, *Jean-Paul Delfino*
P2852. Chamboula, *Paul Fournel*
P2853. Les Heures secrètes, *Élisabeth Brami*
P2854. J.O., *Raymond Depardon*